シークレット

ニータへ

I

ウェイトレスはボディランゲージを読みとる達人だ。キレやすい酒飲みと一つ屋根の下に暮らす妻も同じこと。わたしにはどちらの経験もあった。妻は十四年やったし、ウェイトレスは、そろそろ四年になる。お客さまの希望をともすると当人が気づくより先に察知することも仕事のうちなのだ。元夫に対しても、これはできた。玄関を入ってくる瞬間に、何をしてほしがっているのか、どんぴしゃりで予測がついた。だけど、この能力をわたし自身に向け、自分の望みを叶えようと努めては、失敗ばかりしていた。

ウェイトレスになるつもりはなかった。まさかね。カフェ・ローズの仕事に就いたのは夫と死別したあとだ。その後の四年間、深い悲しみから怒りへ、怒りから心が麻痺した状態へと移ろいつつ、わたしは待っていた。人に給仕し、時間に寄り添い、暮らしを守りながら。なんだかんだ言って、この仕事は好きだ。ニューオーリンズのような街にあるカフェ・ローズのような職場で、常連さんや、お気に入りのお客に恵まれている。なかには同僚に押しつけたい客もいる。街の変人連中のテーブルの担当はごめんだね、チップをけちるんだから、とデルは言う。けれど漏れ聞こえてくる会話は、抜群におもしろい。だから取引をした。デルが学生客や赤ちゃん連れの給仕をしてくれれば、わたしは変わり者やミュージシャンを引き受けた。

断然お気に入りの客はカップル、とくにあの二人だった。こんなことを言うと妙に思われるかもしれないけど、あの人たちが店に来るたびに胸がどきどきする。女性は三十代後半、いかにもフランス系らしい美人――輝くような肌、短く切った髪、それでいて紛れもないフェミニンな雰囲気を醸していた。いつも同伴しているお相手の男性は、気取りのない顔つきで褐色の髪をごく短く刈りあげている。やせ型のしなやかな長身で、女性より少し年下だろう。でも、セクシーだった。自分がどれほど魅力的か、まったく意識していない男性ならではのセクシーさだ。男性も女性も結婚指輪をはめておらず、どういう関係かはわからない。ただ、それはさておき親密ではあった。いつもセックスした直後か、お昼を軽く済ませてからしようか、という雰囲気に見えた。

二人は席に着くと決まってこのしぐさをした。男性がテーブルに肘をつき、両手のひらを女性に向ける。彼女は一瞬、待ってから、やはりテーブルにそっと肘をつき、手のひらを相手から数センチのところで止める。まるで穏やかな力が、手を触れあうのを妨げているかのように。これがほんの一秒、陳腐にならず、わたし以外の誰にも気づかれない間。それから二人は指を絡ませ、男性が女性の指先に、両手で包みこんだ指先の一本ずつにキスをする。いつも左から右へと。彼女はほほ笑む。これがたちまちのうちになされ、二人は手を離してメニューに目を走らせる。この人たちを見ていると、というか、見ているようには見せないように見ようとしていると、わたしの奥深くに聞いた覚えのある熱い想いが湧いてくる。あの女性が感じていることが感じられる。男性の手がわたしの手を、肘下を、手首を愛撫している。

これまでの人生は、そんな熱い想いとは無縁だった。優しさなど知らなかった。やむにやまれぬ感情も。元夫のスコットは、しらふのときには親切にも寛大にもなれたが、最後のころに酒にどっぷり浸っていたときにはろくでもない男だった。スコットが死んだあと、あの人が囚われていた苦悩と引き起こした苦痛を思ってわたしは泣いたけれど、夫がいなくなって寂しいとは思わなかった。これっぽっちも。わたしのなかで何かが衰え、枯れてしまい、気がつけば最後にセックスしてから五年が過ぎていた。「五年間」わたしはこの思いがけない禁欲生活を、自分についてくるしかない痩せさらばえた老犬のようだと考えることがしばしばあった。「五年間」はどこへ行くときもついてきた。舌をだらりと垂れ、つま先歩きでよろよろと。わたしが服の試着をするときは「五年間」は息をあえがせながら試着室の床に横たわって、新品のドレスで美しく装おうと試みるわたしをあざ笑う視線を投げかけた。「五年間」はどんなおざなりのデートの席でも、テーブルの下にもぐりこみ、足元にどっかと腰を据えた。

そういうデートが大切な関係に発展することはなかった。三十五歳にして、「アレ」はもう二度と起こらないと思いはじめていた。求められ、焦がれられることは。例のカップルの男性が女性を求めているさまは、習ったことのない外国語の映画のようだった。その字幕がいよいよ霞んで見えなくなってくる。

「三回目のデートだな」と店主がつぶやいて、わたしは飛び上がった。ペストリーを並べたカウンターの後ろ、わたしの隣にウィルが立っていた。食洗機のしみをグラスから拭き取っている。わたしがあのカップルに気づいたことにウィルは気づいたのだ。そして、わたしは、いつもながら彼の腕に目を吸い寄せられた。格子縞のシャツの袖を肘までまくって、日焼けで色が抜けた毛だらけの筋肉質の前腕があらわになっている。ただの友達だけれど、たまにウィルのセクシーさにちょっとくらっときた。本人がまるで気づいていないから、よけいにセクシーだった。

「それとも五回目かな？　女性はそれぐらいデートした相手じゃないと寝ないんだろ？」

「知るもんですか」

ウィルは濃いブルーの目の玉をむいて見せた。わたしがデート運のなさを嘆くのはもう聞きたくもないわけだ。

「あの二人は初日からああだったわ」後ろのカップルをちらっと見て、わたしは言った。「お互いすっかり夢中って感じ」

「せいぜいもって六カ月だろ」とウィル。

「ひねくれ者」わたしは首を振ることで応じた。

わたしたちはよくこれをやった。二人連れのお客たちの関係を想像する遊び。ちょっとした暇つぶしだ。

「わかった、じゃあ、あっちを見ろよ。若い女の子とムール貝の料理をシェアしてるおやじがいるだろ？」ウィルはこっそり顎をしゃくって違うカップルを示した。わたしは首を伸ばし、あからさまにならないよう年配の男性とずっと若い女性を見た。

「あれはきっと親友のお嬢さんだ」ウィルが声をひそめる。「とうとう大学を卒業して、おじさんの法律事務所で実習生になりたいと思っている。ところが、やつのほうは彼女が成人したから言い寄ろうとしてるんだ」

「やだなあ。ただの父娘《おやこ》じゃないの？」

ウィルは肩をすくめた。

わたしは店内をざっと見わたした。火曜の午後のわりには意外に混んでいる。隅の席で食事を終えたばかりのもう一組のカップルを指し示した。「ほら、あの二人は見える？」

「ああ」

「あれは別れ話をしたところね」とわたしが言うと、妄想の世界にすっかりはまった女を見る目でウィルはわたしを見た。「ほとんど目を合わせないし、デザートを注文したのは男性のほうだけ。スプーンを二つ持っていったのに、彼女に一口どうかとも訊かなかった。良くない徴候」

「それって良くない徴候なのか。男なら必ずデザートは分けなきゃいけないんだな」ウィルはそう言ってウィンクをよこした。わたしは笑顔になるしかない。「悪いけど、グラスを磨いておいてもらえるかな？　トラシーナを迎えにいかないと。また車が故障したってさ」

トラシーナはここ一年とちょっとウィルがつきあっている遅番のウェイトレスだ。その前はわたしが誘われていたが、ちっとも進展しなかった。ウィルに興味をもってもらえて最初はうれしかったけれど、わたしは応えられる立場になかったから。上司とのデートより友達のほうが必要だったのだ。それに、わたしたちはいつしかお友達ゾーンの奥深くに入りこんでいたから、相手に魅力を感じてはいたものの、プラトニックな間柄でいるのはさほどの苦労ではなかった……ウィルが事務所で夜遅くまで残業中に、シャツの胸をはだけ、腕まくりをして、豊かな薄茶色の髪をかき上げているのをふと垣間見るときを除けば。

それから、ウィルはトラシーナとつきあいはじめた。デートができるというだけで彼女を雇ったウィルをわたしは責めたことがあった。

「だからどうだって？　それは店主の数少ない役得ってものだぜ」と彼は言った。

わたしはグラス磨きを終えてから、例のカップルの勘定書をプリントして、ゆっくりとテーブルへ進んだ。そのとき初めて彼女のブレスレットに気づいた。太い金のチェーンを小さな金のチャームが飾っている。

マット仕上げの淡黄色のゴールドはとても珍しかった。チャームは片側にローマ数字、反対側に読み取れはしなかったが言葉が刻まれ、チェーンに十個ほど付いていた。男性も、このアクセサリーに魅せられていたようだ。彼女の手首から肘へと両手で愛撫しながら、チャームに指を走らせた。しっかりと、自分のものだと主張するその手つきに、わたしは胸が詰まり、体の芯が熱くなった。ああ「五年間」。

「こちらお勘定です」わたしの声は一オクターブ上がった。二人の腕や手が占領していないテーブルの隙間にさっと勘定書を置いた。二人は、わたしがいて驚いたという顔をした。

「あっ、ごちそうさま」女性が居住まいを正して言った。

「お気に召しましたか？」わたしは尋ねた。なんでこの人たちには気おくれするんだろう？

「いつもながら完璧だったわ」

「おいしかったよ、お世話さま」男性が財布を探しながら言い添えた。

「ここはわたしが。いつも払ってもらってるもの」と女性は横ざまに体を倒してハンドバッグから財布を引っぱり出すと、わたしにクレジットカードをよこした。動きに合わせてブレスレットが鳴った。「これでお願いね、あなた《スイートハート》」同年代の女子を「あなた《スイートハート》」って呼ぶ？　彼女の自信あふれる態度がそれを許していた。わたしがクレジットカードを受け取ったとき、彼女の瞳に不安がよぎったようだった。この汚れた茶色のワークシャツが目についた？　いつもこれを着ているのは、しみついた料理の色が目立たないからだ。自分の見かけが急に気になった。ノーメイクだったことも思い出した。やだ、それにこの靴――茶色でぺったんこだ。ストッキングじゃなくて――くるぶしソックス。もう信じられない。いったいどうしたっていうの？　おばさんになるには早すぎない？

顔から火が出そうになりながら、クレジットカードをエプロンに押しつけ歩み去った。洗面所に直行し、冷たい水で顔を洗う。エプロンをなでつけて伸ばし、鏡を覗きこむ。茶色の服を着るのは実用的だから。ドレスなんか着られない。ウェイトレスなんだもの。

ぼさぼさのポニーテールは、髪の毛は後ろで結ばないといけないから。規則なのよ。まあ、アスパラガスをわしづかみにしてゴムで束ねたみたいに雑に扱わないで、もっときちんと後ろにとかしつけたほうがいいかも。靴は、せっかく可愛い足をしていると言われながら、ろくに足のことなど考えない女の靴。それに結婚式の前夜にマニキュアしてもらったのを最後にネイルサロンに行っていない。だって、そんなのはお金の無駄だもの。それでも、このていたらくはどうよ？　わたしはおおっぴらに女を捨てていた。老いさらばえた「五年間」が洗面所のドアにぐったりと寄りかかる。

わたしはクレジットカード伝票を手にテーブルに戻った。男女どちらとも目は合わさない。

「ここで働きだして長いんですか？」と、女性がサインするあいだに男性が尋ねた。

「四年ほどになります」

「とてもいいお仕事ぶりだ」

「それはどうも」顔がほてった。

「じゃあ、また来週」と女性が言った。「このお店、昔から大好きなの」

「もっと繁盛してた時期もありました」

「わたしたちには完璧よね」彼女はこちらに伝票を差し出しつつ、恋人にウィンクした。わたしは華やかで興味深いものを期待して、彼女のサインに目を向けた。「ポーリーン・デイヴィス」は見るからに平凡で小さくて、その瞬間、いくらか慰められた気がした。カップルがテーブルのあいだを通り抜け、店の外に出るのを目で追った。二人はそこでキスをして別れた。女性は店の前窓の横を通りながら、わたしに目をとめ、手を振った。そこに突っ立って二人をじっと見ていたなんて、どんくさい女だと思われたに違いない。わたしは埃っぽいガラスごしに、おずおずと手を振り返した。

隣のテーブル席の年配の女性が、茫然自失していたわたしを現実に引き戻した。「あのレディの落とし物だわよ」とテーブルの下を指さす。

わたしはひざまずいて、小さな暗紅色の手帳を拾いあげた。使い古した様子で人肌のように手に柔らか。カバーに頭文字のP・Dが金で型押しされ、ページの縁にも金が施してある。ポーリーンの住所か電話番号を探そうと表紙をおそるおそる開いたら、うっかり中身が目の隅に映った――

「……彼の唇がわたしに……こんなに生きていると実感したのは初めて……この体を駆け抜けた、白熱した……波のように押し寄せ、うねって……かがみ込んでわたしの……」

わたしは日記帳をぴしゃりと閉じた。

「まだ追いつけるんじゃない」老婦人がもぐもぐとペストリーを咀嚼しながら言う。よく見ると、前歯が一本欠けていた。

「たぶん無理です」と、わたしは言った。「これは……店で預かっておきます。あちらは常連さんですから」

老婦人は肩をすくめ、クロワッサンをもう一切れ引きちぎった。わたしは手帳を給仕用のエプロンのポケットに押しこむと、興奮のあまり背筋がぞくぞくした。それから勤務中ずっと、トラシーナがいつものようにガムをくちゃくちゃ噛みながら、カーリーヘアを高々と結んだポニーテールを揺らして登場するまで、前ポケットの手帳が生きているように感じられた。ニューオーリンズの黄昏時がひさしぶりに孤独ではなかった。

帰りの道すがら、わたしは年数をかぞえた。スコットとわたしが生活をやり直すためにデトロイトからニューオーリンズに出てきたのは、六年前だった。ここは家賃が安いし、スコットは自動車産業でとどまりたかった最後の職を失っていた。わたしたちは考えた。ハリケーンの被害から復興しつつある新しい街で新たなスタートを切るのは、同じことを希望している結婚生活にはいい条件じゃないか、と。

マリニーのドーフィン通りに、こぢんまりした青い家を見つけた。若い人が集まっている地区だ。わたしは運よくメテリーの動物保護施設で獣医の助手の仕事が見つかった。けれどもスコットは避難所の仕事を転々としたあと、一夜の酒が二週間のどんちゃん騒ぎになって二年間の禁酒を破ってしまった。二年ぶりに二度目の殴打をくらったわたしは、さすがにもうおしまいだ、と観念した。最初に酔っ払って自分の妻の顔にこぶしを叩きこんだときから、スコットがわたしを殴らないようこらえるのにどんなに苦労していたかが突然わかったのだ。わたしは数ブロック離れた、そこしか見ないで決めた一部屋きりのアパートに移った。

数カ月後のある夜、スコットが電話で、カフェ・ローズで会いたいと、自分の振る舞いの償いがしたいと言ってきたので、わたしは承知した。酒はもうやめた、今度こそ永久に。スコットはそう誓ったが、謝罪の言葉はうつろで、頑なな態度は自分は悪くないと言っていた。食事が終わるころには、わたしは涙をこらえ、立ち上がったスコットはうつむいたわたしを見下ろし、食いしばった歯のあいだからなけなしの「悪かった」の言葉を振り絞っていた。「ほんとにすまないと思ってる。そうは聞こえないだろうが、キャシー、おれは毎日おまえにしたことと向き合って生きてるんだ。どうしたらわかってくれるんだよ」とスコットは言い捨て、怒って店を出ていった。

もちろん、勘定はわたしに残していった。

帰りがけに、お昼時のウェイトレス募集の貼り紙に気づいた。ずっと前から獣医の助手の仕事をやめようかと思案していたところだった。午後の担当で、猫の世話や犬の散歩をしていたが、ハリケーン・カトリーナで飼い主を失ったペットたちの里親はなかなか見つからなかった。だから主な仕事は、本来であれば健康な動物のやせた肢の毛を安楽死の準備で剃ることだった。毎日の仕事が嫌になってきた。あの悲しい、疲れた目を覗きこむのが、つらかった。あの夜、わたしはカフェの求人に応募する書類をしたため提出した。

同じその夜、バーランジ付近の道路が冠水し、スコットの車はフォルス川に突っこんだ。そして沈んだ。

事故だったのか自殺だったのか、わたし自身にもわからなかったが、幸いにも保険会社は不審を抱かなかった――なにしろ、スコットはしらふだったから。それにガードレールのボルトが錆びていたので、わたしは郡から少なからぬ和解金を受け取った。だが、あの晩スコットはあそこで何をしていたのだろう？　わたしに罪悪感を背負わせたまま大げさに退場したところが、いかにもあの人らしい。夫が死んで喜んではいなかった。けれど、悲しんでもいなかった。わたしは以来ずっと心が麻痺した状態にとどまっていた。

アナーバーでの葬儀では、家族からスコットが死んだのはおまえのせいだと責められ、一人ぽつねんと座っていた。飛行機でこちらに戻ってきて二日後に、ウィルから電話があった。最初は声を聞いてぎょっとした。声質がスコットにとてもよく似ていたのだ。ただし南部人特有の音を伸ばす癖が違っていた。

「そちらはキャシー・ロビショーさん?」

「そうですけど。どなた?」

「ウィル・フォレットです、カフェ・ローズの店主の。先週、履歴書をいただきました。朝食と昼食の勤務にすぐ来てくれる人を探してます。あまり経験がないとのことですが、先日お会いしたときに好感触だと思って――」

〈好感触、ですって?〉

「いつお会いしましたっけ?」

「ほら、履歴書をお預かりしたときに」

「ごめんなさい、もちろん覚えてます。すみません、はい、木曜日にうかがえますが」

「木曜でけっこうです。十時半でいいかな。仕事の説明をしますから」

四十八時間後、わたしはウィルと握手をして、本当に彼を覚えていなかった自分に呆れて首を振っていた。あの晩はそれほどひどい自失状態だった。いまでは笑い話にしているが(「あのとき、ウィルはわたしの鈍い反応のせいで思い切りへこんだよね、『ぼくのこと覚えてもいないのか!』

って」）わたしはスコットとの口論のあとですっかり我を忘れていて、たとえブラッド・ピットに話しかけられても気づかなかっただろう。だから改めてウィルと会ってみると、なんとも気取りのないハンサムだったので面食らった。

ウィルは大きな稼ぎは請け合えないと言った。カフェは繁華街から北に外れたところにあるし、夜は営業しない。二階にまで拡張する話も出ているが、それは何年も先のことだ。

「ほとんどは地元の人がたむろして食事していくんだ。マイケルの自転車屋のティムや店員たち。大勢のミュージシャン。たまに玄関先で寝てるやつに出くわしたら、夜っぴてポーチの階段で演奏してたからだ。何時間も粘るのが好きな街の変わり種どもさ。もっとも、飲むのはコーヒーばかりだけど」

「楽しそうね」

ウィルの研修というのは、食洗機とコーヒーミルと掃除用具のありかを、おざなりに指さして見せてまわり、使い方をぼそぼそと説明することだった。

「市当局から髪は後ろで結わくように言われてる。ほかは細かいことは抜きだ。うちには制服もないけど、ランチの時間帯はてんてこまいになるから、実用本位で頼むよ」

「『実用本位』ってわたしの別名ですから」

「改装の予定は立ててあるんだ」とウィルは、わたしがタイル張りの床の破片とそのあと危なっかしい天井扇風機に目をやったのを見て言った。この店はくたびれているけれど打ち解けた雰囲気で、チャーターズ通りとマンデヴィル通りの角にあるアパートからわずか徒歩十分の近さだ。店の名をカフェ・ローズとしたのは、ローズ・ニコーから、ニューオーリンズの街頭で自前のブレンドコーヒーを屋台で売っていたという元奴隷の名から取ったのだと、ウィルは話してくれた。ウィルの母方の遠い親戚なのだそうだ。

「うちの親族会の写真を見るといい。まるで国連の集合写真さ。いろんな肌の色の代表がいてね……それで？　この仕事するだろ？」

わたしはしきりにうなずき、ウィルとまた握手をした。

その後、わたしの生活は、マリニーの必要不可欠な数ブロックだけに集約された。たぶんトレメ地区には、メゾンで給仕の仕事をしているトラシーナの友達の一人、アンジェラ・リジーンの街頭ライブを聴きに行くだろう。あるいは、マガジン通りのアンティーク店やリサイクルショップをひやかして歩くか。でも、そうした近隣地区の外へ出ることはめったになかった。ニューオーリンズ美術館にもオーデュボン公園にもすっかりごぶさたしていた。むしろ、こんなことを言うのも妙だけれど、死ぬまで水辺を見ることもなくこの街で暮らせそうだった。

わたしは喪に服していた。なんのかんの言っても、スコットは、わたしが一緒に暮らした最初で最後の男だった。バスに乗車中とか歯みがきの最中とか、おかしなときに突然泣き崩れたものだ。暗くなった寝室で長いうたた寝から目覚めると、決まって涙がこみ上げた。それでも、わたしが悼んでいたのはスコットだけではなかった。スコットのこきおろしや不平不満を聞くのに費やされ、失われたほぼ十五年の人生を嘆いていた。そしてわたしに残されたものはそれだった。夫がいなくなってからも、わたしの欠点を指摘し、間違いをことさらに言い立てつづけるやかましい声が、どうしたら聞こえなくなるのかわからなかった——なんでジムに入会しなかったんだ？　三十五を過ぎた女なんて誰も欲しがりゃしない。おまえはテレビを見てばっかりだな。努力さえしてたら、もっとずっときれいになれたのに。ああ「五年間」。

わたしは仕事に没頭した。このペースは自分に合っていた。ここは通りで唯一の朝食を出す店だった。凝った料理は一つとしてない。いろいろに調理した卵、ソーセージ、トースト、果物、ヨーグルト、ペストリーとクロワッサン。昼食にも、手の込んだ品は出さなかった。スープとサンドイッチ、たまにブイヤベースやレンズ豆のシチューやジャンバラヤなどの鍋料理。デルが早めに出勤してきて、手早く何かこしらえる気になったときのメニューだ。彼女はウェイトレスよりコックにふさわしかったけれど、一日じゅうキッチンにいるのが耐えられないのだった。

わたしは週に四日だけ、九時から四時までの勤務で、ウィルと食事したり、おしゃべりしたりで遅くまで居残ることもあった。トラシーナが遅刻しそうなときは、代わりに給仕を始めてあげた。決して文句は言わなかった。いつも忙しくしていた。

午後のほうが実入りはよかったはずだが、早番が好きだった。朝一番に夜の垢を汚れた歩道から洗い流すのが好きだった。太陽がパティオのテーブルにまだらな光を投げかける様子が好きだった。コーヒーが沸き、スープがぐつぐつ煮えるあいだにペストリーの陳列ケースに品物を並べるのが、大きな前窓の横のぐらぐらするテーブルに今日のチップを広げて、ゆっくり帰りじたくをするのが好きだった。だけど、家路につくことには、いつもどことなく寂しさが漂った。

わたしの生活は、安定した確かなリズムを刻みだした。仕事、帰宅、読書、就寝。仕事、帰宅、読書、就寝。仕事、映画、帰宅、読書、就寝。これを変更するために超人的な努力は要らなかったはずだが、わたしはどうしても変わることができなかった。

しばらくすれば、おのずと生き返ると、デートさえしだすと思っていた。以前の習慣にしっくりなじむ奇跡の日が訪れ、また世間の一員になるのだと。スイッチが入るように。授業を受講するという考えは頭をよぎった。学位を取得しようか、と。だけど、そこまで頑張る気力は失せていた。わたしは中年女への坂をブレーキが利かないままに転げ落ちていた。元は野良だった、おでぶの三毛の愛猫ディキシーは、飼い主と一緒に老けてきている。

「おまえの言いぐさだと、こいつが自分から肥えたみたいだがな」とスコットはよく言ったものだった。「うちに来たときは、でぶじゃなかったぞ。おまえが太らせたんだ」

スコットはディキシーの餌を求める絶え間ない鳴き声に屈しなかった。でも、この子はわたしに対しては何度も何度も、降参するまでねだった。わたしには強い決意がなかった。あんなにも長いあいだスコットのことを我慢していたのも、きっとそのせいだ。しばらくたってやっと、夫が酒に溺れたのはわたしのせいじゃないと、わたしには止められもしなかったと悟ったけど、それなりの努力をしていたらスコットを救えたかもしれないという考えがつきまとって離れなかった。

あるいはスコットが望んだとおり、ベビーを授かっていたら、とも。このことは決して夫に明かさなかったけれども、わたしは子供を産めない体だとわかって、こっそり胸をなで下ろしていた。代理母という選択もあったが、高額すぎて無理だったのだ。そして、ありがたいことにスコットは養子をとる気はなかった。わたしが母親になりたがらなかったことは諍いの種にはならなかった。それでも、わたしはまだ人生の目的意識を待ち望んでいた——子供を欲しがる強い気持ちが占めることがなかった、その場所を埋める何かを。

わたしがカフェで働きだして数カ月後、ウィルがトラシーナに心奪われるよりずっと前のことだった。ジャズフェスティバルで争奪戦になるショーのチケットが取れたとウィルがほのめかした。最初は、そのチケットを取ってあげた相手である恋人の話が始まるのかと思っていた。ところが、ウィルが一緒に行きたい相手というのは、なんとわたしだったのだ。その誘いに、わたしのなかでパニックがわき起こった。

「それって……わたしがあなたと一緒に行かないか、ってこと？」

「そのぅ……そういうこと」またあの表情だった。そして一瞬、ウィルの瞳の奥でも痛みが瞬いた気がした。「最前列なんだぜ、キャシー。行こうよ。ドレスを着るいい口実にもなるだろ。考えてみたら、きみのドレス姿って見たことがなかった」

そのとき、これはやめないといけないと思った。デートはだめ。この人とデートなんて。自分のボスと。わずかな時間を一緒に過ごして、わたしという女がいかに退屈かがわかった男のために、本気で好きな仕事を失うわけにはいかない。それに、この人にわたしでは釣り合わない。わたしは仕事上の関係から離れて、ウィルと二人きりになることの不安と期待にすくみ上がっていた。

「ドレス姿を見たことがないのは、ドレスを持ってないから」とわたしは言った。

嘘だ。ドレスを身につける自分を想像できなかっただけ。ウィルはつかのま無言になり、エプロンで両の手を拭った。

「たいしたことじゃない」と彼は言った。「多くの人がこのバンドを見たがってるんだ」

「ウィル、あのね、わたしって長年のあまりにも悲惨な結婚生活のせいで、どうやら……デート不能みたいなの」と、わたし。まるで深夜ラジオの心理学者の解説だ。

「うまい言い方だよな、『あなたのせいじゃないの、わたしのせい』ってかい」

「だって、そうなんだもの。わたしのせい」

わたしはウィルの腕に手を添えた。

「だったら、次に雇う魅力的な娘を誘ってみるかな」とウィルはジョークを飛ばした。

そして実際、そうした。ウィルが誘った相手はテクサーカナ出身のとびきりいかしたトラシーナ、南部訛りでしゃべり、とんでもなく脚が長い女性だ。溺愛している自閉症の弟がいて、こんなにたくさんどうするの、というほどのカウボーイブーツを所有していた。遅番として雇われた彼女は、わたしにはいつも冷淡だったけれど、そこそこうまくやっていたし、ウィルの覚えはめでたかったようだ。彼におやすみなさいを言う寂しさがいや増したのは、カフェの二階ではなくトラシーナの家で夜を過ごすのだろうと思ったからだった。でも、嫉妬していたわけではない。わたしに嫉妬する資格などあるだろうか？　トラシーナこそウィルにふさわしいタイプの女性だ――愉快で、頭がよくて、セクシー。しみ一つないココア色の肌をしている。自慢のアフロヘアを綿菓子みたいにワイルドに盛るときもあれば、熟練の手並みでクールな編み込みにするときもあった。トラシーナは人気者だった。陽気だった。ぴったりで、ふさわしかった。わたしは断じてそうではない。


その夕方、まだ前ポケットにあの手帳の高ぶりを感じながら、トラシーナがディナー客を迎える準備をしているのを見ていた。このとき初めて、実際ちょっと彼女に嫉妬していることを認めた。ウィルを射止めたからではない。店内をこれほど悠然と魅力いっぱいに動きまわれるのが妬ましかった。こういうものを持った女性もいる。実生活にすんなりと入りこめる――しかも、とても上手にやってのける能力を。周囲の様子を見ていたりはしない。活動の中心にいる。こういう女たちは……生き生きとしている。ウィルに誘われた彼女は「喜んで」と告げた。うろたえたりはしない。言葉を濁しもしない。堂々と、イエスと答えるだけ。

　わたしは手帳のことを考えた。盗み読みした言葉のことを。あの男性がお相手の手首を愛撫して指先に口づけしたさまを。あのブレスレットを指で弄んだ、もどかしげな様子を。わたしも男性にあんなふうに感じられたかった。この手に豊かな髪を握りしめて、レストランの厨房の壁に背中を押しつけ、スカートのなかに手が伸びてきて……。ちょっと待って、ポーリーンの彼氏は頭を刈りあげているのよね。わたしが想像していたのは、ウィルの髪、ウィルの唇……。

「ぼんやりして、何を考えてるの？」とウィルが言って、わたしの馬鹿げた空想のじゃまをした。

「ただぼんやりしてたわけじゃないわよ」顔が赤くなったのがわかった。あの妄想はどこから出てきたの？　仕事は終わったでしょ。もう帰らないと。

「今日はチップは多かった？」

「うん、まあまあ。じゃあお先に。そうだ、ウィル、彼女といちゃつくのはかまわないんだけど、今夜帰る前にテーブルの砂糖を補充しておいてと、トラシーナに伝えてね。早番のときに満杯になっているようにと」

「かしこまりました」とウィルが敬礼をよこした。それから出口へ向かっていたわたしに、こう言い足した。「今夜のご予定は？」

〈録画したテレビを見る。資源ごみが溜まっている。あと何だっけ？〉

「ええ、予定でいっぱい」

「猫じゃなくて男とデートすべきだよ、キャシー。きみは素敵な女性なんだから」

「素敵？　いま、わたしのこと『素敵』って言わなかったよね。ウィル、それはすっかり枯れちゃって、ロマンスから引退しようとしてる三十五を過ぎた女に、男が言うことよ。『きみは素敵な女性だ、でも……』って」

「でも、じゃないぞ。キャシー、きみは外へ、社会へ出ていくべきなんだ」とウィルは顎をしゃくって表玄関とその先を示した。

「ちょうど行こうとしてたところよ」とわたしは通りに出るなり、スピード運転の自転車に横から衝突されかけた。

「キャシー、危ない！」ウィルが前のめりにこちらへ向かってきた。

「ほらね？　わたしが外へ出るというと、こうなるわけ。ぺしゃんこにされるんだわ」胸の動悸を静め、笑い飛ばそうとした。

　首を横に振るウィルに背を向けて、フレンチメン通りをよろよろと進んだ。そこに立って、歩み去っていくわたしを見送るウィルの視線が感じられた気がしたけれど、臆病なわたしは振り返って確かめることができなかった。

Ⅱ

本当に若い、本当に老けたと同時に感じることなどありうるだろうか？　とぼとぼと四ブロック歩く帰り道ですっかりへばっていた。わたしは近所のくたびれた小さな家を眺めるのが好きだった。互いにもたれ合うように建っている家もあれば、何度もペンキを塗り重ねて、たくさんの錬鉄に囲まれ、たくさんの凝った造りの鎧戸で飾られた家もあった。まるで衣装を身にまとい、舞台化粧を施した、年老いたショーガールみたいだ。わたしの住まいはチャーターズ通りとマンデヴィル通りの角地に建つ、化粧しっくいの三階屋の最上階だった。薄緑に塗られた壁に、アーチが丸く切られ、深緑色の鎧戸がはまっている。わたしは最上階の住人だが、三十五歳にもなって学生のように暮らしていた。寝室一つの賃貸住居にはソファベッドが一台、脇テーブルも兼ねたボックス型の本棚、増えつづける塩胡椒シェイカーのコレクション。寝室はアルコーブにあって、幅の広い化粧しっくいのアーチがつけられ、南向きの屋根窓が三つあった。とはいえ、階段はとても狭く、大きなかさばる家具は通れない。どれも持ち運び可能、折り曲げ可能、折りたたみ可能でないといけなかった。わが家のある建物に近づき、見上げながら、いつか寄る年波で最上階では暮らせなくなる日が来るのだと思った。とりわけ立ち仕事をつづけているならば。疲れがひどくて、自力で階段を上るのが精いっぱいの夜もあった。

　隣人たちが年を取っても、ここから出てはいかないことがわかってきた。ただ、下の階へと移り住むだけなのだ。アナとベティーナのデルモンテ姉妹は、数カ月前、また別の姉妹であるサリーとジャネットがとうとう老人ホームに入居したあとに、そういう引っ越しをした。住み心地のよい寝室二つの住戸が空いたとき、わたしは姉妹の本やら服やらを二階から一階へと運ぶのを手伝った。アナとベティーナには十歳の差があり、六十歳のアナはきっとあと数年は階段を使えただろうが、七十歳を迎えるベティーナには無理だった。一九六〇年代、この一戸建て住宅が五戸のアパートに改装されたとき「老嬢館」と呼ばれるようになったと教えてくれたのはアナだった。

「ここはずっと女だけの館だった」とアナは言った。「あなたがオールドミスだっていうわけじゃないの。そういう年頃の独身女性が、昨今はこの言葉にひどく敏感だってことは承知していますよ。たとえ実際そうでも、オールドミスであることには何の問題もないわ。もちろん、あなたは違うでしょうけど」

「でも、わたし未亡人なんです」

「あらそうなの、でも、まだ若い未亡人だわよ。再婚するにも子供をつくるにも、たっぷり時間はある。えーっと、せめて再婚するだけの時間は」アナは一方の眉をつり上げた。

　アナはわたしの骨折りにと一ドル札を一枚そっとよこしてくる。ずいぶん前に、わたしが抵抗するのをやめた意志表示。そのお札は八つ折り以上に細かくたたまれて、数時間後、わたしの部屋の玄関ドアの下に押しこまれるのがおちだからだ。

「あなたはかけがえのない人だわ、キャシー」

わたし、オールドミスなの？　デートなら去年一度したことがあった。相手はウィルの弟の親友ヴィンス。やせぎすの新しいもの好きオタクで、わたしが三十四だと言ったら、ぎょっとして息を詰まらせた。そしてショックを隠すためにテーブルごしに身を乗り出し、ぼくって老け「専」なんだと言いくさった――これがいい年をした三十男のせりふとはね。この男のまぬけ面をひっぱたくべきだった。ところが、わたしはデート開始から一時間で時計を気にしだした。男はしゃべりすぎだった。生演奏のバンドがお粗末だの、ワインの品ぞろえが悪いだの、きっと相場はすぐにも回復するからニューオーリンズ市内の廃屋を何軒か買うつもりだのと。老嬢館の前まで送ってもらった車から降りたとき、部屋に上がっていってと誘おうと思った。後部座席で丸くなっていた「五年間」のことを思った。〈こいつとやっちゃいなよ、キャシー。何をためらってるの？　なんでいつもそうなの？〉それでも男が車窓からガムを吐き捨てるのを目にしたとき、この無駄に年を取っただけのガキの前で服を脱ぐ気にはなれないと決めたのだった。

最後のデートについては、これでおしまい。お風呂の用意をして仕事着を脱いだ。レストランの匂いを洗い流したかった。廊下の先の、玄関扉の横のテーブルに置かれた手帳に目をやった。あれをどうしたらいい？　わたしの一部は読むべきではないと知っているが、残りは誘惑に抗う力がなかった。だから仕事中ずっと、先延ばしにしてきたのだ。〈家に着いてから。夕食のあとで。お風呂のあとで。ベッドに入ってから。明日の朝に。絶対に読まないの？〉

お湯と泡がバスタブを満たすなか、ディキシーが足元をぐるぐると回って餌をねだった。チャーターズ通りの上空に月が浮かび、セミの鳴き声が車の走る音をかき消していた。鏡に向かい、他人が初めて見るように自分の姿を見ようとした。わたしの体はみっともないということはない。いい体をしている。背は高すぎないし、やせすぎてもいない。手は水仕事で荒れているが、たぶん一日じゅう給仕をしているので全般に体は鍛えられていた。お尻の形は好きだ。ほどよく丸みを帯びている——でも、たしかに、三十代も後半の女子について世間で言われているとおりだ。どこもかしこもたるみだしている。Cカップの胸を両手でかかえて、ちょっとだけ持ち上げた。ほらね。想像した——スコットが、ううん、スコットじゃない。ウィルが、ううん、ウィルもだめ。トラシーナの彼でしょ、わたしのじゃない。店に来る例のカップルの男性を想像した。後ろから近づいてきて、こんなふうに手を触れ、わたしを前かがみにさせて……。〈やめなさい、キャシー〉

　スコットが死んでから、あの馬鹿げたブラジリアン・ワックス脱毛はやめていた。あの見た目に、いつも落ちつかない気分にさせられた。少女に逆戻りしろと言われているみたいで。わたしは手を下へと進ませ、わたしの……何と呼べばいい、自分一人のときに？　ヴァギナは声に出すたびに、青臭くて病院めいた感じがする。プッシーは男の使う言葉で、わたしには猫のイメージが強すぎる。カントは？　だめ。どぎつい。……あそこへと指を滑らせたら、驚いたことに濡れていた。けれど、それをどうにかするエネルギーも努力も奮い起こせはしなかった。

　わたしは人恋しいのだろうか？　そう、もちろん。だけど同時に、わたしの各部分は永遠に閉ざされつつあるらしい。まるで大きな工場が一区画ずつ暗くなっていくかのよう。わたしはまだ三十五で、本当に素晴らしい、目くるめくような、自分が解放されるような、官能的なセックスはしたことがなかった。あの手帳にほのめかされている類のセックスは。

　自分が骨格に肉付けをしたにすぎない存在だと感じる、そんな日々があった。バスやタクシーに押しこまれ、吐き出され、レストランを歩きまわり、人に食べさせ、後始末をするだけの。家ではわたしの体は猫の暖かな寝場所だった。なんでこうなったの？　どうして、わたしの人生はこんなことに？　どうしても事態を収拾できず、ウィルが言ったように自分の殻を抜け出せないのはなぜなの？

もう一度、鏡を見た。いつでも求めに応じられ、感じやすいくせに、どこか閉ざされたこの体。わたしはバスタブに入って、しゃがみこんだ。体をずらしてお湯に沈め、泡の下に頭を数秒もぐらせた。水中で聞こえる鼓動は悲しげなこだまを打ち鳴らしていた。それは孤独の音だった。

わたしはめったにお酒を飲まない。ましてや一人では飲まないが、今夜はどうしてか冷えた白ワインと暖かなバスローブが必要だった。冷蔵庫にカートン入りのシャブリがあった。何カ月も前のものだけれど、我慢しなければ。大ぶりのタンブラーになみなみと注いだ。そしてソファベッドの隅に、猫と手帳と一緒に腰を落ちつけた。カバーのＰ・Ｄの頭文字を指でなぞる。中にはポーリーン・デイヴィスの名札が貼ってあるが、連絡先の情報はない。次のページには手書き文字で目次が記してあった。一から十までのステップが掲げられている。

ステップ１　服従
ステップ２　勇気
ステップ３　信頼
ステップ４　寛大さ
ステップ５　大胆さ

ステップ6　自信
ステップ7　好奇心
ステップ8　勇敢さ
ステップ9　熱気
ステップ10　選択

ええっ、何これ？　このリストは何なの？　熱くなるのと同時に、ぞくっとした。危険で甘美な秘密を暴いたかのように。ソファベッドから立ち上がって、レースのカーテンを引いた。大胆さ、勇気、自信、熱気？　これらの言葉がページから飛び出てきて、目の前でぼやけていった。ポーリーン自身このステップを実践しているの？　もしそうなら、どの段階にいるのだろう？　わたしは腰を下ろすと、もう一度ステップを読んでからページをめくり、次の見出しへ進んだ。「ステップ1のファンタジーの覚え書き」もう止まらない。読みはじめた。

どんなに恐かったことか。怖じ気づいて、取り消して、逃げ出しはしないかとどんなに不安だったか。そうなるわよね？　とくにセックスに関して圧倒される状況では。でも、受容という言葉を思い浮かべて、わたしはこれを受け入れる、シークレット《S・E・C・R・E・T》からの助けを受け入れる、という考えに心を開いていった。そして彼があのホテルの部屋に音もなく入ってきてドアを閉じたとき、これをやりとげたいと思った……

心臓がどくどく脈打つのが感じられた。その見知らぬ男がドアを開けたときに、ホテルの部屋にいたのが自分だったかのように……。

この男《ひと》が！　言葉が見つからない。マチルダは正しかった。ものすごくセクシー……。猫のようにゆるりとこちらへ歩いてきて、あとずさったわたしの膝裏がベッドにつかえた。そのときだった。ベッドにそっと押し倒され、スカートをたくし上げて脚を開かされた。あの日、彼が口にした唯一の言葉を発したあとで、わたしは枕を引き寄せて顔を覆った。きみって人は嫌になるほど美しいね、と。そして、とても文章では言い尽くせないようなエクスタシーに溺れた。あえて表現するなら……

わたしはまた手帳を閉じた。これを読んではいけない。なんて赤裸々なの。わたしには関係のないこと。やめなければ。

もう一つステップを読んでから。それでおしまいにしよう。そこで絶対にこの手帳をしまうのよ。でたらめに真ん中あたりで開く。どうやらセクシーな言葉の並ぶページに飛んだみたいだった。

ああ。まずもって奇妙だった！　嘘じゃないわ。そのくせ驚くほど満たされる効果があった。ほかに言いようがない。自分の内にすべてを受け入れたような。これ以上は無理だったのが、いつのまにか進んでいたような。どんなに大声を出していたか気にしていなかった。その最中ずっと彼の手にまさぐられていた。すごかった！　館は防音になっていて、というか、そうだと聞いていて、ありがたかった。防音になっているはずだ。さもなければ各部屋で何をしているか、みんなに知れてしまう。でも実を言うと、最高に感じさせてくれたのはもう一人の彼、オリヴィエのほう。わたしの下になっていた、腕全体をタトゥーで彩った素敵な黒髪の見ず知らずの男から、しゃぶられて……

手帳をぱっと閉じた。はい、ここまで。こんなのやり過ぎよ。男二人といっぺんに？　ページの上部へ目をやった。ステップ5の「大胆さ」だ。脚のあいだに湿り気を感じて、ショックだった。わたしはふだんエロティックな本を読まない。たまたまポルノに出くわしても、めったに興奮しなかった。それなのに、これは？　欲望そのものだ。全部読んでしまいたい。でも、だめ。膝の上で手帳をきつく閉ざしていた。

そんなタイプには見えなかった。髪をショートにした整った顔立ちのポーリーンは。でも「タイプ」って何なんだろう？　わたしは男とどこまで極端なことを、危険なことをしたっけ？　ハイスクール時代、スコットと「中断」していた時期につきあった男の子と映画館でくすくす笑いながら手でいかせた、とか。フェラチオはしたことがある。たぶんうまくないし、必ずしも最後までいけない。セックスの面でわたしはつくづく未熟者だった。ディキシーがごろんと仰向いて、猫なりにみだらなポーズをとった。

「やだ、この子、わたしが寝室でやったよりたくさん街でお楽しみだったんでしょ」

手帳をしまわないといけない。これ以上読んだら、取り返しがつかないほどポーリーンのプライバシーを侵害することになるし、わたし自身も気が動転してしまう。立ち上がって、玄関ドア脇の電話台の引出しに腹立ちまぎれに手帳を突っこんだ。十分後、ミシガンから持ってきた古いスキージャケットのポケットに移して、クロゼットの奥に吊るしておいた。手帳はまだ、わたしを呼んでいた。そこでガスこんろの下のグリルのなかに入れた。だけど、ふとした拍子に火がついたりしたらどうする?

手帳はバッグに入れることにした。そうすれば、ポーリーンが取りに来る場合に備えて、明日出勤するときに持っていくのを忘れない。ああっ、わたしが読んだと思われたらどうしよう? でも読まずにはいられないわよ、まあ全部は読まなかったわけで、と思いつつ、バッグから手帳を取り出し、結局は車のトランクにしまってロックした。

二日後、ランチの混雑がおさまったあとで、ドアのチャイムがポーリーンの来訪を告げた。わたしは彼女に逮捕されるかのように胃がでんぐり返った。今回はセクシーな彼ではなく美しい年配の女性が同伴だった。おそらく五十代か若々しい六十代、ウェーブした赤毛に、淡い珊瑚色のチュニックを身につけている。二人はやや険しい顔つきをして窓際の空いたテーブルへ進んだ。わたしはTシャツのしわを伸ばして肚を決め、テーブルへ近づいた。〈あまりじっと彼女を見ないように。平然と、いつもどおりに。何も知らないのよ、手帳を読んではいないんだから〉

「いらっしゃいませ。最初はコーヒーになさいます?」わたしは尋ねた。口元が引きつり、心臓があばらに打ちつけた。

「ええ、お願い」ポーリーンはわたしと目を合わせないで、赤毛の女性をまっすぐに見た。「あなたは?」

「わたしはグリーンティーにするわ。あとメニューを二つくださいな」と彼女は答えてから、ポーリーンに視線を返した。

恥ずかしさが湧き上がった。この人たちは何かを知っている。わたし、わたしが何かを知ってるのを知っている。

「か、かしこまりました」口ごもってテーブルに背を向けた。

「待って。ちょっと訊きたいんだけど……」

心臓が口から飛び出そうだ。

「はい？」わたしは振り向いた。前ポケットに両手を突っこみ、首をすくめている。

声をかけてきたのはポーリーンだった。わたしと同じくらい緊張している。けれども同伴者は落ちついていて、励ますような態度だ。かすかにうなずいて相手を促したのがわかった。この赤毛の女性もあの美しい金のブレスレットをはめていた。同じ薄い色のマットな仕上げで、チャームがぶら下がっている。

「このあいだ、こちらに忘れ物をしなかったかしら？　小さな冊子なんだけど。このナプキンくらいの大きさで、深紅色の。わたしのイニシャルのP・Dが入ってます。見かけませんでした？」ポーリーンの声は震えていた。いまにも泣きだしそうだ。

わたしは視線を彼女から同伴者の落ちついた顔へ移した。

「えーと、わかりません。でも、デルに訊いてみますね」口調が妙に明るくなりすぎた。「すぐに戻りますから」

ぎくしゃくと歩いてキッチンに戻り、げんこつでドアを押し開け、冷たいタイルの壁に背を押しつける。肺のなかの空気をすっかり吐き出した。店の長老のデルに目をやった。特製チリに使った大鍋を洗っている。ほぼ白くなったアフロヘアを丸刈りにしているのに、つねにヘアネットをかぶって、プロらしい給仕服を着ていた。わたしに考えがひらめいた。

「デル！　どうしても頼みがあるの」

「どうしても頼まれたくなんざあないよ、キャシー」いつもの舌足らずなしゃべり方だ。「礼儀をわきまえな」

「わかった。早い話がね、あちらのお客さんたち、一人がここに手帳を忘れていってね、わたしが読んだと思われたくないの。実際、読んだから。というか全部じゃない。だって少しは読んでみないと誰のかわからないでしょ？　でも中身が日記みたいで、ちょっと読みすぎたかも。それに個人的なことだったの。とっても。だから少しでも読んだことを知られたくないのよ。あなたが見つけたって言ってもいい？　お願い」

「あたしに嘘をつけってかい」

「ちがう、ちがう、嘘をつくのはわたしだけ」

「まったく、これだから、自分のドラマだのストーリーだので頭がいっぱいの、今日びの娘っこときたら、わからないねえ。『はい、あたしこれ見つけました』って素直に言えばいいじゃないか？」

「今回はだめ。そうはいかないの」

わたしはデルの前に立って拝むように両手を合わせた。

「わかったよ」デルはわたしを蠅みたいに手で追っぱらった。「あたしが何も言わなくてもいいならね。神はあたしを嘘つきにお創りにならなかった」

「あなたにキスしたいくらい」

「されたくない」

わたしはロッカーへ飛んでいき、汚れたTシャツの山の上から手帳をひったくり、洗濯しなきゃいけないと頭にメモをした。テーブルに着いたとき、ごくんと息をのんだ。二人の女性が同時に、期待に満ちた顔を向けてきた。

「そんなわけで、デルに訊いてきました。彼女もお昼の番のウェイトレスなんです、ほらあちらに……」と、ここでデルがうやうやしく登場し、わたしの真っ赤な嘘を本当らしく仕立てるために、こちらへ手をぶっきらぼうに振った。「彼女が拾ってました」とわたしは言い、意気揚々とポケットから手帳を引っぱり出す。「これがあなたの――?」

わたしが言い終えないうちにポーリーンが手帳をひったくって、ハンドバッグに入れた。

「ええ、そうです。どうもありがとう」とわたしに告げ、息を吐き出す。それから連れの女性に向いて言った。「あのね、わたしもう帰るわ、マチルダ。とても残念なんだけど、今日はやっぱりランチする時間がなかったの。かまわないかしら?」

「だいじょうぶ。あとで電話して。でも、わたしはお腹ぺこぺこ」マチルダはそう言って立ち上がると、悩める同伴者とさよならのハグをした。

ポーリーンの感じた安堵と苛立ちが、わたしには手に取るようにわかった。手帳を取り戻しはしたものの、秘密の一部がどこかへ、誰かへ流れたのは承知していて、いたたまれない様子だった。そそくさと抱擁を交わしたあと、出口へと突進していった。

マチルダは椅子にかけ直した。日向ぼっこをする猫さながら、くつろいでいる。わたしは店内を見まわした。もうそろそろ三時で閑古鳥が鳴いていた。勤務時間はじきに終わる。

「すぐにグリーンティーをお持ちしますね」と、わたしは言った。「メニューはあちらの壁に」

「ありがとう、キャシー」歩み去るわたしに彼女は言った。

みぞおちを殴られた気がした。どうして名前を知っているの？　勘定書にサインをした。そして
ポーリーンは常連客だ。だからよ。きっと。

このあとは終業まで無事だった。マチルダはお茶を一口飲んで、窓の外へ目をやった。エッグサラダのサンドイッチをピクルス添えで注文して、半分食べた。わたしたちは、お客に給仕するウェイトレスの儀礼的な会話ぐらいしか言葉を交わさなかった。伝票を渡すと、マチルダは気前のいいチップを残して去っていった。


だから翌日、ランチの忙しさが静まったあとに、マチルダが今回は一人で来たのを見て動揺した。彼女はわたしに手を振り、テーブルを指さした。わたしはうなずき、そちらへ向かいながらも手がかすかに震えているのに気づいた。何をそんなにびくついているの？　嘘をついたのを知られたとしても、それほど悪いことをしたわけじゃないわ。誰だってあんな強烈な内容の手帳を読まずにはいられない。それに損害をこうむったと、いささかプライバシーを侵害されたと感じるのであれば、それはポーリーンであって、この人じゃない。

「こんにちは、キャシー」彼女はそう言って、飾りけのない笑顔を見せた。

このとき、わたしはマチルダの顔立ちに気づいた。ぱっちりした明るい目、褐色の瞳、滑らかな肌。ほとんどノーメイクなのが若く見せる効果をあげていた。実際には五十代というより六十代に

近いのではないか。ハート形の顔は顎が尖っていて、ありていに言えば、個性的な目鼻立ちをもつ女性がときに備えうる非凡な美しさを備えていた。服装は黒ずくめだ。脚線美を際立たせる細身のパンツに、なまめかしげに絡みつくニットのトップを合わせている。そして、あの金のチャームのブレスレットが黒い袖に映えて、きらりと輝いた。

「いらっしゃいませ」わたしはメニューをテーブルの上に滑らせた。

「昨日と同じものをいただくわ」

「グリーンティーとエッグサラダサンドでしたね？」

「ええ」

数分後に、お茶とサンドイッチを持っていき、その後また要求があって湯を注ぎ足した。彼女が食事を終えたので食器を片づけに行くと、テーブルに一緒に座るように誘われた。わたしは凍りついた。

「ちょっとのあいだだけ」とマチルダは言って、こちらへ椅子を押しやる。

「仕事中ですから」捕まえられ、追いつめられた心地がした。バーカウンターの後ろの切り抜き窓からデルが見えた。この人が手帳のことを訊いてきたらどうしよう？

「あなたがちょっと座ったからって、ウィルは気にしないわよ」マチルダが言った。「だいいち、お客もいないことだし」

「ウィルをごぞんじなんですか？」わたしはそろそろと腰を下ろした。

「わたしは知り合いが多いのよ、キャシー。でも、あなたのことは知らない」

「まあ、そんな興味をもたれるような人間でもないんで。わたしはただのわたし、ただのウェイトレス……ほんと、それだけです」

「女は誰でもただウェイトレスだとか、教師だとか、母親というだけじゃないわ」

「わたしはただウェイトレスというだけ。未亡人でもあるようだけど。でも、おおよそはウェイトレスです」

「未亡人？　それはお気の毒に。あなたニューオーリンズの生まれではないでしょ。少し中西部の訛りがあるみたいね。イリノイ？」

「あら惜しい。ミシガンです。六年ほど前にこちらに移ってきました。夫とわたしとで。夫が亡くなる前ですけど、もちろん。あの、ウィルとはどういうお知り合いですか？」

「ウィルのお父さんを知っていたの。前のオーナー。亡くなってもう二十年になる。あれから足が遠のいてしまったかしらね。あまり変わってないわ」店を見まわして言う。

「ウィルは改装すると言ってます。二階にも店舗を広げたいって。でもお金がかかるんで。いまは、この街のどのレストランも営業をつづけるので精いっぱいですから」

「そのとおりね」

マチルダが自分の両手に視線を落とすと、わたしからはブレスレットがもっとよく見えた。ポーリーンのよりもチャームがずっとたくさん付いているようだ。その美しさについて一言いいかけたとき、彼女がふたたび口を開いた。

「それでね、キャシー、訊きたいことがあるの。あの手帳……デルが見つけた手帳のこと。わたしの友達が人に読まれてないか、ちょっと心配してるの。あれは日記みたいなもので、ごく個人的なこともたくさん書いてあるって。デルは読んだと思う？」

「いいえ、まさか!」わたしは確信がやや強すぎる口調になった。「デルはそんなタイプじゃないですから」

「タイプって? どういう意味?」

「その、つまり、詮索好きじゃないんです。デルはほんとに他人の生活に興味がありません。この店と、聖書と、たぶん孫たちのことしか頭にない」

「デルに訊くのは変かしら? 手帳を読んでないか、誰にも見せてないか、確かめたいの。わたしたちには重大なことなのよ」

しまった! どうして話の口裏を合わせておかなかったんだろう? デルがどうやって手帳を見つけたか。正当な持ち主がわかるまで、どうやって職場のロッカーにしまっておいたか。尋問されるとは思わなかったからだ。感謝した持ち主がさっさと店から出ていき、二度と戻らないと思ったから。ところが、このマチルダという女に締め上げられている。

「いま彼女、ものすごく忙しくて。わたしがあっちへ行って訊いてきましょうか?」

「あら、わたしはかまわないのよ、直接訊いたって」とマチルダが席を立つ。「ちょっとそっちへ行ってキッチンに首だけ突っこんで――」

「待って!」

マチルダが上げた腰をゆっくりと下ろした。その目はじっとわたしを見据えている。

「わたしが見つけたんです」

マチルダの表情はいくらかゆるんだが、返事はなかった。両手のひらをテーブルについて、少し上体を近づける。

わたしは客がいない店内を見まわし、言葉を継いだ。「嘘をついてすみません。ほんの少しだけ読みました。だけど名前とか連絡先とかを探しただけなんです。だから、どうかポーリーンには、わたしは一ページだけで……二ページほどでやめたと伝えてください。それに、そう……気まずかったんだと思います。彼女がただでさえ居心地が悪そうだったから、もっと不快にはさせたくなかったんです。だから嘘を言いました。ごめんなさい。自分でも、ほんとに馬鹿だと思う」

「自分を責めないで。ポーリーンに代わって言うわね。手帳を返してくれてありがとう。お願いが一つだけあるの。あなたが読んだことは何も誰にも口外しないこと。ぜったいに、何一つとして。約束してもらえる?」

「もちろんです。決して言いませんから。何の心配も要りません」

「キャシー、これがどんなに重要なことか、あなたにはわからない。この秘密は守らなければいけないの」マチルダは財布から二十ドル札を引っぱり出した。「ランチ代よ。おつりは取っておいて」

「ありがとうございます」

そこでマチルダは自分の名刺を取り出した。「あの手帳で読んだことでもし何か質問があったら、わたしに連絡してちょうだい。ぜひそうして。でないと、わたしはここへ戻ってこないから。ポーリーンも。これがわたしへの連絡方法よ。夜も昼もなく」

「はあ。わかりました」わたしはその名刺を放射性物質さながらに、おそるおそる持った。「マチルダ・グリーン」と名前が記され、その下に電話番号。裏には「S・E・C・R・E・T」という頭字語と「裁かない。限らない。恥じない」の三つのセンテンス。「あの、セラピストとか、そういうお仕事ですか?」

「そうとも言えるわね。人生の岐路にさしかかった女性を相手にした仕事なの。たいていは中年の女性だけど、全員というわけではない」

「人生のコーチみたいな？」

「そうねえ。もっとガイドに近いかしら」

「ポーリーンとはお仕事で？」

「クライアントの話はしない決まりなの」

「わたしならガイダンスを役立てられるのに」これを声に出して言ったの？ 「でもそんなお金ないし」そう、言ったわ。

「あら、意外でしょうけど、わたしからの請求ならだいじょうぶ。だって無料ですもの。難点は、わたしがクライアントを選ぶこと」

「この文字は何の略ですか？」

「S・E・C・R・E・Tのこと？ あら、それは秘密《シークレット》よ」と、マチルダは口元にずるそうな笑みを浮かべる。「でも、また会うことがあれば、すっかりお話しするわ」

「オーケー」

「ご連絡いただけるのを楽しみにしてるわ。社交辞令じゃなしに」

わたしは持ち前の疑いの表情になっていたのだろう。これをやると父にそっくりになる。人生に無料のものなどない、人生は公平であったためしもない、と娘に教えた男に。

マチルダがテーブルから立ち上がった。握手をしようと手を差し出してきたとき、日射しにブレスレットがきらりと輝いた。

「キャシー、お会いできてとてもよかった。もうわたしの名刺をお持ちよね。正直に話してくれてありがとう」

「こちらこそ……わたしをまったくの馬鹿とは思わないでくださって」

マチルダはわたしの手を放すと、母親がするように顎を両手で包みこんだ。チャームがぶつかりあって、耳のすぐそばでチリンチリンと鳴った。

「また会いましょう」

ドアのチャイムが、彼女が去ったことを告げた。わたしから連絡しなければ二度と会うこともないと思うと、不思議に悲しかった。名刺をていねいに前ポケットに入れた。

「新しいお友達ができたわけだ」ウィルがカウンターの奥から言った。ソーダ水の瓶をケースから冷蔵庫へ移す作業中だ。

「それのどこがいけないの？　わたしにだって友達の一人や二人いてもいいでしょ」

「あのご婦人はちょっと常軌を逸してるからな。魔術崇拝とかヒッピーとか完全ベジタリアンとかそういう感じだ。親父が昔知り合いだった」

「ええ、そう言ってたわ」

ウィルは、お客がめっきり酒を飲まなくなったせいでノンアルコール飲料のストックを増やしたことについて皮肉を言いはじめ、でもソーダ水やよくある炭酸飲料やシードルのほうが多額を請求できるし、たぶん儲けも大きくなる、と長広舌をふるったが、わたしの頭はほかのことでいっぱいだった。ポーリーンの日記のこと、彼女の上と下になった二人の男たち、セクシーな彼のがっしりした手がポーリーンの前腕をなぞるさま、街中で人前で彼女を抱き寄せるあの――

「キャシー！」

「何？　どうかした？」わたしは頭を振った。「もうやだ、脅かさないでよ」

「いま、どこへ行ってたんだ？」

「べつに、ここにいるじゃない。ずっとここにいたわよ」

「ふむ、じゃあ、もうお帰り。疲れた顔をしてるぞ」

「疲れてなんかいない」とわたしは言う。本当だった。「というか、こんなに元気だったことって、これまでなかったかも」

Ⅲ

マチルダに連絡をとるまでに、一週間かかった。いつもどおりの一週間だった――歩いて出勤し歩いて帰宅して、脚のむだ毛を剃ることもなく、髪をぐいとポニーテールにまとめ、ディキシーに餌をやり、植木に水をやり、テイクアウトを注文し、皿を洗って乾かして、眠ってそのあと起きて、また同じことのくり返しだ。その一週間のあいだに、三階の窓から夕暮れのマリニーを眺めやりながら、孤独がほかの感情をかき消していたのだと気づいた。孤独はわたしにとって、魚にとっての水のごときものになっていた。

マチルダに電話をするように駆り立てたものは何だったかを説明するとしたら、この体が孤独にもう耐えられないと感じていたから、と言っていいと思う。心さえも助けを求めることにしり込みしていたのに、体が勝手に動いてカフェのキッチンの受話器をとり、電話をかけてしまっていた。

「もしもし、マチルダですか？　わたしカフェ・ローズのキャシー・ロビショーです」

そこで「五年間」が耳をそばだてた。

マチルダはわたしからの電話に、まったく驚いた様子ではなかった。仕事と天気について短い会話を交わしたあと、明日の午後に彼女のオフィスで会う約束をした。ロワー・ガーデン地区の三番通り沿い、コリシアム通りの近くだ。

「角の大きな屋敷の隣の小さな白いゲストハウスよ」彼女はそれがどこか、わたしはよく知っているると言わんばかりだった。実のところ、つねづね観光地や人混みは避けていたわたしだが、難なく見つけられるだろうと答えた。「門のところにブザーがあるわ。二時間ぐらいみておいてね。いつも最初の面談はいちばん時間がかかるの」

デルがキッチンに入ってきたときには、裏に住所を書きとめたメニューの紙を破りとったところだった。デルは老眼鏡ごしに厳しい視線を向けてきた。

「何よ?」わたしはがなった。

このマチルダという女性から、どんな助けが得られるというのか? 知るよしもないが、テーブルの向かいに情熱的な男性がいるような結末になる助けなら大歓迎だ。それでも、心配ではあった。〈キャシー、この女《ひと》が何者かも知らないくせに。一人でやっていけるわよ。誰の助けも要らない。あなたはだいじょうぶ〉と心の声が言っていたが、体が、うるさい黙りなさい、と命じた。それで決着がついた。

面談の当日、わたしはトラシーナもウィルも待たず、仕事を早引けした。お客がいなくなったとたん、デルに、じゃあねと一声わめいて、シャワーを浴びに家へ向かった。クロゼットの奥から、三十歳の誕生日に買った白いサンドレスを引っぱり出してきた。その晩にスコットに待ちぼうけを食わされて以来、着ていなかったドレスだ。南部で五年過ごして日焼けした肌とウェイトレスを四年やって引き締まった腕のおかげで前より似合っていて、びっくりした。姿見の前に立って、しくしくする胃にずっと手をあてがっていた。なんで緊張しているの? それは何か興奮することを、へたをすれば危険なことを自分の人生に持ちこもうとしているから？　日記に書かれていたステップを思い出そうとした。「服従、寛大さ、大胆さ、勇気」全部を覚えてはいなかったが、この前の週ずっとこれを思い返しては心の奥底から途方もない引力がわき起こってきて、この件で電話することは決断というより衝動になったのだった。

マガジン通り路線のバスは、ガーデン地区へ向かう旅行客と家政婦でいっぱいだった。三番通りで降りると、トレイシーズというバーの前で足を止めた。肝を据えるために、二、三杯ひっかけようか。この街に来たばかりのころ、スコットとガーデン地区をぶらついたことがあった。色とりどりの邸宅にぽかんと見とれていた。ギリシャ復古調のピンクの館、イタリア様式の建物、錬鉄の門、どこもかしこも明らかにお金がかかった設《しつら》えに。ニューオーリンズという街は対照的なものたちの縮図だ。金持ちの地区と貧しい地区が隣接し、醜悪なものの鼻先に美しいものがある。スコットはそこに苛立ったが、わたしはこの街のそういうところが好きだ。両極端なところが。

北へ向かったが、キャンプ通りで道に迷ってしまった。間違った方向へ行きすぎた？　いきなり足を止めたら、小さな衝突が起きた。

「ごめんなさい」わたしの後ろで一方の手を子供と、反対の手を顔を汚したよちよち歩きの幼児とつないだ若い女性が、驚き顔をしていた。住宅寄りを歩いて旅行者たちを先に行かせながら、三番通りをさらに歩きつづけた。

〈回れ右して家に戻りなさい、キャシー。助けなんて必要ない〉

ううん、必要よ！　一回会うだけ。マチルダと一時間か二時間を過ごすだけ。それなら痛くもかゆくもないでしょ？

〈キャシー、もしもひどいことを、あなたが望まないことをさせられたらどうするの？〉

ばかばかしい。そんなことにならないわ。

〈どうしてわかるの？〉

だって、マチルダは優しかった。わたしが孤独なのを見通しても、あざ笑わなかった。それは一時的な状態だと、治せるとすらも感じさせてくれた。

〈そんなに寂しいなら、ほかのみんなみたいにバーにでも行けばいいじゃない？〉

だって恐いんだもの。

〈恐い？　で、これはそれほど恐くないってわけ？〉

「だから、ほんとは恐いんだってば！」わたしはつぶやいた。

「キャシー？　あなたなの？」振り返ると、マチルダが歩道でわたしの後ろにいた。額に気づかわしげなしわを寄せている。片手にポリ袋を持ち、反対の手でグラジオラスの花をかかえていた。

「だいじょうぶ？　道に迷いでもした？」

わたしは知らぬまに、へたり込まないようにか、この場にとどまるためか、錬鉄の門を握りしめていた。

「あらやだ。ハーイ。ええ。いいえ。ちょっと早かったかしら。しばらく座ってようかと思って」

「時間ぴったりよ、実際のところ。さあ、いらっしゃい。冷たい飲み物をさしあげるわ。今日は暑いわね」

もはや選択の余地はなかった。後戻りはできない。わたしにできるのは、この人につき従って門を通り、いま、面倒な暗証番号を入力しているところから中へ入ることだけだ。三番通りへちらっと目をやると、「五年間」がわたしに振り向きもせずにのそのそと歩み去っていった。

マチルダのあとから、蔓草や立ち木が一面に生い茂った庭を通り抜けた。わたしの心は、怯える幼児のように母親の脚にまだしがみついている。わたしたちは古風で趣のある白いゲストハウスの赤い扉へと向かっていた。その右手には、道路からはほとんど見えなかった広大な邸宅があった。めまいの波にさらわれた。

「ストップ。待って。わたし、これはできそうもないわ、マチルダ」

「これとは何かしら、キャシー?」彼女はこちらへ向いた。赤い花が赤毛の代わりに顔を縁取っている。

「これとは……何でもいい、これはこれよ」

マチルダは笑った。「これが何なのかはっきりさせてから決断する——それでどう?」

わたしはじっと立っていた。手のひらが汗でびしょ濡れだ。ドレスで拭いたくなるのをこらえた。

「ノーと言ってもいいのよ、キャシー。わたしは提案しているだけ。心の準備はいい?」彼女はじれている、というより当惑しているふうだ。

「はい」と答えた。準備はできていた。まあ、そうも言える。しぶる心を閉ざした。いや、むしろ開いた。

マチルダが先を行き、わたしがあとにつづいた。ツタの絡まった邸宅とそのにぎやかな庭に目が引き寄せられた。四月のニューオーリンズは、蔓草と満開の花の季節だ。マグノリアはたちまち開花し、一夜にして一九五〇年代の華美な水泳帽をかぶったようになる。わたしはこんなに草木が青々と、生き生きと生い茂った庭は見たことがなかった。

「どなたのお住まいですか？」わたしは尋ねた。

「そこは『お屋敷』なの。メンバーだけが入れるのよ」

わたしは十二個ある屋根窓を数えた。錬鉄の装飾がレースで編んだ前髪よろしく、窓から垂れている。小塔は白い屋根を頂いていた。真っ白なのに幽霊が出そうな不気味な感じがした。それでも、さぞかし魅力的な幽霊だろう。

ゲストハウスに着いて、マチルダが暗証番号をもう一度入力したあと、わたしたちは大きな赤い扉を抜け、中へ入った。エアコンの風が吹きつけてきた。ゲストハウスの外観は特徴のない角型だとしても、内装は二十世紀中葉のミニマリスムの見本だった。窓は小さいが、壁は高く白い。その壁に床から天井まで高さがある、あざやかな赤とピンクの地に黄と青が点在する目の覚めるような絵画が数幅かかっている。窓台でティーライト・キャンドルの炎が揺らめき、高価なスパのような雰囲気を漂わせる。わたしは耳まですくめていた肩を脱力させた。こんなところで悪いことが起こるはずないわ。俗世に汚されていない場所だ。部屋の端に高さ三メートルはあろうかという両開き扉があった。黒髪をきりっと短く刈り、黒縁の眼鏡をかけた若い女性がデスクから立ち上がって、マチルダにあいさつした。

「委員たちはまもなくお見えになりますので」あたふたとデスクを回りこんできて、買い物袋と花束をマチルダの手からもぎ取った。

「ありがとう。ダニカ、こちらはキャシー」

委員たちって？　わたしは会議のじゃまをしているの？　心臓が胃まで落っこちそうだ。

「やっと会えてうれしいわ」とダニカが言うと、マチルダは彼女をにらんだ。

やっと、ってどういうこと？

ダニカがデスクの下のボタンを押すと、後ろのドアが開いて、クルミ材の戸枠の向こうに明るく照らされた小部屋が現われた。部屋の中央には、毛足の長いピンク色の丸いラグが敷いてあった。

「わたしのオフィスよ」とマチルダ。「さあ入って」

草木の茂る庭に面した気持ちのいい部屋だった。門の向こうに通りがかすかに望めた。このオフィスの窓からは、堂々たる隣の「お屋敷」の横の入り口も見えた。制服姿のメイドが戸口の階段を掃いている。わたしは黒い幅広の肘かけ椅子に座った。キングコングの手のひらで揺らされている気分になる椅子だ。

「なぜ自分がここにいるのかわかる、キャシー？」とマチルダが尋ねた。

「いいえ。はい。ごめんなさい、やっぱりいいえです。わかりません」もう泣きたかった。

マチルダはデスクの後ろの椅子に腰かけ、両手に顎をのせて、わたしの返事が終わるのを待っていた。沈黙は苦痛だった。

「あなたがここにいるのは、ポーリーンの日記を読んで、わたしに連絡せずにいられない気持ちになったから。そうよね？」

「そう思います。はい」わたしは部屋を見まわして、もう一つのドアを探した。庭に出られ、ここから逃れられるドアを。

「何がそういう気持ちにさせたと思う？」

「日記だけじゃなかった」わたしは口を滑らせた。窓の外では二、三人の女性が庭の門を入ってきている。

「じゃあ、何だったの？」

腕と腕を絡ませた、例のカップルのことを考えた。手帳のことを考えた。ポーリーンがベッドへあとずさって、男が――

「ポーリーンです。彼女が男たちと、ボーイフレンドと一緒にいるときの様子。わたしは誰と一緒でも、あんなふうだったことはない。夫といたときでも。そして誰も、わたしといてあんなふうだったことはない。ポーリーンはとても……自由だった」

「あなたはそうなりたい？」

「はい。そう思います。あれは効果の一部とか？」

「あれこそが唯一の効果なのよ」とマチルダ。「さあ、あなたも始めてみない？　あなた自身の話をちょっと聞かせて」

なぜそんなに気が楽だったのかはわからないが、口から話がこぼれ出ていった。わたしはマチルダにアナーバーで育ったことを語った。子供のころに母を亡くしたこと、フェンス施工業者だった父はたまにしかそばにいなくて、いるときは不機嫌だったり溺愛したりを交互にくり返したことを。お酒を飲んだときはとくにそうだった。わたしは部屋の空気の変化に用心し、敏感になった。姉のライラは出られるようになったとたんに家を出てしまい、ニューヨークに移り住んだ。いまでは、ろくに口も利かない姉妹だ。

それから、わたしはマチルダに、スコットの話をした。優しいスコット、悲しむスコット、家のキッチンでカントリーに合わせてわたしとゆったりと踊ったスコット、わたしを二回殴って、わたしが与えてあげられなかった赦しを求めてやまなかったスコット。夫の飲酒癖がエスカレートするにつれ、結婚生活がだめになっていった。夫の死でわたしは解放されるどころか、むしろ静かな中間地点へ、自分自身がつくった安全な檻のなかへ追いやられてしまった。わたしはどんなに女性と話したかったか、どんなに孤立していたか、思ってもみなかった。マチルダに打ち明けだすまでは。

そして、あれを言った。ぽろっと口から出た。もう何年もセックスをしていないことを。

「何年？」

「五年。ほぼ六年かしら」

「それはよくあることよ。深い悲しみ、怒り、恨みは、体をひどいペテンにかけるの」

「どうしてわかるんです？　あなたはセックス・セラピスト？」

「まあね」とマチルダは言った。「ここでしているのはね、キャシー、女性が改めて自分の性的な面に目覚めるための手助けなの。そして、そうすることで、いちばん力強い自分に目覚めるのよ。一度に一ステップずつ。興味がある？」

「でしょうね。もちろん」わたしは言った。生理が始まったと父に告げることになった、あのときと同じくらい嫌だった。父の気だるげな恋人を除いて、子供のころに家に女性がいなかったから、誰ともセックスについて遠慮なく話したことがなかった。

「何かその……変なことをさせられます？」

マチルダは笑った。

「いいえ、変なことは何もしないわ、キャシー。あなたがその趣味でなければ」

そこでわたしも笑った。もうあとに引けなくなった人の気まずい笑い。

「でも何をしたらいいの？　どういう仕組みなんです？」

「あなたはただ委員会にイエスと言うだけでいいの」とマチルダは言って、腕時計に目をやった。「あらいけない、話してるあいだに委員が集まってきてたわ」

「委員会？」しまった、わたし何をしくじったの？　深い穴に落ちたかのようだった。

マチルダはわたしのパニックを見てとったのだろう、デスクの水差しからグラスに水を注いでよこした。

「ほら、キャシー、これを飲んでリラックスしてちょうだい。これはいいこと。素晴らしいことよ、どうか信じて。委員会はただの女性だけのグループ、親切な女性たち、多くはあなたのような女性、力になりたいと思ってる女性なの。彼女たちは参加者を見つけて、ファンタジーを企画する。委員会はあなたのファンタジーを実現する」

「わたしのファンタジー？　そんなものないとしたら？」

「いいえ、ありますとも。まだ知らないだけ。心配しないで。したくないことはしなくていい。一緒にいたくない人とは、いっさい接触しなくていい。シークレットのモットーは『裁かない。限らない。恥じない』よ」

水を入れたグラスが手の中で震えた。ごくっと飲んでむせた。

「シークレット？」

「ええ、それがこのグループの呼び名なの。S・E・C・R・E・Tのそれぞれの文字が表わすものがある。でも全体としての存在理由は、性的なファンタジーへの完全な服従を通じて解放されること」

わたしは中空をにらんで、ポーリーンと二人の男たちのイメージを振り払おうとした。

「それがポーリーンがしたこと？」と口をついて出た。

「ええ。彼女はシークレットの十のステップを完了して、いまは最大限に、性的に目覚めた人生を生きているわ」

「十の？」

「まあ、厳密には九つのファンタジー。第十ステップは決断なの。一年間シークレットに残って、あなたのような新規の女性を勧誘したり、ファンタジー参加者の訓練をしたり、ほかのメンバーのファンタジーを容易にする手伝いをするもよし。あるいは、身につけた性的な知識を自分の世界に、おそらくは愛情のある関係に持ちこむと決めるもよし」

マチルダの右の肩ごしに、庭に面した窓の外でさまざまな年齢、肌の色、体格の女性が三々五々、門を通ってくるのが見えた。ロビーに入ってきた彼女たちの笑い声、しゃべる声が聞こえる。

「あれが委員会？」

「そう。わたしたちも行きましょうか？」

「待って。この展開はちょっと速すぎるわ。訊きたいんですけど、もしイエスと言ったらいったい何が起こるの？」

「あなたが望むことすべて。望まないことは何も起こらない」というのがマチルダの答えだった。

「イエスかノーかよ、キャシー。本当にシンプルだわね」

わたしの体が主導権を握っていたが、心が一時的な束縛からついに解き放たれて、疑念を爆発させた。

「だって、あなたのことも知ら**ない**のに！　あなたが、あの女性たちが何者かも知らない。それでここに座って心の奥底を、胸の内に秘めた性的なファンタジーを語れってわけ？　ファンタジーをいくつ持ってるか、ましてや九つも持ってるかなんて知らないわよ。これまでの人生で寝た相手はたった一人なんだもの。そのわたしがなんでこんなことにイエスと言えるっていうの？」

　マチルダはわたしがわめき散らすあいだも落ちついていた。幼子がだだをこねる最中にも良い母親がそうであるように。わたしは自分の体を回れ右させ、家に帰らせるほどの言葉は吐けなかった。それはわかっていた。マチルダもそうだった。哀れなわが心は、この戦いに敗れつつあった。

「イエスかノーかどっちなの、キャシー」マチルダがまた言った。

　部屋をぐるりと見まわし、背後の本棚に、庭に面した古風な窓に、窓の外の生け垣に目を向け、マチルダの顔へ目を戻した。わたしは触れられたかった。この体を男の手で解き放ってほしかった。緩慢で孤独な死を迎える前に。それがわたしにしてほしいこと、わたしとしてほしいことだ。

「イエス」

　彼女がわたしの手を優しくぽんと叩いた。

「とてもうれしいわ。ああ、楽しいことになるはずよ、キャシー。きっと楽しくなる！」と言って、マチルダはデスクの引出しから小冊子を取り出した。ポーリーンの日記と同じ暗紅色のカバーがついているが、小切手帳のように、もっと細長く薄かった。

「あなたを一人にしてあげるから、この短い質問票に答えてほしいの。あなたの探し求めているものが、あなたの……好みがどんな感じかを、それにあなたの考え方をこれが教えてくれる。具体的なファンタジーはあとで書き出してもらいます。でも、これがとっかかりになるの。制限時間は十五分。ありのままを答えてね。終わったら迎えに来ます。委員会が招集されているわ。お茶、それともコーヒー?」

「お茶をいただければ」わたしは言った。もうへとへとだった。

「キャシー、あなたと真実の人生を隔てるものは恐怖心だけよ。それを忘れないで」

彼女が去ったあと、緊張のあまり小冊子を見ることもできなかった。立ち上がって、オフィスの奥の本棚へ歩いていった。わたしが考えたのは、百科事典のセットだと思っていた本が実は『完全版カーマ・スートラ』や『ジョイ・オブ・セックス』『チャタレイ夫人の恋人』『マイ・シークレット・ガーデン』『ハッピー・フッカー』『ファニー・ヒル』『O嬢の物語』といった本だと判明するということだった。わたしが十代のころに子守をした家で見つけては盗み読んだせいで、夜遅く自宅へ送ってもらう車中でも頭が混乱していた類の本。この小冊子やあの日記と同じ暗紅色の革装で、タイトルが金で型押しされていた。わたしはその金文字に指を走らせ、深呼吸をして、座っていた椅子に戻った。

腰を下ろし、小冊子を開いた。


この小冊子に関しての秘密は完全に守られます。ご回答はあなたと委員会だけが知りうるもので、ほかの誰の目にも触れることはありません。シークレットが手助けをするために、もっとあなたのことを知る必要があります。事細かに、正直に、臆せずに答えましょう。それでは、始めてください。

その後は、一問ごとに回答スペースを挟んで質問が並んでいた。あまりに特殊な問いにめまいがした。ペンの書き心地を試そうとしたとき、ドアが静かにノックされた。

「どうぞ?」

ダニカのショートカットにした黒髪が戸口からのぞいた。「おじゃましてすみません。マチルダからお茶をさしあげるように言われたんですけど」

「ああ、どうも」

部屋に入ってきて、わたしの前に銀のティーセットをそっと置いた。

「ダニカ、あなたもしたの? この……これを」

彼女はにっこりと笑った。

「いいえ。ほら」と言って、何もつけていない手首を上げた。「ブレスレットしてないでしょ? そこで見分けるの。マチルダが言うには、あたしは彼氏と最初からうまくやれば参加する必要はないだろうって。それに年もいってないと——三十過ぎとかじゃないといけないの。でも、すっごくクールだと思うな」どこからどう見ても二十一か二十二ぐらいのダニカが言い足した。「とにかく正直に答えることよ、キャシー。そのあとは万事が楽になる。マチルダがいつもそう言ってるわ」

そうして彼女がくるりと背を向け、歩み去り、ドアを閉じると、わたしはまた質問票とめまぐるしく回転する頭をかかえたまま、ひとり取り残された。〈あなたならできるわ、キャシー〉ということで、とりかかった。

1 これまで何人の男性と経験しましたか? あなたの理想の相手の身体的特徴は? 身長、体重、髪の色、ペニスのサイズ、その他の身体的嗜好を具体的に記しなさい。

2　膣性交でオーガズムを得られますか？
3　オーラルセックス（受け手として）は好きですか？　オーラルセックス（与え手として）は好きですか？　説明しなさい。
4　どれくらいの頻度でマスターベーションをしますか？　好みの方法は？
5　一夜かぎりの関係をもったことがありますか？
6　惹かれる相手がいるとき、先に行動を起こすほうですか？
7　女性と、あるいは一度に複数の相手と性行為をしたことがありますか？　説明しなさい。
8　アナルセックスの経験はありますか？　楽しめましたか？　楽しめなかった場合は理由を記しなさい。
9　あなたはどんな避妊法を用いていますか？
10　あなたの個人的な性感帯はどこだと思いますか？
11　ポルノグラフィーについてどう思いますか？

まだまだ質問はつづいた。生理中のセックスは楽しめますか？　猥談は？　ＳＭは？　緊縛は？　照明はつけておきますか、それとも消しますか？　……。これこそ最も恐れていたことだった。わたしの理解を超えた感覚だ。まるで大学を出たあとまで悩まされている抜き打ちテストの悪夢のよう。わたしがこれまでセックスをした相手は一人しかいない。ペニスの好みなんて思いもつかないし、アナルセックスはわたしにとって顔にタトゥーを入れるとか万引きをするのと同じぐらい、奇抜で縁遠いことだ。それでも、誠実に答えなければ。起こりうる最悪のこととは？　性的につくづく未熟だとわかって、お払い箱にされる？　そう考えると、このあとの活動がばかばかしいほど楽しげに思えた。そもそもわたしには失うものは何もない。そもそも、ここにいるのは経験に乏しいからじゃないの？

いちばんシンプルな質問、第一問から始めた。これなら簡単だ。一人。わたしは一人としかセックスしていない。スコットただ一人。あとにも先にも一人だけ。体の好みについては、魅力的だと思った映画スターやミュージシャンをすべて思い浮かべたら、回答スペースが名前と理想像ですっかり埋まってしまい、自分でも驚いた。では、次の質問へ。膣オーガズム？　これはパス。わけがわからない。性感帯の質問では、本棚に目を走らせて辞書を探しそうになった。これには答えられなかった。次の質問にも、女性と云々という質問にも。残りは精いっぱい回答した。ようやく最後のページにたどり着くと、ほかに思うところを記すようにと空きスペースになっていた。

質問に答えようと頑張っていますが、わたしはセックスは、夫としかしたことがありません。ほとんど正常位でした。新婚のころには週に二回ほど、その後は月に一回のペースでした。明かりは消すことが多かったです。ときどきはオーガズムを感じました……と思います。あやふやです。ふりをしていたのかも。スコットはわたしに口でしたことはありません。わたしは……たまに自分でしていました。でも、もうずいぶんしていません。スコットはいつも咥えてほしがりました。しばらくやっていましたが、殴られたあとはもうできなくなりました。殴られたあとは、あの人とは何もできませんでした。夫と死別してかれこれ四年になります。わたしが最後にセックスをしたのは、もっと前でした。すみません、このテストはやり終えられません。精いっぱい努めはしたのですが。

ペンを置き、小冊子を閉じた。これを書いただけでも、少し肩の荷が下りた気がした。

マチルダがそっと部屋に帰ってきた音は聞こえなかった。

「どうだった？」と彼女はデスクに戻って、椅子に腰かけながら問いかけた。

「あまりいい出来じゃない、と思います」

マチルダは小冊子を手にとった。わたしはそれをひったくって、自分の胸にひしと抱きしめたい超弩級《ちょうどきゅう》の衝動に駆られた。

「あのね、これは落第するようなテストじゃないのよ」わたしの回答にざっと目を通した彼女の顔に悲しげな笑みがよぎった。「それじゃあ、キャシー、一緒に来てちょうだい。これから委員会とのご対面よ」

わたしは大きな座り心地のいい椅子にハンダ付けされたみたいになった。この部屋の敷居をまたいだら、人生の新たな一章が開かれるのだ。覚悟はできている？

奇妙なことに、できていた。合図が一つあるごとに、やれそうな気になった。例の十のステップもこんな感じなのかも。何も悪いことは起きない、と自分に言い聞かせつづけた。その正反対だ。氷の層がはがれ落ちていく心地がした。

わたしたちは一緒に部屋を出て、受付を横切っていった。ダニカがデスクの下のもう一つのボタンを押すと、突き当たりの巨大な白い扉が開き、大きな楕円形のガラスのテーブルが見えてきた。十数人の女性たちがテーブルを囲んで、にぎやかにおしゃべりに興じていた。この部屋に窓はなく、壁はやはり白く、ロビーにあったのと似た色彩豊かな絵がいくつか飾られている。部屋の奥の幅が広いマホガニーのコンソールテーブルの上に、肖像が掛かっている。長い三つ編みの髪を肩から前へ垂らした、浅黒い肌の美しい女性だ。マチルダとわたしが部屋へ入ると、女性たちは静まった。

「みなさん、キャシー・ロビショーを紹介します」

「ハーイ、キャシー」声をそろえて言う。

「キャシー、こちらが委員会の人たちよ」

わたしは何か言おうと口を開いたが、何も出てこなかった。

「ここに、わたしの隣にお座りなさいな、あなた」小柄なインド系の女性が言った。優に六十は越えていて、色あざやかなサリーを身にまとい、とても優しい笑顔だ。椅子を引き、座面をぽんぽん叩いている。

「ありがとうございます」と言って、わたしは着席した。みんなの顔を見たいと思うのと同時に、誰の顔も見たくなかった。十代の少女じゃあるまいし、もじもじしないように、膝の上で両手をきつく組んだり手のひらで太ももを押さえつけたりした。〈あなた三十五歳でしょ、キャシー、いいかげん大人になって〉

マチルダが女性を一人ずつ紹介してくれるうちに、声が遠ざかって、水中にいるかのように聞こえてきた。視線が顔から顔へと、名前を覚えようと去りかねては漂った。彼女たちは一人ひとりが異なる種類の美しさを備えている。

赤い髪の黒人女性、バーニスがいた。ふくよかで、小柄で、胸は豊か。年は若く、三十そこそこだろう。金髪は二人、背が高くストレートの長い髪のダフネと、短いくりくりの巻き毛のジュールズがいた。ミシェルという名で天使のような顔をした、曲線美の黒髪の女性は、わたしがダンスの発表会で愛らしいことをしたかのように両手で口をふさいだ。わたしの向かいで、彼女が身を乗り出してささやきかけている女性の名はブレンダ、引き締まったスポーツウーマンの体に、スポーツウェアをまとっている。その隣は、赤褐色の長い髪のロズリン、これまで見たことがないほど大きな茶色の目をしている。二人のヒスパニックの女性たちも隣りあって座っていた。一卵性の双子。マリアは意志の強い目が印象的だけれど、マルタはもっと穏やかで開けっぴろげに見える。そのときやっと、出席者全員が見慣れた金のチャーム付きのブレスレットをしていることに目が向いた。

「そして最後に、お隣はアマニ・ラクシュミー。委員会の最古参よ。というか、わたしのガイドだった人。わたしがあなたのガイドになるようにね」とマチルダが言った。

「会えてとてもうれしいわ、キャシー」かすかな訛りがあった。ほっそりした腕を上げて、握手をする。この部屋でブレスレットを二個、両手首につけているのは彼女だけだった。「始める前に、何か訊きたいことは?」

「あの絵の女性はどなたですか?」わたしは思わず言っていた。

「カロリナ・メンドーサよ。このすべてを実現させた女性」とマチルダが答えた。

「いまもそうね」とアマニが言った。

「ええ。おっしゃるとおり。彼女の絵を所有しているかぎり、ニューオーリンズでシークレットをつづける財力が保てる」

マチルダは三十五年以上も前にカロリナと出会った経緯を語った。マチルダはこの街の芸術文化活動の担当者だった。カロリナはアルゼンチン出身の画家で、軍部の弾圧によって芸術家の創作もフェミニストの言論も自由を奪われる直前、七〇年代に逃亡してきていた。二人は美術品のオークションで会った。カロリナはまだ作品を発表しだしたばかりだった。当時の女性がいかにも手がけそうな絵画とは異なる、大きな鮮烈なキャンバス画と壁画だ。

「あれは彼女の作品ですか？　ロビーに掛かっている絵は」とわたしは尋ねた。

「ええ。だから、ここのセキュリティはとても厳しいのよ。どの作品にも百万ドル単位の値がつくから。『お屋敷』の倉庫にもまだ数点あるしね」

マチルダはカロリナとともに過ごすようになったいきさつを説明した。新しい友人は久しく得ていなかったから、彼女には意外なことだった。

「性的な関係ではなかったけど、わたしたちはセックスについて山ほど話した。しばらくしたら、彼女はわたしを信頼して自分の世界のことを打ち明けてくれたの。女たちが集まって、心底からの欲望について、胸の奥にしまい込んだファンタジーについて語りあう、秘密の世界のことを。あのころはね、セックスについて語るのはありきたりなことじゃなかった。ましてや、それがどんなに好きかを口に出すのは」

カロリナのグループは最初は、形式ばらないものだった、とマチルダは言った。芸術家仲間と風変わりな地元の有名人たち、ニューオーリンズでつねに多数輩出してきた人材の集まり。多くは独身で、未亡人が数人、結婚生活が長い女性も二、三人いた。なかにはそれで満足している人もいたそうだ。たいていは社会的に成功した、三十過ぎの女性。それでも自分の結婚に、人生に、何か欠けているものがあった。

マチルダはカロリナの専任の美術品ブローカーになり、カロリナの絵の売値は高騰した。ついには中東の石油王のアメリカ人妻に、数点の絵を一千万ドル単位の値で売り渡した。彼女は隣の「お屋敷」を買い、残りの財産は信託に付して、拡大しつつある性にまつわる集まりの資金源とした。

「結局わたしたちは悟ったの。自分たちの性的ファンタジーを――そのすべてを体験したいんだって。この筋書きにはお金がかかったわ。男たちを、ときには女たちも、ファンタジーを満たすのに適した男女を見つけてグループに加えることが必要だった。そして……訓練が。そうやってシークレットが始まった。

　互いに協力しあって自分の性的ファンタジーを体験したあと、毎年一人ずつグループに迎えるようになった。この贈り物を――完全な性の解放という贈り物を与える相手として。現在の委員会の長として、今年の新人を選ぶのはわたしの務めだった。グループの使命に従うならば、その新人もまたわたしたちを選ばなくてはならない」

「あなたがきっかけをくれたのよ、キャシー」とブレンダが言った。

「わたしが？　なぜ？」

「いくつか理由はあるわ。わたしたちはしばらく前からあなたを見てきた。ポーリーンがレストランであなたと会ったあとに、提案していたの。手帳を置いてきたのは、わざとじゃなかったけど、あれ以上にいい手段など思いつかなかったでしょう。あなたのことはもう何度か話しあってきたの。万事うまく運んだわね」

　これには一瞬、呆然となった。わたしは見張られていた。チェックされていた……どうして？　惨めたらしい孤独さが漂っていたから？　怒りが沸き立った。

「いったい何が言いたいんです？　あなたがたは、わたしが独りぼっちの哀れなウェイトレスだと思ってるってわけ？」非難がましい目で室内を見まわした。

　アマニが手を伸ばしてきてわたしの腕を握り、何人かが安心させるようにつぶやいた。「いいえ」とか「そんなことないわ」とか「まあ、そんなつもりじゃないのよ」と。

「キャシー、侮辱じゃないのよ。わたしたちは愛と助け合いの精神から運営しているの。人がまだ若いうちに性的な自己を閉ざしてしまうとき、自覚していないことが多い。ただし、ほかの人にはわかる。それは五感の一つを欠いたままで生きてるようなもの。自分だけが知らないの。そういう引きこもり状態の人にはある種の介入が必要になる。ただそれだけ。それが言いたかったの。わたしたちはあなたを見つけた。これのためにあなたを選んだ。そしていまチャンスを提供している。新たな始まりの。目覚めの。もしよければ。仲間に加わって旅立ちたくはない？」

　わたしは監視されていたことが引っかかっていた。どうして？　この孤独を、図らずも送る禁欲生活をずっとごまかしてきた、そう思っていた。そのとき、ふと思い出した。自分の茶色づくしの服装を、ぼさぼさのポニーテールを、みっともない靴を、猫背を、愛猫を、黄昏時に人けのないアパートへとぼとぼと戻る足取りを。誰の目にも、わたしのまとった敗北感のごとき茶色のオーラが見えたはずだ。もう潮時だ。いま、飛ばなければ。

「はい」とわたしは答えて、残りの疑念を頭から振り払った。「加わります。これをやりたいです」

　どっと拍手がわき起こった。アマニが励ますようにうなずいた。

「このグループの女性たちをあなたの姉妹と思って。わたしたちはあなたが本当の自分を取り戻すよう導きます」マチルダが立ち上がって言った。

　胸が締めつけられた。同時にたくさんのことを感じていた。喜び、恐れ、混乱、そして感謝を。

これは現実に起こってることなの？　このわたしに？

「どうしてこれをしてくれるんです？」わたしは尋ねた。目尻に涙がたまっている。

「わたしたちにはできるから」とバーニスが言った。

マチルダがテーブルの下に手をやり、ファスナー付きのフォルダを引っぱり出してきて、わたしの前に置いた。本ワニ革らしきものに、イニシャルのC・Rが型押しされていた。メンバーは人間の根源的な直観から、これはわたしが断れるものではないと知っていた。わたしはフォルダを開き、内部の左右の側をあらわにした。どちらも装飾的な型押しが施された書類でいっぱいだ。左側に、カリグラフィーでわたしの名が記されたリンネル紙の封筒があった。結婚式の招待状でもこんなに優美ではなかった。

「どうぞ」とマチルダ。「開けてみて」

わたしはそろそろと封を切った。カードが一枚入っていた。


本日、キャシー・ロビショーは委員会の招きによりステップを進めることとする。

（署名欄）　キャシー・ロビショー

その下にもう一行あった。

（署名欄）　マチルダ・グリーン、ガイド

フォルダの右側にはポーリーンのとそっくりの小さな日記帳が挟まっていた。これにもわたしのイニシャルがついていた。

「キャシー、わたしたちにステップを読んで聞かせてくださる？」

「いまですか？」テーブルを見まわすが、恐ろしげな顔は一つも見当たらない。それに、いつでもドアの外へ歩み去ることはできた――けれど、そうしたくはない。わたしは立ち上がりはしたが、脚がすくんでいた。「こわい」

「このテーブルを囲んでいるみんなが、いま、あなたが感じていることを味わったのよ」とマチルダが言うと、女たちはうなずいた。「キャシー、わたしたちは性的な生き物なの」

涙があふれ出る。溜めこんでいた悲しみがついに出口を見つけたかのようだ。

アマニが身を寄せてきて言った。「自分を癒やす力が、人を助けることを可能にした。それがわたしたちがここにいる理由。それこそが唯、一の理由なの」

わたしは日記をじっと見つめ、なけなしの強さと勇気を振り絞った。この女たちみたいに生き生きとしたい。歓びを感じ、また自分の肉体を生きたい。すべてを味わいたい。何もかもが欲しい。ステップのページを開き、ポーリーンの日記で読んだのと同じ言葉、全十項目を読みあげた。読み終えて座ったとき、足元から全身へ、腕の先にまで、大きな安堵感が広がっていった。

「ありがとう、キャシー」とマチルダ。「では、ここで三つの重要な質問をします。一つ、あなたはわたしたちの用意したものを欲しますか？」

「はい」

「二つ、完全な安全と安心とわたしたちが提供するガイダンスの範囲内において、これらのステップを進んでいく意志がありますか？」

ステップに視線を落とした。自分のものにしたい。心から。「はい。そう思います」

「三つ、キャシー・ロビショー、あなたはわたしをガイドとして受け入れますか？」

「はい、受け入れます」

満座が拍手喝采となった。

マチルダがわたしの手を握りしめた。「キャシー、あなたは安全だと、気にかけられ、大切にされると約束するわ。あなたの体は完全にあなたの自由で、したいようにできる。あなたはいついかなる時でも、どのように進めるかを決められる。決して強制はされない。それで不安にならないというわけじゃないけど、これがわたしたちがここにいる意味。わたしがここにいる意味よ。あとは、もう一つ、あなたに渡すものがあります」

上の壁にカロリナの肖像が掛かったコンソールテーブルへ歩いていき、細長い最上段の引出しを開けて、紫色の小箱をそっと取り出した。世界でいちばん壊れやすいものであるかのように、わたしのところへ持ってくる。でも、マチルダが手にのせたとき、箱は意外にも重かった。

「さあ開けて。これはあなたのよ」

ビロードのふたを上げると、ふわふわした綿毛の下に、絹地にくるまれた淡い金の鎖が鎮座していた。みんなが腕にしているのと同じものだ。ただし、これはチェーンだけ。チャームは一つもついていない。

「わたしの？」

マチルダが箱から鎖を持ち上げ、わたしの震えている手首にはめた。

「キャシー、あなたがステップを完了するごとにそれを記念して金のチャームを一つ、わたしから受け取るの。九つのチャームをすべて手に入れるまで、それはつづけられる。十個目のチャームはシークレットに残るか去るかの選択をしたあとで得られるの。冒険を始める準備はいい？」

ブレスレットが、その重みが地に足をつけさせ、すべては現実だと感じさせた。たったいま起こったことの、これから起こることの重大さを意識させた。

「準備はできています」

Ⅳ

わたしは帰る道すがら、この先に待つ作業のことを思って、頭からつま先まで震えていた。マチルダはわたしにフォルダを持たせ、なかにファンタジー一つにつき一枚、九枚の紙が入っていると告げて送り出していた。ただちに記入して、出来しだいダニカに電話すること。そうしたら書類を受け取る使いをよこすだろうから、と。マチルダは最後にこう言った。「この書類が届きしだい、すべてが始まる。ファンタジーを一つ終えるごとに、あなたと話しあいます。だけど、途中でも何かあったら遠慮せずに電話して、いいわね？」

アパートに戻ると、ディキシーを抱き上げ、お腹じゅうにキスしてやった。それから、たくさんのキャンドルに火を灯して、服を脱いで、甘い香りのお風呂に浸かった。こうしたものが、最高のファンタジーのリストを思いつく助けになるはずだ。お気に入りのペンを見つけてきて、ワニ革のフォルダから最初のページをさっと取り出す。もう何年も感じていなかった胸のざわめきを感じた。マチルダは、ありのままを書くよう、わたしの性的な欲望をすべてさらすようにと指示していた。わたしがやりたかった、試したかったすべてを。予断も疑問ももたないように、と。

「説明的になりすぎるのも、考えすぎるのもだめ。とにかく書いてみて」ファンタジーにルールはない、とマチルダは説明した。ただし、S・E・C・R・E・Tという文字は、メンバーが忠実であろうと大いに心を砕いている基準を示していた。ファンタジーはどれもこう感じられなくてはならない、と。


Safe（安全）――参加者がいっさい危険を感じないこと。

Erotic（官能的）――ファンタジーは想像上だけでなく本質として性的であること。

Compelling（説得力）――参加者が心からやりとげたいと望むようなファンタジーであること。

Romantic（ロマンティック）――参加者が求められ望まれていると感じること。

Ecstatic（恍惚）――参加者がその行為中に歓喜を味わうこと。

Transformative（変容的）――参加者の何かが根本から変わること。


わたしは頭字語をもう一度眺め、手すさびに、最初のいくつかの頭文字の下に一語ずつ記していった。あまりにぴったりはまったので、声をあげて笑ってしまった。Sexual Emancipation of Cassie Robichaud（キャシー・ロビショーの性の解放）。最後のEとTで思いついたのは、せいぜいExciting Times（わくわくする時間）くらいだった。これは現実に起きていること。このわたしに！

ディキシーに足元にまといつかれ、テーブルでろうそくの炎が揺らめくなか、わたしはセンテンスの横の四角にチェックを入れだした。「奉仕されたい」意味がよくわからないけれど、とにかくチェックした。ひょっとして何かオーラルセックスに関すること？　スコットを誘ったことはあったけれど、鼻に寄せたしわでその要求は永久に却下と告げられた。この願望は高い場所の引出しにしまい込んで二度と見ることはなかった。ほかにもしたことがない類のセックスはたくさんある。「あっちのほう」をするのに夢中だった大学の友達がいて、つねづね興味はもっていた。それでもスコットにそんなことを試そうなんてとても頼めなかったし、自分でもしたいのかどうか気持ちがあやふやだった。

「人前でこっそりセックスしてみたい」これもチェック。

「不意打ちされてみたい」ちょっと興奮した。これまた意味がよくわからなかったけれど。安全は約束されているし、やめたいと思ったらやめていいとも言われた。四角にチェック。

「有名人としてみたい」えっ？ どうやるつもり？ 不可能に思えるけど、おもしろい。チェック。

「救出されたい」救出って何から？ ともあれチェックマークを入れる。

「お姫さまとして選ばれたい」ああ、これを望まない女がいるだろうか。わたしはいつも優しい子、頭のいい子、おかしな子とさえ思われていたが、生まれてこのかた、きれいな子とか、お姫さまとは見られたためしがなかった。だから、これにはイエス。もちろん。幼稚だけれども。一度でいい、これを感じてみたい。

「目かくしをされたい」暗闇では解放される気がするから、四角にチェック。

「外国で、見ず知らずの外国人とセックスしたい」厳密には、相手役の男性は全員が見知らぬ人、この先二度と会わない人じゃなかったっけ？ 雑談も会話もなく、ただ互いに体をかすめながら通り過ぎようとしたそのとき……彼がわたしの手首をつかむ、とか……。さあ、次いこ次。

「ロールプレイをしたい」それ、できるの？ わたしじゃなくほかの誰かになる？ そんな度胸はある？ 退散すべきとなったら、いつでもすればいい。

そうして、これがわたしのリストになった。最後の決断に先立つ九つのファンタジー。指示されたとおり、自分が対処できると思う順に書いた。

最後にもう一度、見直す。これらのファンタジーが解き放つであろう、驚き、悩ましさ、歓び、恐れで頭がいっぱいだった。自分がこれまで望んでいたものが、それ以上のものが手に入ると想像して。ありのままの自分が――あらゆる部分が――ほかの人の望むものに、欲望の対象になる、と想像して。それがいま起きていること。このわたしに起きている。わたしは人生が下火になりつつあると思っていたが、それが変わろうとしていた。永遠に。

準備を終えたところで、ダニカに電話をした。

「こんばんは、キャシー」

「どうしてわたしだとわかった?」うろたえて、前窓の外へちらっと目をやった。

「えーと、ナンバーディスプレーっていうの?」

「そうか。遅くにすまないけど、出来しだいあなたに連絡してとマチルダから言われたの。それが完了したわ――全部……選んだ」

「何を?」

「ほら……リストよ」

沈黙。

「リストって?」とダニカがつっつく。

「わたしの……ファンタジー」ささやき声になった。

「ああ、キャシー、まさしくどんぴしゃりの候補者を見つけたわ。きっと驚きのあまり声も出ないわよ！」ダニカはくすくすと笑った。「すぐそちらへ使いをやるから。しっかりね。ものすごーくおもしろいことになるはず」

十五分後、玄関のベルが鳴った。ひげもまばらな使いっ走り小僧が来たと思って、さっとドアを開けたら、手足の長い細身のハンサムが側柱に寄りかかっていた。子犬を思わせる茶色の瞳をして、パーカに白いTシャツにジーンズ、といういでたちで、三十歳ぐらいか。笑顔で来意を告げた。「フォルダの回収に来ました。それから、これを渡すようにとのことです。ここで開けてください」

訛りが聞き分けられない。ラテンアメリカ系？　小さなクリーム色の封筒をよこした。表書きに「C」と記されている。

封筒の折り返しに指を滑りこませ破り開けると、「ステップ1」のカードが入っていた。胸の鼓動が速まった。「カードにはなんて？」と彼が訊いた。

わたしはこのありえないほどハンサムな男性を、この配達人を、何であれ目の前にいるこの人を見上げた。「読めってこと？」

「ええ、ぜひそうして」

「こう書いてある……『服従』」わたしの声は消え入りそうだ。

「すべてのファンタジーの始めに、このステップを受け入れるかどうかを尋ねられます。あなたはこのステップを受け入れますか？」

わたしは息をのんだ。

「どのステップ？」

「もちろん、ステップ1のこと。服従。あなたは助けが必要だという事実に服従しないといけない。

性的にね」

うう、この人、例の言葉をさも愉快そうに口に出した。側柱にもたれて、自分のTシャツの下に手を入れ、みぞおちに触れながら、わたしをじっと見つめている。

「どうかな？」答えを求めてきた。

「それって……あなたと？　いま？」

「このステップを受け入れますか？」と彼は問いかけながら、ほんの少しだけ近寄った。

わたしはほとんど口も利けなかった。「いっ……いったいどうなるの？」

「どうにも。ステップを受け入れないかぎりは」

この人の目、その側柱に寄りかかった肢体……。

「あ……はい。受け入れます」

「そこに場所を空けておいてもらえるかな」と彼は手で大きな輪を描いて、うちの居間と食堂のあいだのスペースを示した。「すぐ戻るから」そして向きを変え、去っていった。

居間の窓へ駆け寄ると、彼が外に停車したリムジンに向かっていた。

わたしは片手を胸にあてがって、そこかしこでキャンドルの炎が揺らめく、汚れ一つない居間に目を走らせた。わたしはシルクのネグリジェ姿だ。お見通しってわけね！　足台を蹴りつけて壁に寄せ、ソファベッドをコーヒーテーブルの近くへ押しやった。

青年は一、二分後には、移動式マッサージ台とおぼしきものを持って戻ってきた。

「寝室に入って全部脱いでください、キャシー。このタオルを巻いてね。準備ができたら呼びますから」

わたしは部屋に入ってくるディキシーをつかまえた。これは愛猫に見せたくないことだ。寝室でネグリジェを床に落として、化粧だんすの鏡で最後にいま一度、自分の体を見た。わが内なる批評家がたちまち顔を出す。とはいえ今回わたしは、かつてないことに取り組んでいる。批評家を追い払った。こぶしを握っては開き、開いては握りながら待った。〈こんなことが現実のはずはない。こんなことが起こるはずはない。でも起こっている！〉

「どうぞ入って」と閉ざされたドアの向こうから、声が言った。

わたしはネズミのようにびくびくしながら、様変わりした部屋へ入った。ブラインドは閉じられていた。ろうそくはマッサージ台の左右に置かれた脇テーブルに並んでいる。マッサージ台には吊り輪が付いていて、台の半分が中央で二股に分かれていた。わたしは思わずタオルをぎゅっと巻きつけ、その台のほうへ、わが家の居間の真ん中に立っている目を疑うほどにハンサムなこの青年に向かって、そろそろと進んでいった。身長は百八十センチほどだろうか。髪はつややかで波打っていて、ちょうど耳の後ろにかけられるほどの長さだ。筋張った日焼けした前腕に、たくましい手をしている。きっと本物のマッサージ師なんだわ！　手をTシャツのなかに入れたとき、平らな腹部がのぞいた。こちらも日に焼けている。したりげな笑顔が、少し年上らしく、うんとセクシーに見える。茶色の目。この人の目のことは、もう言ったかしら？　切れ長で、いたずらっぽい目。どうしたら男の人がこんなに優しげで同時にホットに見えるの？　この組み合わせは初体験だけれど、効果はてきめんだ。

「タオルをとって。きみを見せてほしい」優しく命じた。

わたしはためらった。こんな魅力的な男性にどうして自分をさらけ出せる？

「見せて」

〈あらあら、キャシー、とんだことになったわね？〉なんという選択をしたんだろう。本当にもう引き返せない。相手とほとんど目を合わせず、タオルを足元に落とした。

「この手は美しい女性を取り扱うためにあるんだ」彼は言った。「さあ横になって。これからマッサージをしますよ」

わたしは台にそっと横たわり、仰向けになった。天井がのしかかってくる。両手で顔を覆った。

「こんなことが起こるなんて信じられない」

「起こるんだよ。すべてはきみのためだ」

大きくて温かな手が、わたしの裸の体に触れ、肩をそっと押してから、わたしの手を顔からどかして脇へ下ろさせた。

「だいじょうぶ」と茶色の目がわたしにほほ笑みかける。「何も嫌なことは起こらない。まったく反対だよ、キャシー」

この触れ合いにうっとりした。渇ききった肌に添えられたその手に。人に触られたのは、ましてこんなふうに触れられたのは、いつ以来？　思い出せもしない。

「では、うつぶせになって」

わたしはまたもやためらった。そしてひっくり返ると、腕を体の下に押しこんで震えを抑えようとし、顔を片側に向ける。シーツがそっと掛けられた。

「ありがとう」

彼が身をかがめ、耳元へささやきかける。「礼にはまだ早いよ、キャシー」

シーツの上から腰にあてがわれた手が、わたしの体を台に押しつけた。

「だいじょうぶだからね。目を閉じて」

「わたし……たぶん、気が立ってるだけ。こんな早くにことが起こるとは思わなかったの。つまり――」

「じっとしてればいい。気持ちよくしてあげるから」

シーツの下で手が太ももを下りていき、膝裏にかぶさった。と、そのとき、二股に分かれる台の足側の端にいた彼が、足側の半分をYの字に開いて、わたしの股間に立った。

〈嘘でしょ！〉心の声がうめいた。〈こんなことって……〉

「いま、これはできそうにないかも」と言って、起き上がろうとした。

「ぼくの触れ方が気に入らなかったら教えて。そこでやめるから。そうすればうまくいく。いつもそうやるんだ。というか、キャシー、ただのマッサージだよ」

台の下から何かを取り出す音がしたあとで、ココナッツローションの芳しい香りが漂った。それから両手をこすりあわせる音につづいて、その手がくるぶしを握りしめた。

「これはオーケー？　正直に言って」オーケー？　それよりずっといい。

「ええ」

「これは？」温かで滑らかな手がゆっくりとふくらはぎへ進んだ。

ああもう、この人の手はすごすぎる。「ええ」

「じゃあ、これは？　これは好き？　どうかな」太ももに伸びた手がお尻のすぐ下で止まる。そのあと内ももをこねだした。彼に向かって大きく股を開いているのを意識する。

「キャシー。これはいいのかい?」

「ええ」〈ああ、言ってしまった〉

「よかった」お尻のほっぺたの頂へ手が進んだ。そこでマッサージで描く輪が大きくなり、脚の間に触れそうになった。ほとんど触れかけたが、まだ触れてはいない。わたしの体はパニックに陥りながらも、ひどく昂ぶっていた。こんな不安と至福のあわいに身を置いたことはついぞなかった。不慣れで、うっとりして、あまりに素敵だった。

「ハードとソフトと、どっちがいい?」

「えっ――」

「マッサージのことだよ、キャシー」

「ああ、ハードかしら。ううん、ソフトにして」マッサージ台に突っ伏しているせいで、声がくぐもっている。「どっちが好みなのかわからない。それってふつう?」

彼は笑った。「じゃあ両方やってみたら?」

さらにローションを噴きかけた手をこすりあわせてから、今度は大きな円を描いて腰をなで上げ、シーツを取り去った。体の脇の床に落ちていく。わたしは丸裸だ。

「手を体の下から出して、頭の上に伸ばして」

指示に従い、かつてない熱を帯びた背面マッサージに身をゆだねた。親指が背骨の際を尾骨から首までたどっていき、そのあと胸部まで下りていって、乳房の側面をかすめた。甘美なる数分間、そうして輪を描きつづけたのち、今度はお尻の膨らみをなでまわした。内ももに押しつけられた、ジーンズの下の彼自身が硬くなった。信じられない。この人もわたしに感じているの? とっさに押し返した。

わたしは先が分かれたマッサージ台の上で脚を伸ばし、いっそう大きく股を開いている。こんなふうに男性に体を開いてみせるのは無上の喜びでもあり、常軌を逸してもいた。

「仰向けになって、キャシー」

「はい」部屋はろうそくの炎で、あるいはほてった体のせいなのかもしれないが、暑かった。彼は手だけで、あのマッサージで、緊張と不安をおおかた解いていた。わたしはすっかり骨抜きにされている。

求められるがままだった。相手は何もかも心得ているふうだ。これがマチルダの言っていた「服従する」ということなのだろう。あの日、わたしがゲストハウスを辞する前に、彼女は最初のステップについてただ一つのシンプルな指示を授けたのだ。

「セックスには何より服従が求められるの。訪れる一瞬ごとに身をゆだねられる能力が」

体勢を変えしなに、オイルでべとべとになっていた体が台から落ちかける。わたしの股間に立ち位置をとっていた彼が太ももにつかみかかり、しっかりと支えた。飢えた目で全身をねめまわす。ふりをしているだけ？　あえて言うなら、わたしの中に入りたそうだ。そうすれば、もっとずっと快楽が増すのだ、というように。

「きみは最高に愛らしいプッシーをしている」

「えっ、そう？　それは……どうも」恥ずかしくなって手で目を覆った。このあと何が起こるのか知りたくてたまらないのに、同時にまだひどく怯えてもいる。

「そこにキスしてほしい？」

えええっ？　とんでもない。この感覚は、わたしの体に電流のように充ちたこの奇妙で完全なものは、素晴らしくもあった。あそこに触れてもいないのに、わたしは半ば意識を失っている。二週間前には、こんな世界が存在するなんて思ってもみなかった。セクシーな男性が水曜の夜にドアをノックし、手を触れもしないで忘我の縁へ連れていくような世界。それでも、これは現実で、いまここで起きていること――わたしの身に。この胸が痛くなるほどの美青年がこれをしたがっている。わたしに！

泣きながら笑えそうだった。

「望みを聞かせて、キャシー。ぼくにはそれを与えられる力がある。与えたい、と思ってもいる。キスしてほしいかい？」

「してほしいわ」と言うなり、熱い吐息が感じられ、唇がお腹をかすめた。そして、ああ、手指がお腹を這っていき、するっとわたしの中へ滑りこんだ。

「濡れてるよ、キャシー」ささやき声で言う。

とっさに手が彼の頭へと伸び、髪をやんわりとつかんだ。

「きみの愛らしいプッシーにキスしていいんだね」

〈またあの言葉。あの言葉をどうしてそんなに恥ずかしがっていたの？〉

「ええ……して……ほしいの――」

「それでいいんだ、キャシー。そう口に出すのはちっとも悪いことじゃない」

指が一本、わたしの内と外を弾いたり、まさぐったりした。

それから彼はお腹に口づけをして、舌でおへそを探った。口が指と同じ道をたどり、そこへ行き着くと舐めたりついばんだりした。その間ずっと指はわたしのすぐ外で輪を描いていた。この感覚、信じられない。ジェットコースターで徐々に高みへ昇っていく感じだ。ほんのかすかに彼のうめき声が聞こえてきた。これはもう、無数の神経の末端がどんどん目覚めていくかのよう。

「キャシー、きみはとてもおいしいよ」

ほんとに？　そんなことってあるの？

脚の付け根から足先へと彼の手が伸びていき、さらに股が広げられた。これまでこんなに無力で無防備だと感じたことはなかった。わたしの欲求と切望のすべてがさらされた。わたしは無力だ。それを喜んでいた。千の爆発を起こし、百万の異なる感覚を味わうまぎわだった。彼さえつづけていたら、そうなっていた――そこでストップした。

「どうしてやめるの？」わたしは叫んだ。

「やめないほうがいい？」

「ええ！」

「じゃあ、きみの望みを聞かせて」

「わたし……いきたい。こうして。こんなふうに」

彼の小麦色の肌、あの顔……わたしは仰向けに寝ていて、また両手で顔を覆った。見てはいられなかった。そのあと、見ずにはいられなくなった。突然、熱くて濡れたものが左の乳首のぐるりを巡るのが感じられた。彼の手がもう一方の乳房をしっかり包みこんでいる。唇は温かかった。わたしを吸ったり引っぱったりしながら、自由になる手を胸から放し、小刻みに震えるお腹を下って恥骨を過ぎて、その先へと進めた。今度は指が二本、なかへ滑りこんだ。最初は優しく、次には飢えたように。ああ、なんていいの！　膝を立てて背を反らそうとした。

「じっとしてて」彼がささやいた。「それは好きかい？」

「好き、とっても」わたしは腕を頭上に投げ出し、マッサージ台の上端をつかんだ。指の動きが止まった。そこでつかのま、彼はわたしを見下ろすように立ち、じっと見つめた。

「きみは美しい」

そこで彼は身をかがめて、またわたしに舌をつけた。熱く震える一瞬、身じろぎもせずに吐息が生気を吹きこむ。わたしは思わず顔を押し返した。欲求を感じとった彼は、わたしを舐めだした。まずはゆっくりと。それから、また指を使った。口と舌の重みをかけ、また舐めては、自身とわたしの体液をほとばしらせた。全身の血がそこへと押し寄せた気がした。もうだめ、すごすぎる！とてつもない大波が、自分では止められない嵐のようなものが体にたぎっていた。手が胸から離れ、舌だけが完璧なリズムで旋回した。

「やめないで！」知らずに言っていた。

もうたまらない。目をぎゅっと閉じた。素晴らしい感覚が募りに募ってきて、顔と舌に向かってこわばっていた。わたしが達すると、彼は身を引き、温かな手をお腹にあてがった。

「息をして」かすれた声で言う。

脚が台のへりからだらんと垂れていた。あんなふうにわたしに触れた男はいなかった。これまで誰一人として。

「だいじょうぶかい？」

わたしはうなずいた。言葉が出なかった。息をつこうとした。

「喉が渇いただろう」

またうなずくと、ボトル入りの水が差し出され、起き上がって飲んだ。彼は誇らしげな顔でわたしをじっと見やった。

「シャワーを浴びておいで、美人さん」

わたしは台から体を引きはがした。

「元気になった？」彼が訊いた。

「なった」わたしは肩ごしに笑顔を見せた。

そうしてよろける足でバスルームへ向かい、熱いシャワーを浴びた。そのあとタオルで髪の毛を拭きながら、ふと気づいて居間へ駆け出ていった。

「ねえ、まだ名前も聞いてないのに！」濡れた髪をなおもタオルで拭きながら言った。

だけど、あの人は消えていた。マッサージ台も、回収しに来たわたしのファンタジーのリストも。部屋は彼が着いたときのとおりに戻っていたが、一つだけ違った。脇テーブルにわたしの一個目の金のチャームが置いてあった。手にとろうと部屋を横切ったとき、暖炉上の鏡が目に入った。頬が紅潮し、濡れた髪が首から肩にかけてうねっていた。チャームをつまみ上げ、ろうそくの炎にかざしてみる。Surrender（服従）という言葉が片面に、ローマ数字のIがその裏面に型押しされていた。

手首に巻いたチェーンにそれを留めると、自分のなかで大胆さが目覚めるのが感じられて、頭がくらくらした。〈とんだことをしたわね！　こんなことされるなんて初めて！〉わたしは叫びたかった。〈何かが起きた。何かが起きつつある。そして以前のわたしには戻れない〉

V

第一段階がいちばん大変というのは、つねに言われることだ。あの最初の服従、「はい、助けが必要だと認めます。自分だけではできません」と初めて告げるときが。スコットは禁酒するときにそれで苦労した。何かや誰かの助けを受け入れねばならないという考えを嫌った。だから、それが何であれ抵抗した。けれども、わたしはここで完全に服従した。抵抗するのをやめた。見知らぬ女性たちのグループからの助けを受け入れていた。

そして、ろうそくの明かりに満たされた部屋へとタオル一枚の姿で入っていった。そのタオルを足元に落として、自分をさらけ出した。わたしはこの手順を、この男性を、このシークレットなるグループを信じた。けれど、そこで起こったすべては、わが家の居間でのことで、自分の体を赤の他人にゆだねたとはいえ、それは一時的なことでしかなかった。翌週、うっとりと聞き入っているマチルダにこの話をしていたとき、わたしは自分の経験が誰かほかの人に、親しいながらも、これまで知らなかった面をやっと理解しつつある相手に起こったことのように思えてならなかった。

わたしはマチルダに、安全だと感じていたと、男性との行為は官能的だったと、そしてファンタジーを完成させたくてたまらないと話した。一度きりのことにしては、求められ、望まれていると感じたのは認めざるをえなかった。それは女性ならば当然、無上の喜びを覚えることだ。「そう、だから、わたし……変わったと思う」と言いながら、真っ赤になった顔を両手にうずめて、笑いをかみ殺した。ほんの二、三週間前には、誰も話をする相手がいなかった。ウィルを勘定に入れなければ。それがいまでは、もはや知らない人とは呼べない女性に、心の奥底の秘密を明かしている。もっと言えば、マチルダとは友達になりつつあることを認めなくてはならない。

第一のファンタジーのあとの数週間はかつてない忙しさだった。トラシーナとウィルがデートに行けるよう、二回ほど遅番を引き受けもした。そうした夕方に、二人に手を振って送り出しながら、内心でちっとも妬みも恨めしさも感じられなかった。まあ、ちょっぴり嫉妬したかもしれないが、恨みはしなかった。もの欲しさは感じなかった。トラシーナにもっと優しくしよう、ウィルが彼女に見るのと同じものを見いだそうとしよう、と誓いを立てた。わたしたちは友達になれさえするかもしれない。ウィルはまたわたしの縁結びをしようとするだろう——もちろん、わたしにはステップを完了させることが先決だけれど。そうしてダブルデートでも、と考えていた矢先、デルが口笛でわたしを冷蔵室へ呼び出した。わたしがたまに涼むために、材料を探しているふりをして二、三分こもる場所だ。

「何がそんなに楽しいんだい?」歯が抜けているせいで舌足らずの口調で問いつめる。

「人生がよ、デル。いいものじゃない?」

「いつもじゃないがね」

「とても素晴らしいものだと思うわ」

「ほう、そりゃあよかった」と言うデルをその場に残し、わたしは食堂スペースへ戻っていった。デルは誕生日祝いの銀行家の少人数の集まり向けにアイスクリームをすくっていた。

わたしのカップル、あのいちゃつく二人組は、ポーリーンが日記を忘れていって以後は来ていなかった。でも彼らの愛撫を想像する代わりに、いまや超高速フラッシュバックが、わたしの記憶がよみがえった。股間に埋もれたあの男性の美しい顔が、わたしを見る飢えたような目、思いつめた熱のこもった目が。あの指のことを思い出した。ちょうどの頃合いで働いた指。わたしを導き、動かした力強い手。まるで体重がなくなったように、自分が羽になったように――

「キャシー、後生だから」とデルが怒鳴って、わたしの目の前でぱちんと指を鳴らした。「あんたずーっとうわの空じゃないか」

わたしは茶色のしょぼい靴から飛びはねかけた。「ごめんなさい！」

「十一番テーブルはお勘定、九番はコーヒーのおかわりだよ」

「はい。了解」と答えた。ふと気づくと、八番テーブルの女の子二人がぽかんとした顔でわたしを見つめていた。

二つのテーブルの仕事をすませると、思案にまた戻った。デルは間違ってる。わたしは空想にふけっていたんじゃない。思い出していたのよ。あれは現実にあったこと。自分に、この体にされたことを思い起こしていた。頭をすっきりさせようと振った。ステップ1のあとがこの調子とすると、ファンタジーをいくつか経験したあとはどうなってしまうのだろう？

四月のある日、その週の唯一の休みの日に、郵便受けにクリーム色の封筒が届いた。切手は貼られていない。直接届けられたようだ。ぎょっとして、通りに目をやった。誰もいない。封筒を破って開けると、ステップ2の「勇気」のカードが入っていた。加えて、ジャズの公演のチケットが一枚だけ。今年のジャズフェスティバル期間にお披露目となる新築ブティックホテル、セイントホテルの屋上バーのヘイローで開催されるものだ。べつに大の音楽ファンではないわたしでも、このチケットがなかなか取れないことぐらいは知っている。日付を見ると、今夜だ！　いくらなんでも急すぎる！　着ていくものがない！　わたしはいつもこうだ。次から次へと言い訳をくり出しては恐怖心を募らせ、どんな冒険のプランもふいにしてしまう。ずっとそれでやってきた。どうやらわたしには、自分のアパートに見知らぬ人を迎え入れるほうが、まだしも簡単なようだ。ホットな夜に独りで外出して、おひとりさまでバーに入って、ぽつねんと座って待つ、そんなことをもくろむくらいなら。待つ……いったい何を？　待ってるあいだはどうするの？　読書とか？　ファンタジーとファンタジーの間隔が三、四週間あるのは長すぎかも。わたしの勇気は退却した模様だ。それでもステップ2は「勇気」なのだから、そこに集中しようと肚をくくった。自分の殻に閉じこもらず、一日を「ノー」のつぶやきで始めるキャシー流とは正反対でいこう。そうやって数時間後、ショート丈の黒のドレスを何点か試着して、その一時間後、じっと座りながら赤いマニキュアとペディキュアを塗ってもらった。その間ずっと自分に言い聞かせていた。引き返したくなったら引き返せばいい、何も最後までやり抜かなくていい、いつでも考え直していいのよ、と。

その夕方、わたしはベッドの脇のテーブルからファンタジーのフォルダをつかみ出した。独りで外出する、独りで映画を見る、独りで夕食をとる、それがいったい何？　そんなに難しいこと？　そうできたためしがなかった。映画は暗い劇場に独りで座るよりレンタルして家で見るほうがいい。

それでも、わたしが恐れるのは、独りという部分じゃない。独りという部分は与《くみ》しやすい。これまでの人生はずっと、結婚していたときも、独りだと感じていた。そう、わたしが恐れるのは、ほかのみんなに、カップルやら和気あいあいのグループやらに、「行かず後家」だの「売れ残り」だの「ご無沙汰女」と思われることだ。指をさされ、ひそひそ話をされる場面を想像した。憐れまれることを。わたしだってカフェで一人客は、耳が遠い人か何かみたいに腫れ物に触るように扱った。そばにいようとして、テーブルの周りをうろついたこともあったかも。

だが一人になりたいと思って、自分だけで出かけるケースもある。そういう人はいる。自信たっぷりで、孤高の存在で、人と交わらなくても平気なタイプ。たとえばトラシーナは、日曜の午後はいつも人を雇って十四歳の弟をアイスクリームを食べに連れていかせ、自宅のソファに寝転がって誰にもじゃまされずにテレビを見る。独りで映画へ行くことは、単独で味わうお楽しみの一つだと言っていた。

「好きな映画を見られるし、スナックを分け合わなくていいし、エンドロールが終わるまで座ってなくていい。ウィルと一緒だと席を立たせてくれないのよ」

でも独りが気楽なのは、自分で選んだときだ。それがデフォルトの立場だと、きつくなる。ジャズバーへ入っていくことを思うと純粋に恐かった。そのとき、ステップ2に対するマチルダからの助言が頭に鳴りひびいた。励ましの電話をくれたとき、彼女はこう言った。「恐れはただの恐れ。それに向き合ったときには行動することよ、キャシー。行動は勇気を高めてくれる」

まったくもう。やってやろうじゃない。

わたしはダニカに電話して、リムジンを手配してもらった。

「すぐ着くわ、キャシー。がんばって」

十分後、リムジンがチャーターズ通りの角を曲がってマンデヴィル通りに入ってきて、老嬢館の前で停まった。わあ、準備がまだなのに！　靴を手に持って階段をばたばたと駆け下り、怪訝な顔のアナ・デルモンテをはだしで抜き去った。

「あのリムジンがうちの前に停められたのを見るの、二度目よ」わたしが飛び去りしなにアナは言った。「何か知らない、キャシー？　妙だこと……」

「運転手に訊いてみるわ、アナ。心配しないで。運転手は女性かもしれないわよ？　どうだかね」

「わたしが思うに……」

返事を最後まで聞かずに、リムジンに飛び乗ってから靴を履いた。おかしなことを考えた。わたしのしようとしていることをアナがもし知ったら！　叫び出したかった。〈わたしはオールドミスなんかじゃない！　何年かぶりに元気にやってるわ！〉

キャナル通りへ走っていく車中でドレスを見下ろした。体にぴったり合う黒、きゅっと締まったウエストから下はフレアスカートで、ちょうど膝が隠れる長さだ。トップは体を正しい位置に持ち上げながら、胸にはちょっと味方していた。自分でも黒いホルターの輪郭が豊かで魅力的に見えた。靴はきつめだけど、夜が更けるにつれてゆるんでくるだろう。黒のパンプスは何にでも合うからね、と自分に言い聞かせ、これに大枚をはたいたことを合理化した。髪は分けて一方に流し、ストレートになるように乾かし、前を金のバレッタで留めた。身につけたアクセサリーはこれだけだ。もちろん、チャームが一つきりのシークレットのブレスレットは例外として。

「今夜はまたお美しい、ミス・ロビショー」と運転手が言った。シークレットのスタッフはプロらしい距離を保つよう訓練されている印象があった。きっとダニカにとっては至難のわざだ。感情を抑えられないようだから。わたしの「ありがとう」が届くか届かないかのうちに、開いていた運転席との仕切りが閉じた。

角を曲がるたびに鼓動が速まった。マチルダの教えどおり頭をすっきりさせようとした。〈期待しないこと。その瞬間を受け止めること〉

リムジンはセイントホテルの前で停車した。手が汗だくでドアのハンドルが滑ったが、運転手はこれも仕事のうちと車をすでに降り、こちらに回ってきて後部座席からわたしを降ろしてくれた。

「幸運を祈っていますよ」と彼は言った。

わたしは感謝のうなずきを送ると、しばし佇んで、この街の優雅な人たちが中央玄関を出入りするのを眺めた。自信をふりまき、香水を漂わせる脚線美の大胆な女たち。そんな女性の同伴者を得意げに見せびらかす男たち。そこへわたしだ。そういえば、香水をつけるのを忘れていた。一時間前に引っぱってストレートにした髪は、もう縮れてきている。このファンタジーが人前で演じられるかと思うと、怯えた内心が沈んだ。心臓は本来そこに、もっと防壁にとりまかれて不安による動悸を隠せるよう、はらわたの奥深くにあるべきだ。それでも、びくつきながら同時に……好奇心も湧いていた。一つ深呼吸をして、中へ進み、エレベーターへ直行する。

ホテルの制服姿の小柄な男性が左手に現われた。

「チケットを拝見できますか?」

「ああ、はい」わたしはクラッチバッグをかきまわした。「これです」

ホテルマンはまずチケットに、次いでわたしに目を向け、咳払いをした。

「それでは」と上昇ボタンを押して言った。「セイントホテルへようこそ。ご滞在をお楽しみください」

「いえ、ここに泊まるわけじゃなくて。ただ会いに……えーと、見に……聴きに……そう、音楽を聴きに来ただけで」

「むろんです。素敵な夜になりますよう」と彼は言い、おじぎをして引き下がった。

エレベーターはわたしをのみ込んで上昇すると、とっくにでんぐり返っていた胃にパニックをもたらした。目を閉じ、冷たい鏡の壁にもたれて、手すりにしがみつく。屋上に建つバーに近づくにつれ、くぐもった音楽と多くの声が聞こえてきた。開いたドアの先では、装いを凝らした数十人がほの暗いロビーにたむろしており、ガラス戸の向こうの照明を落としたバーにはもっと大勢がいる。手すりから指を引きはがし、エレベーターという安全地帯を離れ、人混みに飛びこんでいくには、超人的な精神力を要した。

各人がシャンパングラスを手に、興味深い会話とおぼしきものを交わしている。女性の何人かが敵になりそうな相手を見る目を肩ごしに向けてきた。お相手の男性陣もわたしを値踏みした。あの目は……興味あり？　ううん。そんなはずはない。まさか。ゆっくりと人混みを縫うように進んだ。うつむいたままで、こんなちゃらちゃらした場所でいったい何をしようというのかと、自分でもいぶかっていた。地元の名士の顔が何人か見分けられた。市議会議長のケイ・ラドゥーサーは、いくつかの著名な慈善団体の理事長も兼ねている。彼女と活発な会話をつづけているのが、ピエール・カスティーユ。美男で億万長者の土地開発業者だ。孤高の独身男性として知られる。こちらを見たとたん、わたしは目をそらした。そこで彼が実際に見ていたものに気づいた。わたしの横に、若くぴちぴちした南部名家の令嬢が数名集っていた。『タイムズ＝ピカユーン』紙の社交面に写真が載るような娘たちだ。

今夜の演者はスモーキング・タイム・ジャズクラブだが、まだステージに上がってはいなかった。このバンドは、前にブルー・ナイルで聴いたことがあった。リードボーカルが大のお気に入りだ。頭に剃り込みを入れた一風変わった女性で、パワフルでうっとりする声の持ち主。とはいえ、わたしはただ音楽を楽しみに、ここに来たのではない。どんな相手と出会って、どんな展開になるのだろう？　緊張しながらも、大胆な赤いドレスの脚が長い女性と話している長身の魅力ある男性に気づかずにはいられなかった。わたしが（さりげなく、のつもりで）見ていたら、男性はお相手から離れてこちらへやって来た。バーカウンターへの動線をふさがれ、わたしの全身から空気が抜けた。

「やあ」彼は笑顔で言った。グリーンの瞳にブロンドの髪、雑誌から抜け出てきたような風貌だ。見事な仕立てのチャコールグレーのスーツに白いシャツ、細身で黒のネクタイ。マッサージ師より少し若く、もっとたくましく見えた。わたしは赤いドレスの女性を振り返った。敗北を認めたような態度を見せている。彼女との会話を切り上げて部屋を横切り、わたしに声をかけに来たわけ？　どうかしてるんじゃない？

「えっと……キャシーよ」どうか内心の不安を見透かされませんように。

「飲み物がまだだね。おごらせて」彼は手を背中のくぼみに添え、さらに混雑してきた会場をカウンターへ進ませる。

「ああ、そうね。いただくわ」バンドがステージに登場した。音合わせをしている。

「あなたの……お相手のことは？」わたしは尋ねた。

「お相手って?」心底とまどった顔をした。

彼女が立っていた場所へ振り向くと、その姿は消えていた。

男性がカウンターの空いているスツールを引き出し、手ぶりでわたしを座らせ、そして身を寄せると、わたしの髪を一房、耳の後ろにかけて口を耳元へ近づけた。温かな吐息が感じられて、わたしは目を閉じ、寄り添わずにいられなかった。

「キャシー、きみのシャンパンを注文したよ。で、ちょっと確認することがあるから行ってくる。ぼくが外してるあいだに、頼みたいんだけどね」指でわたしの顎をそっとなぞる。じっと目を覗きこんだ。この人は魅惑的だ。美しい唇がわたしの唇からほんの数センチのところにあった。

「ぼくが外してるあいだに、パンティを脱ぐんだ。カウンターの下の床に落として。ただし誰にも見られるなよ」

「いま、ここで?」カウンターの後ろの鏡に映ったわたしの眉がはね上がった。

邪悪で完璧な笑みが彼の口元にひらめいた。二日分の無精ひげも顔から優美さを奪っていない。

わたしは振り向き、ステージと素敵なリードボーカルを通り過ぎて歩み去っていく彼を見送った。周囲では、わたしなど眼中にない観客たちが、バンド演奏が始まるのをよく見ようと首を伸ばしている。最初のリフは金管の大音声で、体の芯にずんずんと響いた。女子トイレに目を向けた。このスツールを離れたら、バーの座席がなくなる。そうしたら彼にわたしの居場所がわからなくなる。

会場は満員盛況だ。照明はやや暗くなった。冷えたシャンパングラスがわたしの前に置かれた。わたしはバーに一人きりでいて、下着を脱ごうと考えている。ホットな若い男性にそうしてくれと請われたから。もし見つかったら?　みだらな行為に及んだかどで店から追い出されること確実だ。

どのパンティを穿いたか思い出そうとした。黒のTバック。光沢のあるシンプルなやつ。人前で気づかれずにパンティをもぞもぞと脱ぐ方法なんて、ガールスカウトでは教えてくれなかった。

スツールを引いてカウンターに近づけた。それから鏡のなかの自分を見て試運転をした。膝のあたりで肘から先を動かすが、カウンターより上の二の腕と肩は、じっとしている。よし。これならいける。素早い動きでカウンターの下に手をやり、スカートの前をたくし上げた。反対の手を下腹へ滑りこませ、Tバックを指一本でくるんで、そうっとそうっとお尻をスツールから持ち上げる。スツールの土台にヒールを引っかけ、てこの力を使った。折しも強く引っぱったときに、曲がいきなり終わった。レコードの針が飛んだみたいな絹を裂く音を聞いたのは、わたしだけだと思った。ところが、こちらに背を向けて立っていたスキンヘッドの男性が、いまのは何の音かと振り返った。わたしは固まった。わ、やばい。

ぎこちない笑みを彼に向け、こわばった笑い声を漏らした。ウィルと似た目尻のしわが魅力的な男性だった。でも、目の色は氷のように冷たい青だ。黒いスーツに黒いシャツに黒いネクタイというでたち。たぶん三十よりは五十に近い中年男のわりには、サッカー選手ばりのしなやかな体をしている。

こちらへ体を寄せ、「もう脱いだか?」と言った。わたしのショックの表情を当惑げな笑顔で見つめ、そしてスコッチを飲み、空になったグラスをどすんと下ろし、口を大きな手の甲で拭った。

「パンティのことだが。脱いだのか?」イギリス風のアクセントだ。

「あなた誰?」

「本当の質問はこうだ。ステップを受け入れるかね?」

「ステップ？　なんですって、あなたが？　もう一人のほうが相手なのかと思った」

「だいじょうぶだ、キャシー。きみは私の手にかかれば安全だとも。ステップを受け入れるか？」

「いったい何が起こるの？」パニックに襲われ、わたしは周囲をうかがった。でも、誰もこちらを見てはいない。みんなバンドに向いている。誰もわたしたちの話など気にしてもいない。透明人間も同然だ。

「いったい何が起こるの？」もう一度、訊いた。

「望むことは何でも、望まないことは何も起こらない」

「全員がそう言うように訓練されてるわけ？」ちょっぴりおどけて言った。きっとできる。きっとこの人とならできる。ふたたびTバックをぐいと引くと、今度は腰ひもが膝の上で切れてしまい、ひどく落ちつかない体勢を強いられた。

「ステップを受け入れるかね、キャシー？　訊けるのは三度までだ」辛抱づよい問いかけ。視線がスカートへ下りていった。

「なんなら女子トイレに――」

男はぷいと向きを変え、バーテンダーを呼んだ。

「お勘定を。彼女のシャンパン、こちらにつけてもらえるかね？」

「待って。行っちゃうの？」

彼はほほ笑みをよこし、二十ドル札を二枚、マネークリップから引き出した。

「行かないで」わたしはカウンターの下から腕を上げ、相手のたくましい前腕をつかんだ。「ステップを受け入れます」

「いい子だ」と彼は言って、マネークリップをポケットに押しこんだ。

ディナージャケットを脱ぐと、わたしに膝に掛けるよう求めた。カウンターのわたしの脇に立ち、バンドを眺めるふうにして横を向いた。スツールを少し後ろへ揺らされ、胃が一秒遅れで追いつく。腰に彼自身が押しつけられ、熱い唇が耳元に寄せられた。背中のくぼみに、最初の男が手を添えた場所に、勃起したものが感じられた。

「キャシー、そのドレスのきみは美しい。だが、パンティは脱いでもらわないとな。いますぐに」男のかすれた声が言う。「これからきみを弄ぶからだ。もしよければだが」

「ここで？　いま？」わたしは息をのんだ。

「そうとも」

「誰かに見られたら？」

「誰にも見られない。絶対に」

男の胸に背を預け、二人でバンドへ向いたままの体勢で、彼の右手がスカートのなかに忍びこみ、股間のクレバスをたどってTバックへ達した。熟練の手並みでやすやすと、わたしのなかへ指を浸した。濡れていた。もうめちゃくちゃだわ。バンドはテンポを上げ、ボーカルの声は楽器さながら、二本の指がTバッグの腰ひもをつまんだ瞬間どんぴしゃりに歌詞を発した。

「腰を上げなさい」と彼は命じると、絶妙のタイミングで、裂けたTバックを膝の前方へ滑らせた。わたしはとっさに腰をくねらせ、それを足首まで下ろし、そっと床へ落とした。場内は暗く、騒がしく、ごった返している。たとえ悲鳴をあげても騒ぎにならないだろう。

手がゆっくり内ももで円を描き、ちょうどいい具合になぶりながら、耳に息を吹きかけつづけた。

わたしたちが傍目にはどんなふうに見えるか想像した。バンドを眺めている愛情豊かなカップル。男の右手がわたしを蹂躙していることを知るのは、当の二人だけだ。誰も見ていないのを確認して大胆になった彼は、左手をわたしの右胸で滑走させ、しばしとどめ、そのあと大きな手のひらで、乳首が硬くなるまで円を描くように愛撫した。

「この乳首を口に含めたらいいが、さすがに満員の店内では無理だな」と耳にささやく声。「これでよけいに濡れるか？」

ああ、たしかに。わたしはうなずいた。

「たったいま、きみに指を入れたら、それでも濡れるだろうか？」

「ええ」とわたしは答えた。

「本当に？」

うなずくと、反対の手がわたしの膝のジャケットの下でよみがえった。膝をするすると昇って、指一本でわたしの芯を穿った。これで横ざまに倒れかけたわたしを彼はしっかり抱きとめた。右の太ももをそっと突いて、少し開かせる。わたしは下で起こっていることを隠そうと、ジャケットをさらに広げた。

「シャンパンを一口飲むんだ、キャシー」と言われて、冷たいグラスをぐいとあおり、舌に弾ける泡を感じた。「いまここで、きみをいかせるぞ」

飲み下してもいないうちに、指がわたしをなだめて開かせる。しびれるような感覚に、飲み物でむせた。近くに立っている誰一人として、わたしが最高の心地よさを味わっているとはわかるまい。

「感じるか、キャシー？」あのセクシーなアクセントが耳をくすぐった。「私に背を預けろ、ベイビー」彼は言った。「そうだ」

わたしの下で待ち受ける手のひらに腰を押し下げた。彼がほかの指を抜き差ししながら親指で周りに円を描いた。わたしは目を閉じた。全身が力強い手でつり上げられ、ぶらんこで揺られている心地がした。

「私のしていることは誰にも見えない」彼がささやいた。「あのバンドがどんなに好きか、きみに話していると思われてる。それは感じるか？」

「ええ、ああだめ、ええ」

彼自身がまた腰に押しつけられた。この甘やかさに身をゆだねて、左腕でジャケットをしっかり押さえながら、右手を上げて作業中の手のほうの肩をつかんだ。彼の親指があの魔法の円を描き、器用な指が抜き差しされるたびに腕の筋肉が張りつめるのが感じられた。わたしは楽器さながらに奏でられていた。会場の暗さ、ジャズのビート、快楽の波にのみ込まれた。わたしのなかにもっと彼が欲しい。指だけじゃなくて。彼そのものが。彼のすべてが。右の太ももをじりじりと開くと、その合図に応えた指がさらに奥深くを探った。わたしは頭を前に倒した。音楽に没頭しているふりをしたが、男がわたしの体に起こした大波に何度も何度もおののき、それはいまや至福の絶頂へと高まっていた。

「キャシー、感じるよ。私の手のなかでいこうとしているね？」ささやき声が言った。

わたしは右手でカウンターをつかんだ。恍惚として目の前が真っ暗になり、音楽が低いうめき声（わたしの？）と溶けあい、体ががくんとのけぞった。男は、何度もわたしに押し寄せた波をせき止める壁のようだ。ああ、もう、この場でこんなことをされるなんて信じられない。見知らぬ人だらけの騒がしい暗い部屋で、数十センチしか離れていない人もいるなかで、いってしまったなんて信じられない。親指の動きがゆるむにつれ、体内の波が引いていった。会場がふたたび像を結んだ。彼はじっと立って、いましばらく、わたしを支えていた。わたしが体をずらすと、そっと指を引き抜き、あらわになった太ももをなぞった。

シャンパングラスを滑らせ、わたしの前に置いた。「きみは勇敢だ、キャシー」

わたしは震える手でグラスをとり、一気にあおって干すと、やかましい音をたててカウンターに戻した。にっこり笑いかけたら、笑顔が返された。初めて見るように見つめてくる。

「きみは素晴らしい、わかっているかな?」と彼は言った。

わたしは自分を卑下する言葉を返したりはしなかった。このときばかりは相手の言葉を信じた。

「こちらこそ」男はそう言って、バーテンダーに手ぶりで勘定を頼んだ。また二十ドル札二枚を引っぱり出す。

「ありがとう」

「釣りはとっておいてくれ」バーテンダーに言いおき、ポケットから何かを取り出した。「これはきみに」と言って、硬貨に似たものを指先で宙へ弾き上げ、落ちてきたところをカウンターへ押さえこんだ。

手のひらが上がると、ステップ2のチャームがバーの明かりに照らされた。Courage(勇気)と刻まれている。

「素敵だったよ」彼はわたしの髪にキスをして、膝からジャケットを引きはがし、人混みに消えていった。

二個目のチャームをブレスレットに留め、これと一個目をうっとりと眺めてから、スツールから滑り下りた。脚がぐんにゃりして、脱ぎ捨ててあったTバックの脇に、危うく倒れかけた。暗い人混みを縫うように進みながら、呼吸はまだ覚束ないし、視界はぼやけている。高い厚底ヒールを履いた小柄な女の子にもろにぶつかって、張り倒しそうになった。最初は、それがトラシーナだとはわからなかった。すっかりドレスアップしていたからだ。縮れ髪は天然の冠のようで、褐色の肌にライムグリーンのドレスがあざやかに映えている。そして、粋なディナージャケットに身を包み、ネクタイを締めた連れがウィルだとは全然気づかなかった。ものすごく……セクシーだ。

「ほらね?」彼女が彼の胸をばしっと叩いた。「ウィルに言ったのよ、あなただって!」

〈げっ。こんなのありえない。よりによって、いま、ここで〉

「ハァーイ」と声を振り絞った。

「あなたがあの……彼氏といるのが見えたとたん、あたしこう言ったのよ。『ウィル、ほらほら、キャシーがデートしてる!』」彼女はぱちんと指を鳴らし、その最後の言葉を棒読みした。酔って足がふらついている。

ウィルはいらいらして気まずそうだった。あの男の胸に体を押しつけたわたしを、男の肩にすがって身もだえしたわたしを見たってこと? 嘘でしょ! わたしたちがしていたことを見られた? まさか。ひどく暗かったし、うるさかったもの。この人たち、どこにいたの? わたしはうろたえたが、バンドについて雑談でもするほか、もうどうしようもなかった。あとは逃げるだけだ。

「彼はどこ行ったの?」トラシーナが尋ねた。

「誰のこと?」

「あのホットなお相手だけど？」

「えっと……車を取りに行ったの。もう帰るから。失礼するわ。そういうこと、じゃあ――」胸の谷間とうなじを汗がたらたら伝い落ちた。

「でも、バンド演奏はまだ後半があるわよ。せっかくのプラチナチケットなのに」

「たぶん今夜はもう音楽はたくさんなのさ」ウィルはこわばった声で言い、ビールをぐいと飲んだ。わたしが感知した、あれって嫉妬？　こちらを見るのもやっとのようだった。ああ、でも、もう行かなければ。

「じゃあ、彼が待ってるから……また明日ね」わたしはもごもごと言って、手を振るが早いかエレベーターへ向かって歩きだしていた。

まったくもう。エレベーターのなかで独り、それで一階に早く着くわけでもないのに飛び跳ねた。ここを出て、気を落ちつけなくちゃ。わたしは見ず知らずの相手に、自分に、自分のなかに触れさせて――しかも人前で――半狂乱になったあげく、ボスとそのガールフレンドがすぐ近くにいた。何か見られた？　なんであんな素晴らしくセクシーなことがこんなひどい結末になるのよ？　でも、とりあえずはここまでだ。マチルダに相談しよう。彼女なら対処法がわかるはず。

エレベーターのドアが開いた。わたしは進み出るや急ぎ足でロビーを通り抜け、ガラスドアから外の通りへ出た。空気がすがすがしい、心地よい夜だった。リムジンはわたしを降ろしたその場で待っていた。運転手に反応する間を与えず後部ドアを開け、乗りこみ、座席に身を沈めた。夜気がスカートを北上してきて、太もものあいだの湿地を冷やすのをなおも感じながら。

VI

毎年五月、マガジン通りの春祭りの日が巡り来るたびに、フレンチメン通りには昼間の呼び物がないことが際立ってしまった。五マイルにわたる商店街、音楽、そぞろ歩く人の往来のおかげで、多くの客がロワー・ガーデン地区のレストランやカフェに引き寄せられた。マリニー地区はそうはいかなかった。フレンチメン通りは夜の街だ。客たちはジャズを聴きながら一杯飲《や》りに来る。前日のレシートとにらめっこをしているウィルの顔がすべてを物語っていた。年代物の計算機に数字を打ちこむたび、前腕の筋肉が引きつった。

「なんで親父はこのビルを買って、この通りに昼間のカフェを開くはめになったんだ？　それに、なんでカスティーユ家はうちの真向かいにあのコンドミニアムを建てなきゃならなかった？」

ウィルは手に持っていた鉛筆をぽろっと落とした。今月は景気が悪かったのだ。

「特別なお届け物ですよ」わたしは雰囲気をなごませようと、デスクに置いた淹れたてのカフェ・アメリカーノを指さして言ったが、ウィルは見向きもしない。

「駐車スペースに五、六卓並べて、庭用のランタンを吊るして音楽を流して、パティオ席にしたらどうだ？　あそこならきれいだし、静かだし……」うわの空でつぶやいた。

そこに立っているのは、わたしでなくても誰でも同じだった。

そのとき、トラシーナが事務室に飛びこんできた。

「リフォームの算段をするなら、まずはトイレと、壊れた椅子と、くそぼろいパティオの床のタイルを直してからでしょ、ベイビー」彼女はバッグを隅の椅子に放り投げてから、わたしとウィルの目の前でぶかぶかの白いTシャツをぱっと脱いで、バッグから取り出した体にぴったりした赤のTシャツに着替えた。遅番でいつも着ているものだ。ひどく無頓着で、小柄で完璧なボディにすごく自信をもっている。

わたしは目をそらした。

春祭りは、マルディグラやジャズフェスティバルでお客を奪われるとき以上に、ウィルの白髪を増やしていた。だけど、白髪交じりのウィルはよけいにセクシーになるばかりだ。年を重ねるほど素敵になるタイプの男性で、実際この日の朝、口に出してそう言おうとしたところ、トラシーナにじゃまされたのだった。二度にわたる型破りの行動とそこから生まれた大胆さから、わたしはどんなことでも口に出すようになった。悪態をつくことも増えてきて、気の毒なデルと彼女の携帯版の聖書に天を仰がせていた。

「今日は忙しかった?」トラシーナがTシャツをたくし込みながら訊いた。

わたしが早番を終えて彼女の遅番が始まるところだが、引き継ぐテーブルはなかった。それほど暇だった。

「そうでもない」

「からっきしだ」とウィル。「春祭りめ」

「くたばれ、春祭り」トラシーナはそう言って、飛び跳ねながら部屋を出ていった。

ふわふわのポニーテールを揺らしながら、廊下を食堂へと向かっていく。

「彼女はたいしたものよね」わたしは言った。

「まったくだ」ウィルは答えて髪をかきむしった。しょっちゅうやるしぐさだ。頭に溝が掘れているかも。やっとわたしがいるのに気づいたようで、こちらへ顔を上げた。「今夜の予定は？」

「なし」

「あの男とデートじゃなく？」

「どの男？」わたしはまごついた。

「バーの連れの男さ」

「ああ、あの彼のこと」心臓の鼓動が速まっている。あの夜からもう何週間もたつが、ウィルもトラシーナも一度もこの話はもちださなかった。トラシーナはたぶん酔っ払って覚えていないから。ウィルはあれこれ詮索する人ではないから。で、結局のところ、何か見たのだろうか？

「あの彼とは一度デートしたきりよ。どうも波長が合わなくって」

ウィルは自分の記憶とはちょっと違うというように目をすがめた。「合わないって？」計算機のほうへ向き直って、数字をさらに打ちこんだ。「そうは思えなかったけどな」

シークレットのデート中に知り合いに出くわしたとき、どうしたらいいかと尋ねたら、いつでも嘘をつくより本当のことを言うほうがいいと、マチルダは答えた。なのに、わたしはいま、ここで嘘をついている。

「ウィル、トラシーナが来たから、わたしは帰るわね。また明日」と言って逃げ出そうとした。

「キャシー！」ウィルに呼ばれ、ぎくっとした。

〈お願いだからもう質問しないで〉と内心で祈った。

ウィルがわたしの目を覗きこんだ。「コーヒーありがとう」

わたしは手を振って立ち去った。

「キャシー！」

〈今度はなんの用？〉引き返して戸口から首を突っこんだ。

「あの晩、きみはとても……きれいだった。というか最高だった」

「あ。うん。ありがと」わたしは小娘みたいに赤くなっていたに違いない。ああ、ウィル。かわいそうなウィル。かわいそうなカフェ・ローズ。早くどうにかしなくては。


どうにもならなかった。その夜、手持ちのあざやかな色のパンプスを履いていたトラシーナは、歩道のひび割れにヒールをとられた。つま先は前方へ動いたのに、かかとは固定されていたから、小鳥のように細い足首がねじれた。歩道の割れ目と通勤にこの種のパンプスを履くことの危険について、みずから警告していたし警告されてもいた。でも、それが女の虚栄心というものだし、わたしの人生もそんなものだった。彼女の腫れ上がった足首が元のきゃしゃなサイズに戻るまで遅番の穴埋めをしないといけなかった。わたしは次のファンタジーが「お屋敷」でほどなく起こることを望んでいた。だが、今月はファンタジー抜きになりそうな気配が濃厚になった。「問題ないわ」とマチルダに、不平を言った。わたしの仕事のスケジュールの連絡を欠かさないよう求めてきたマチルダは言った。「来月に二回設定すればすむ話よ」それでも、あのジャズバーでの幕間めいた出来事の記憶は薄れつつあり、実を言うと、待ち焦がれる気持ちが募っていた。

　わたしはテーブルを拭きながら、春祭りで助かったとしか考えられなかった。お客が多かったら、昼夜通しで一週間も働きつづけられなかったろう。昼間はずっと閑散としていたが、夕方のこの地区にはいっそう悲しい気分が漂った。店内に街灯の光をやわらげる客の姿はほとんどなかったから、壁やガラスに光が反射したカフェはさながら侘びしい絵だった。ウィルはトラシーナの看病に出ているから、二階に心強い存在が感じられることもない。わたしはかまわなかった。読みさしのおもしろい本が二冊あり、大胆にも暇を見つけてはファンタジー日記にふとした考えを書き留めたりもした。シークレットから課されていた宿題はこれだけだ。

　実際、カウンターに向かって日記を書いていたときに、ドアのチャイムが鳴って、夜遅い客だと思って身がまえた。が、ペストリーの配達員だった。ふだんは朝早くに届けに来てデルが送り状にサインをしているのに、おかしなことだ。夜七時以降はコーヒーとデザートしか出さないし、食事の締めに来るお客しかいないので、コックのデルはもう何時間も前に帰らせていた。振り向くと、グレーのパーカを着た若い男がペストリーの箱を積んだ台車を押しながら、無言のまま、すぐ目の前まで歩いてきた。

「ごめんなさい」わたしは日記を背中に隠してスツールから滑り下りた。「でも、ちょっと遅いんじゃない？　いつもは朝――」

　男はわたしを通り過ぎ、フードを取って肩ごしに笑みを見せた。短く刈りこんだ髪に暗い青みを帯びた瞳に彫りの深い顔立ち、手首から肘までタトゥーで覆われている。高校時代に憧れた、どの学校にもいる不良少年のストップモーションが脳裏にひらめいた。

「とりあえずキッチンに品物を入れるよ。来てくれる?」クリップボードを掲げて言う。

わたしは、ベニエ（ニューオーリンズ名物の穴なし四角ドーナツ）を二ダースとキーライム・タルトを盆一杯ぶんよりも多くを受け取ることになりそうな予感がした。男がドアを押し開け、暗いキッチンに入って数秒後、すさまじい音がした。ウィルが二階にいなくてよかった。騒音は一度ではすまなかった。まるで演奏みたいに、最初はガシャン、次はバンバン、そこへ悪夢のような金属音が重なった。

「どうしたの?」キッチンのドアへそろそろと近づくと、向こうからうめき声が聞こえた。「だいじょうぶ?」

ドアを押し開くと、体が、男の体がわずかに動く気配がした。わたしは壁を手探りして天井の蛍光灯のスイッチを入れた。すると、彼が床に倒れて自分の胸ぐらをつかんでいた。いろいろなパステルカラーのペストリーが冷蔵室へつづく床にぶちまけられている。

「マジでやっちまった」と彼はうめいた。

わたしは笑うつもりだったのが、まだ胸の動悸が静まっていなかった。

「だいじょうぶ?」もう一度、尋ねた。車に轢かれて、駆け寄ったら逃げ出しそうな犬に対するように、おそるおそる近づく。

「うん、たぶん。うう、とっちらかしてすまない」

「あなたも、その……そういうこと?」

「そう。おれは『不意打ち』役なんだって。ジャーン!　いてっ」と肘をつかんで、また床に倒れ、ペカン・パイの箱を枕にした。

「まあ、たしかに不意打ちだったけど」彼がこしらえた惨状に笑った。この様子から見て、台車はデルのステンレス調理台に突っこんで、吊り下げていた鍋釜を床へ落としたようだ。

「手伝いましょうか？」とわたしは手を差し伸べた。なんて顔なの。不良少年が天使みたいにもなれるとしたら、きっとこんな感じなんだろう。年は二十八とか、せいぜい三十くらい。ケイジャン訛りも少しあって、いかにもニューオーリンズっ子で、とびきりセクシーだ。パーカのジッパーを下ろして、身をくねらせて脱いで床にひょいと放り投げると、怪我をした肘をじっと見た。当人は気づいていないが、白いタンクトップの下からボクサー並みの腹筋がのぞいている。腕から肩まで精緻な絵柄のタトゥーをしてあった。

「明日の朝にはけっこうな青あざになるな」と彼は言って、わたしの横に立った。

背は高くなかったが、この粗野な男っぽさがとてつもなく印象的だ。痛みの名残りを振り払ったあと、背を反らせてわたしをじっと見つめた。

「わお。きみ、ほんときれいだな」

「えっと……この辺に救急箱か何かあったような……」

相手を通り越して事務室へ向かおうとしたら、肘をつかまれ、そっと引き寄せられた。

「それで？　やるかい？」

「やるって何を？」わたしは訊いた。ハシバミ色。この目の色は断然ハシバミ色だ。

「このステップをおれとやる？」

「その言い方じゃないでしょ」

「ちぇっ」彼は脳みそを振り絞った。

とてもキュートだけれど目から鼻に抜けるタイプではない。そんなことはどうでもいい。

「こう訊くのよ、『このステップを受け入れますか?』」

「わかった。このステップを受け入れますか?」

「いま、ここで?　あなたと?」

「そう。いま、ここで、おれと」と首をかしげ、歪んだ笑みをよこした。見かけは無骨で上唇に細かい筋状の傷痕はあるが、これまで見たこともない白い歯をしている。「懇願させようってのか?」彼は言い足した。「オーケー、じゃあこうだ。お願いったらお願い」

　これは楽しかった。とっても。それでもう少し長いこと演じようと決めた。「わたしに何をする気なの?」

「これなら知ってる。きみの望むことは何でも。望まないことは何もしない」

「よくできました」

「だろ?　まるっきりアホなわけじゃないぜ」すごく可愛い、すごくセクシー。「で?　このステップを受け入れますか?」

「どのステップ?」

「う……ステップ3、かな。『信頼』だっけ?」

「正解」わたしはキッチンの被害を見まわしながら言った。「閉店まぎわにやって来て、掃除に何時間もかかりそうなメチャクチャをよくもやらかしてくれたわね」腰に手をあて、答えをどうしようかと思いを巡らしているかのように目をすがめた。これは楽しすぎる。「それに、あなたのその状態で本当に――」

「まさか。ステップを受け入れないっていうのか?」本物の痛みに襲われたように、たじろいだ。

「くっそー、しくじったあ」

かなり長い時間をおいてから、わたしは言った。「ううん。わたし……このステップを受け入れます」

「よーっし！」やんやと手を打ち鳴らす彼に、くすくす笑わされた。「きみをがっかりさせやしないよ、キャシー」と言って蛍光灯を消すと、明かりはキッチンに流れこんできた街灯の暖かな光だけになった。彼がわたしに一歩近づき、顔を両手で包みこんだ。

結局のところ、不意を打ったのは深夜の特別配達でも、あのアクシデントでもなかった。これだ。このキスだ。わたしを不意にキッチンの冷たいタイルの壁に、たくましい体ごと強く押しつけて、その気だと伝えてきた。ああ、彼は硬くなっている。一瞬にしてシャツを脱がされ、床のパーカの上に投げ捨てられた。最初の二回では、キスはしなかったけれど、物足りなくはなかった。でも、これは、これはまったくの別物だ。膝から力が抜け、腰を支えてもらわなかったら床にくずおれていた。こんなキスを、これほど焦がれるようなキスをしたことがあっただろうか？　こんなことは生まれて初めてだ。

彼の舌がわたしの口をちょうど同じだけの欲求に迫られながら探った。わたしの好きなシナモンガムの味がほのかにした。さらに数秒間キスを深めたあとで、彼が下唇を優しく噛んだ。そこから、美しい口がわたしの首筋をたどり、口づけし、ついには鎖骨の真上のある一点に着地した。そこにむさぼるように口づけをして、わたしにため息をつかせた。彼の手は口のための道を切り拓いているらしく、手がブラから胸を解放すると、口がひたむきにあとを追った。唇が一方の乳首をなぞり、それが硬くなると、もう一方を探りに向かわされた。その間に片手がジーンズの前へと滑り下りていき、疑っていたことが事実だったとわかった。わたしはすっかり濡れていた。彼はキスをやめて、わたしを指で探りながら目をじっと見つめた。そして手をジーンズから引き抜き、指を口に含んだ。わたしはもうそこでいきそうだった。

「腹ぺこだ。ジーンズ脱いでくれないか？　テーブルをセットする」

その目に浮かんだ野性味、完璧な肉体に幾重にも光る汗、おどおどした笑顔。ああもう、この男《ひと》にやられた。わたしは床にべとべとに散乱した甘いクリームを見まわした。

「ここで？　キッチンで？」わたしはベルトを引っぱってゆるめた。

「ここでだ」タトゥーを施した腕の一振りが、デルのステンレス調理台から残骸を払った。金属のボウル、鍋釜、泡立て器、プラスチックの調理用具。すべてがガチャガチャと床へ落ちた。そして彼はチェックのテーブルクロスを棚の下からつかみ出すと、ステンレスの天板の上にぱっと広げた。

わたしは下ろしたジーンズから足を抜き、裸の胸の前で腕組みして立っていた。

「デザートは何だと思う？」彼がこちらへ向き、片眉をつり上げて言った。「きみさ」

わたしに数歩近づき、腕のなかに包みこんで、ふたたびキスをした。そしてそっと台へ持ち上げると、脚をぶらつかせておくにまかせた。見る間に冷蔵室へと歩いていき、室内に姿を消した。

「さてと……」と言って戻ってきた彼は、腕いっぱいに食品の容器とホイップクリームの絞り器をかかえていた。

「いったい何をしようっていうの？」

「目を閉じて仰向けになって」

と言うのと同時に、わたしの足首へ近づき、手でぐるりを握って、ぐいと調理台の下のへりまで引き下ろす。それから、恥ずかしいほどあっさり脚を開かせた。わたしは甲高い笑い声をあげたが、おへその中心にホイップクリームを噴きかけられて声が引っこんだ。次には彼はクリーム二匙分を両乳首に噴きつけ、自分の作品にまじまじと見入った。

「何するのよ！」

「デザートを作ってるんだ。こう見えて実は、ペストリー焼きの職人なんだぜ。さて……もう一つ……」そう言って、おへそから下へホイップクリームの線をすーっと引いていった。次いでチョコレートのアイシングの容器をひっつかむと、そっと中身をわたしにかけた。それから手を伸ばしてマラスキーノ漬けチェリーを一粒だけ取り、おへその上にのせた。わたしはくすくす笑いを止めようとしたが止まらなかった。冷たくて、くすぐったくて、ものすごくホット。彼は作品をじっと見つめてから、かがんで、おへそに吸いつき、チェリーを口に入れ、クリームをきれいに舐め取った。そして胸にアイシングを塗りつけつつ、口はせっせと下降をつづけ、べたべたになった手がすぐあとを追って胴を、お腹を這い、股をさらに広げた。彼の舌は熱くて、なまめかしかった。初めは周りを舐めてばかりで、直接そこに触れなかった。触れてくれなければ、死んでしまいそう。そしてついにそこに吸いつくと、柔らかく、熱く、粘つくものでまさぐって、意識をもうろうとさせた。指が外側をなでさすった。指の固さが、クリームを舐め取っている柔らかで濡れた舌を補っている。欲しくてたまらない。こんなのは初めて。たちまち絶頂の縁まで連れてこられ、調理台の両側をつかんで自分を支えなくてはならなかった。

ふと、動きが止まった。

「どうしてやめるの？」わたしは息を切らし、あえいだ。相手の飢えた目をじっと見やる。彼は手の甲で頬についたクリームを拭った。

「キャシー、おれの舌で感じたかい?」

うう、そりゃあね。もちろん感じましたとも。気が変になりそうなくらい。

「ええ」なるべく平然と答えた。

「きみの指でやってほしい。おれの前で。おれのために」

「何をやってほしいって?」彼に見とれていた。まだホイップクリームで汚れている顔が愛らしい。

「きみが自分であそこに触れるのを見てみたい」

「でも……やり方が全然わからない。へたくそなの。やってみてもいいけど、きっと……うーん……それに、あなたに見られてたら——」

「手を出して」

しぶしぶ相手の手に自分の手をのせた。彼はしっかり手を握って、わたしの熱く濡れた場所へと導いた。人さし指だけを伸ばして、静かにそこへ据える。そして口を使ってもう一度濡らし、わたしの指に手を添えて円を描かせながら、舌を素早く這わせた。ああ、すごい。

「きみとクリームと、どっちが旨いのかわからないよ」

リズムをつかむと、彼の手が放され、自分の指だけでつづけた。その一方で彼はそっと唇をわたしに這わせ、両手で内ももをつかんで台に押しつけた。一瞬、ストップしてわたしの様子を見る。エクスタシー寸前だ。弓なりになって、この感覚をすっかり味わいつくそうとした。自分に触れるわたしを見ていた彼の口が、ほどなく指に合流した。

「感じる?　いい?」熱っぽい舌使いのあいまに訊いてくる。

「ああ、いいわ」わたしは言った。脈動の一つ一つを感じ、自分のそれを合わせた。オーガズムはどこで生じるのかわからないが、未知の深みから湧き上がってくる。彼の濡れた舌がわたしの芯の芯から何かを引き出していた。逆の手で太ももを押し開いたまま、指が限界までこじ入れられると、歓びが全身を燃えたたせた。彼はわたしの内でエネルギーが高まるのを感じた。

「だめええ」これから起こることが恐いくらいだ。行き過ぎになりそう。そのときだった。白い熱気が体を貫き、腰を持ち上げた。合図を受けた彼がわたしの手を押しのけ、激しく口で吸い、舌で転がした。あまりの強烈な快感に、何でもいいから、何かに必死でしがみつかずにいられなかった。

「あああ、あああ、あああ」としか口から出なかった。滑りやすい台の上で身をくねらせ、脇腹がぶつかるのもかまわず、無上の喜びにめまいがした。身動き一つさせないほど抱きしめていたわたしが絶壁から墜ちていくのを彼は感じとった。そして、そのオーガズムが静まったときに、そっと自分の顔をわたしの内ももで拭った。

「ふう……ほんとに強烈……だったよな、キャシー。おれも感じたよ」

「ええ。本当に」たったいま悪夢から覚めたかのように、腕を額の上に投げ出した。

「もう一度やりたい？」

わたしは笑った。「もう二度とできないと思う」

彼はわたしから体を引きはがすと、調理台の下からタオルを二枚つかみ出して、冷蔵室の横のシンクで温かな湯に浸した。

「いいや、できるさ」

「あの人たち、どこであなたを見つけたの？」のろのろと起き上がりながら訊いた。

「誰のことだ？」

調理台の脇から脚をぶらつかせていたら、彼が戻ってきて、温タオルで体のべたつきをそうっと拭き取ってくれた。「シークレットの女たち」

「きみがメンバーにならなければ、それを言うわけにはいかない」

もう一枚のタオルを持ってきて、顔と手を拭いてくれた。念入りにしつつも、同時に優しい手つきだった。

「お子さんはいるの？」わたしは出し抜けに訊いた。

長い間があった。「いる……息子が一人。おれたち、おしゃべりしすぎだ、キャシー」

この人の息子を、お父さんにそっくりだけれど、ほっぺはもっとふっくらしていて、タトゥーは入れていない幼い男の子を、すっかり思い浮かべることができた。

「これの報酬はもらえるの？」

彼はわたしの腕を拭いていた。手首の柔らかな肌の上で、タオルが裏返った。「まさか。いま、おれがしたことに金なんか要るものか。いつでもきみのためにしてあげるよ」

「それで、あなたにどんなメリットがあるの？」

すると彼は、わたしの手をタオルでくるんだまま固まった。そうして、つかのま厳しい目で顔を覗きこんだ。「きみって、ほんとにわかってないな」

「何のことよ？」

「どんなにきみが美しいか」

わたしは口も利けず、心臓が爆発しそうだった。この人を信じるしかなかった。だって、とても誠実そうだもの。彼は、わたしの体を拭き終えた汚れたタオルをひょいと肩ごしに投げた。床からパーカをつまみ上げ、わたしに服をよこした。二人ともおおかた服を着た。

「掃除を手伝うよ」と彼は言って、空のごみバケツを部屋の真ん中へ蹴り飛ばした。十分後には二箱を救出でき、破れた箱は全部始末できた。わたしは床を洗う湯をバケツに張り、あとは自分でできると告げた。

「帰りたくない。でも帰らなくちゃ。そういう決まりだからね。デザート、ごちそうさま。肋骨がひび割れ、肘を痛めた甲斐があった」少しずつ近寄ってきて、初めはためらったが前に進み出て、わたしの唇に力を込めたキスをした。

「きみって、いかしてるぜ」

「あなたも、いかしてるわ」これを自分が言ったのかと耳を疑った。「また会える？」

「かもな。情勢はおれに不利だけども」

そうして彼はキッチンから退散し、ウィンクを投げてカフェを出ていった。暗い通りを小走りに去っていく。玄関のチャイムが、さよならを告げていた。

証拠は完全に消し去ったつもりだった。けれど翌朝の明るい日の光に照らされ、見れば、デルが特殊洗浄液でステンレス調理台を拭いていた。これはわたしの想像にすぎないのだろうが、掃除をしながら警告するような目でにらんでいる気がした。〈なんでまたあたしの調理台にケツの跡がついたんだか。まあ訊くつもりはないがね〉

わたしはキッチンに目を走らせ、トレイを見つけると、食堂へ一目散に逃げ出したが、同じくらいに非難がましい目つきに迎えられた。マチルダだ。八番テーブルの席に身じろぎもせずに座っている。

「ここで何してるの？」わたしは声を落とし、あたりを見まわした。

「どういう意味かしら、キャシー？　ここはニューオーリンズでわたしがひいきにしてるカフェよ。ちょっと話す時間ある？」

「ちょっとだけなら」と嘘をついて、メニューをテーブルに置いた。「ずっと忙しくて。ウェイトレスが一人ダウンしたから、こき使われてるの」

本音を言うと、わたしはマチルダとのこの会話を避けていた。昨夜の男性と長く話しこんで、立ち入った質問をしすぎたのがルール違反だったのではないかと、不安に思ったからだ。がらがらの店内を見まわした。朝食めあての客で混みあうのは、あと三十分は先だろう。ウィルはたぶん、わたしが早番だと承知しているから、まだトラシーナの家だ。わたしは椅子にそっと腰かけた。気がとがめたけれど、どうしてだかわからない。

「ゆうべはジェシーとお楽しみだった？」マチルダが尋ねた。

「ジェシー？　それが彼の名前？」胸がどきどきした。

「そうよ。ジェシー。まずは、夜遅くに来させてあなたを驚かせたこと、お詫びするわ」

「うまくいったの。というか、本当によかった」わたしはうつむいた。「わたし……彼が気に入ったわ」

「それもあって来たのよ。どうやらあなたも彼の心に残ったようね、キャシー」

そうと思ったら心が弾んだが、そんなはずはないという奇妙な疑いも湧き上がった。

「これはね、たまにあることなの。人と人は結びつく。何かのきっかけで、お互いに相手のことをもうちょっと知りたくなる。そういうこと。わたしから言えるのは、あなたとジェシーの仲を取り持つことはできる。でも、それがあなたの選択ならそこまでってこと。あなたの旅はステップ3でおしまい。シークレットから抜けてもらう。ジェシーもね」

わたしは息をのんだ。

「正直なところ」と彼女は言い足した。「ジェシーがあなたのタイプとは思わなかった。つまりね、彼はセクシーだけれど……」

「結婚してる？」

「離婚した。ただし、それ以上は言えないわ、キャシー。自分で考えて。一週間あげる」

「彼は……その……わたしともっと会いたいと？」

「ええ。そうよ」マチルダは悲しげだった。「はっきりそう言ったわ。ねえ、キャシー、あなたにどうこうしろと指図はできないけど、これだけは言わせて。あなたは順調だわ。わたしにはわかる。あなたの旅の出だしに現われた、何も知らない相手のために、どんなに素晴らしい一夜を過ごしたからといって、この勢いを止めてほしくはない」

「これはよくあること？」

「多くの女性が早まって自己探求をやめてしまうのよ。そして、たいていは後悔する。シークレットだけでなく人生において、ね」

マチルダがわたしの手に手を重ねたそのとき、ウィルがあたふたとキッチンから食堂へ出てきてわたしたちを通り過ぎ、トラシーナへ向かって突進した。彼女は店の前の通りの小さなスペースに彼のトラックを縦列駐車しようとしている。わたしがいるところから見ても、それはまずい考えだとわかった。

「うわっ！　よせ！　ぼくが行くまで待てと言ったろ！」ウィルがドアの外へ怒鳴った。

トラシーナの返事は何と言ったのか聞き取れなかったが、けたたましかった。トラックは斜めに停まって、道路をふさいでいた。

彼氏をつくるってこういうことね、とわたしは思った。誰かの彼女になるということは。至福と失望の、愛情とちょっぴりの嫌悪のあわいに揺れつつ日々を暮らしていく。自分の一挙一動が他人にとって同意か不同意かの天秤にかけられる。彼はあなたのものではなく、あなたも彼のものではないけれど、相手のあらゆる要求や欲望を担わされ、なかには満たせるものもあれば、どうしても満たせないものもある。わたしはいま、それを望んでいる？　誰かの彼女になりたい？　このジェシーという男性について何を知っているというの？　どこに住んでいるとも知れない、子持ちの、タトゥーを入れたペストリー職人。たしかに惹かれ合った。それにしても。この人のことをろくに知りもしないのに！

こんなことを反芻するうち、窓の外では、トラシーナがぎこちなく駐車したトラックを降りて、ドアを叩きつけるように閉めた。そしてウィルの目の前に車のキーをぶら下げ、足元に放り投げた。

ウィルはキーを拾って、まっすぐ前に目を据えたまま、しばし立ち尽くした。

「聞いてくれる？」わたしはいま一度、マチルダを振り返った。「この件をじっくり考える時間はもう要らない。自分の望みはわかってる。もっとしたい。シークレットがしたい」

マチルダはほほ笑んだ。ステップ3のチャームをそっとわたしの手にのせ、軽く叩いてその手を閉じさせた。「ジェシーがあげるのを忘れてたの。でも、わたしから手渡すのが正解のようね」

チャームに彫られた言葉を見つめた。Trust（信頼）。やったね。でも、果たしてわたしは正しい選択をしたと、自分を信じているだろうか。

Ⅶ

　わたしが退場しかかってから三週間後、ステップ4のカードが昔ながらの方法、郵便で届いた。部屋までの階段を一段飛ばしで上って戻った。ファンタジーに思いを巡らすのと同じくらい、この封筒を見ると興奮した。毎月、素晴らしいパーティの招待状をもらっているかのよう。ジェシーのことが折に触れてじんわりと思い出され、シークレットがあのタトゥーを入れたペストリー職人をわたしの「タイプ」として選んだ不思議さに打たれたものだった。けれども、それは正しかった。おかげで自分がいかに狭い範囲から男性を、恋愛対象を、デートの相手を選んでいたのかに気づかされた。だが、シークレットにとどまる決断をしたのを悔やんではいない。自分について発見することが多すぎて、いま、ここでやめるわけにはいかなかった。それでもあの腕や、いたずらっぽい笑顔の思い出がたまに頭をよぎって、全身に震えが走ったりもした。

　マニラ封筒を破って開くと、小さな装飾的な封筒が滑り出た。ステップ4のカードだ。裏返すとGenerosity（寛大さ）と優美に印字されている。なかには、今月の第二金曜日、「お屋敷」での家庭料理の招待状が入っていた。「お屋敷」。家庭料理。ほんとに気前がいい！　けれども、ドレスコードの指定が奇妙だった。「黒のヨガパンツ、飾りのない白のTシャツ、髪はポニーテールにして、スニーカー履き、メイクは控えめにしてください」せっかくお屋敷を訪ねるのに超セクシーな服装もおしゃれも許されなくて、ちょっとがっかりしている自分がいた。前もって買い物に行かないですむから、ま、いいか。そしてついにお屋敷に、わたしの想像力をいい意味でも、恐ろしげという意味でも捉えて放さなかった神秘的な場所に出かけるのだから。

ドアがノックされて思考が中断された。ウィルだ！　隣町のメテリーで開かれるレストラン用品オークションに同行すると約束していたのだった。新しいトレイと、年じゅう擦り切れてばかりの椅子に替わる新しい椅子と、なぜか傾きやすくなった調理台のもっと頑丈なのが必要だ。ウィルは自家製のペストリーやベニエも作りはじめられるよう、生地ミキサーとフライヤーも探している。いつもならばトラシーナを連れていくのだが、足首がまだ完治してはいない。もう松葉杖はとれたものの、それでも食堂で足を引きずっていて、自分でまいた種なのに、ウィルに気をとがめさせた。冗談めかして、恋人じゃなかったら訴えていたかも、とほのめかしさえした。本気だか冗談だかわからない。わたしは一日、ウィルの彼女の代わりをすることになっていた。

「すぐ行く！」わたしは怒鳴った。

封筒をフォルダに突っこみ、フォルダをマットレスの下に滑りこませてドアへ駆けつけ、ウィルの二度目のノックを阻んだ。彼はとてもよく似合う淡い赤のボタンアップシャツを着ていた。トラシーナが買ったものだ。わたしには悩ましい存在ながら、彼女のおかげでウィルの服装がうんと垢抜けたことは認めざるをえない。納得ずくで髪を少し短く切らせもした。

「ハーイ！　いらっしゃい。入って」

「並列駐車してるんだ。準備できたら下りてきて。クラクション聞こえなかったかい？」

「ごめん、聞こえなかった、その……掃除機かけてたから」

ウィルは乱雑な部屋に、掃除機などかけてない居間にちらっと目をやった。「わかった。じゃあ、下にいるよ」

ウィルは短い車の旅のあいだ、うわの空で気が散っていた。好きでない曲がかかったり、素敵な曲のあとにうるさいコマーシャルが流れるたびに、ラジオ局を切り替えた。

「そわそわしてるよね」わたしは言った。

「ちょっと調子が悪い、かな」

「どうして調子悪いの？」

「どうでもいいだろ？」

「『どうでもいいだろ』ってどういう意味よ？　友達でしょ。だから訊こうと思って」

ウィルはそのあと半マイルは無言だった。わたしはやがてそっぽを向き、景色を眺めたが、結局もう我慢できなかった。「あなたとトラシーナはだいじょうぶなの？　こないだ車の件でちょっとやりあってたでしょ」

「最高だよ、キャシー。お尋ねありがとう」

おっと。ウィルがこれほどつっけんどんになったなんて記憶にない。「わかった。もうほじくらない。でもね、今日あなたにつきあうのがこんな不快だと知ってたら来なかった。今日は日曜日、わたしは休みの日よ。これは楽しいかもって思ったのに——」

「悪かったな」彼がさえぎった。「楽しくなくて。きみが楽しめるように、もうちょっと努力しろってかい。新しい楽しいお友達とのおしゃべりをじゃまするのもやめようか？」

マチルダのことだ。店にあまり来ないでと頼んではいたのだが、このあいだ、ジェシーについて話をしたあとでウィルからわたしに、仕事中はお客と一緒に座ってはいけないと注意があった。

「彼女は常連さんで、仲良しになってきた、ってだけ。それのどこがいけないの？」

「おそろいのアクセサリーを買ってくれる常連さんか？」彼がちらっと目をやったのは、わたしが膝に置いた手につけたブレスレットだった。ハンマー仕上げと淡いゴールドの光沢が好き。とても素敵だから、いったんチャームを集めだしたら身につけずにはいられなかった。

「これ？」と言って、手首を突き出した。「これは……彼女の友達から、手に入れたのよ。これを作ってる人。いいなあと思って、わたしも欲しくなっちゃったの。女子ってそういうものなのよ、ウィル」どうか、もっともらしく聞こえますように。

「いくらしたんだ？　十八金に見えるけど」

「貯金したのよ。でも、それこそ余計なお世話だわ」

ウィルはため息をつき、また口をつぐんだ。

「もうお客さんとしゃべっちゃいけないってこと？　じゃあ言うけど、わたしはまじめに働いてて、あの店はわたしにとっても大切なの。できることは何でも――」

「すまなかった」

「――するから――」

「聞いてくれ、いい、キャシー。すまなかった。本当に。自分でもわからないんだ、なんでこう……トラシーナとはうまくいってる。ただ、彼女が求めてるのは……彼女は次のレベルに進みたがっている。ぼくにはその用意があるか、自分でもあやふやだ。わかるだろう？　そう、だから、ちょっとそわそわしてる。何かというとイラッとしがちなんだ」

「それって結婚の話？」その言葉につっかえそうになった。どうして？　わたしはウィルをふったのよ。もちろん、彼は愛する女性と結婚すべきじゃないの？

「違う！　違うって。一緒に住むとか、そういうことさ。……まあ、最終的には、結婚が彼女の望みなんだろうが」

「それはあなたの望みでもあるの、ウィル？」

もうすぐ正午。サンルーフに太陽が降り注ぎ、頭頂を熱している。軽くめまいがした。

「そりゃあそうさ。というか、当然だろ？　そうしたいに決まってるじゃないか。とってもいい子だし」彼は路上のまっすぐ前を見ていた。そして一瞬、わたしに向かい、弱々しい笑みを見せた。

「きゃあ、あなたの情熱がまぶしいわ」とわたしがおどけて言い、二人して笑った。

オークション会場の駐車場に着いた。半分は空いていた。それはいい。人が少ないほうが価格は安くなる。

「がらくたを買いに行くとするか」とウィルは言って、エンジンを切るなり飛び出るように車から降りた。

わたしは一瞬、しばらく一緒にそこに座って、ウィルを慰めたい衝動に駆られた。髪に触れて、だいじょうぶ、あなたは自分に正直になればそれでいいの、と言ってあげたかった。だけど同時に、嫉妬で胸が疼きもした。トラシーナは、わたしとウィルの友情を気にするそぶりもない。二人で過ごす時間をちっとも疑っていない。それはいささか癪に障った。わたしは彼女にとって脅威ではないのだ。それでも、多少は不安にさせてやりたいと思う自分がいた。たとえほんの小さな力でも、わたしには認めるべき力があると証明したい、そんな気持ちがむくむくと高まっていた。けれど何も言う暇はなかった。ウィルはもうオークション会場への道を半ばまで進んでいたから、わたしはドアを開け、車から降りてあとを追っていった。

金曜日はなかなか来なかった。新品の黒のヨガパンツと、伸縮性のある白のTシャツを用意してあって、下には黒のぴったりしたタンクトップを着ようと決めた。ただでさえ、運動着で行くのは残念なのだから、ディキシーをパンツに近づけないよう気をつけた。なにもわざわざ猫おばさんらしく毛玉まみれでお屋敷に登場することはない。指定時間ぴったりに、リムジンがアパートの前に停まった。運転手がブザーに手を伸ばすより先に、わたしは階段を駆け下りて玄関を出た。

「ここにいます」と息を切らしながら、あいさつした。

手袋をはめた手がわたしを車へ進ませ、後部ドアを開けてくれた。

「ありがとう」と言って、ふかふかの座席に身を沈めると、アパートをちらりと振り返った。一階のレースのカーテンが開き、また閉じられた。かわいそうに、頭が混乱したアナだ。

リムジンの車内には、氷でいっぱいのアイスペールにシャンパンと水が用意されていた。わたしは水のボトルをつかんだ。ほろ酔い気分で到着したくはなかった。午後七時で道路は空いていて、ほどなくシークレット本部の前に着いた。ふだんは街路からゲストハウスへとつづく、主要な地所からは塀で隔てられた門を通るのだが、今回はお屋敷に直結している二重扉の門が自動で開いて、リムジンを迎え入れた。ゲストハウスの脇を走り去りながら、ツタの這う壁の上方で四つの屋根窓すべての明かりが灯っているのが見えた。金曜の夜のゲストハウスでは、どんな作業が行なわれているのだろう。わたしも含めて、いま現在ステップを進めている女性たちのために、どのような筋書きが組み立てられているのだろうか。ほかのもある？　わたしだけ？　疑問は山ほど浮かんだが、シークレットの一員にならないかぎり、マチルダは決して答えてはくれない。

ゲストハウスをとりまく庭が蔓草と低木の絡まり合いだとするなら、お屋敷の向こうに広がる庭はまっさらで手入れが行き届いていて、この世ならぬ明るい緑の光を放つ、短く刈られた芝生がほとんど人工芝に見えた。バラの香りが濃厚に漂っている。お屋敷の壁の半分まで伸びたバラの木は、さながらピンク、黄、白の巨大な張り骨入りスカートだった。建物のファサードは、近隣の広大な邸宅に特徴的なイタリア風であり、太くて白い柱が日陰の涼しいポーチをつくり、上の円形のバルコニーを支えている。けれど当地の他の邸宅とは違う意味で豪壮だった。たしかに美しいのだが、どことなく冷たく、いささか完璧すぎた。建物の壁はすべて淡いグレーの化粧しっくいで白いコーニスが巡らされ、建物をぐるりと囲んだポーチは上部にも下部にも覆いがある。装飾的なジュリエット風のバルコニーが、二階と三階の小さな戸口を縁取っている。全体が室内からの暖かく薄暗い光で、気をそそられるが奇妙にも見える光で、照らされていた。脇玄関に停車したが、玉石敷きのドライブウェイは起伏のある坂を越えて、裏庭のガレージへとつづいている。立ち去りがたいが、かといって本当に住むことはできそうにもない場所だ。

黒と白の制服姿の女性が脇玄関から現われ、手を振ってきた。わたしはリムジンの後部の車窓を下ろした。

「キャシーですね」と彼女は言った。「クローデットと申します」

わたしは運転手が車を降りてきてドアを開けてくれるのを待つことには慣れた。車の外へ出ると、ボディガード風の男が数人、敷地内をうろついていることに気づいた。一様にあつらえのスーツを着て黒いサングラスをかけている。一人がイヤホンに向かって話していた。

クローデットが言った。「彼はキッチンでお待ちかねです。彼にはあまり時間がありませんが、あなたに会うことにとても興奮しています」

「彼って誰？」クローデットのあとについて歩きながら、わたしは尋ねた。それに彼にはあまり時間がないってどういうこと？ これはわたしのファンタジーじゃないの？ 「すぐわかります」と彼女が言って、安心させるように背中に手を添えながら、わたしをドアの奥へ進ませた。

脇玄関の床は大理石で、白と黒の千鳥格子のデザインが廊下までつづいていた。二体の智天使《ケルビム》に縁取られた小さな噴水があり、花瓶から浅いプールへと水が流れ落ちた。巨大な花瓶からはシャクヤクの花が突き出ている。右側に、豪華な玄関広間がちらっと見えた。ボディガードがもう一人、階段下の椅子に座って新聞を読んでいた。

「外で待てば」とクローデットが彼に言う。

その大男は一瞬ためらったが、席を立った。

長い廊下を進むうち、けたたましいヒップホップだかラップだかの音楽が聞こえてきた。わたしには区別がつかない。心臓がどくどく打っていた。この屋敷にひどく不釣り合いな服装だと感じて、なんでこんな地味な普段着で来るよう指示されたのか、いぶかしく思った。ボディガードといい、厳しいスケジュールといい、この音楽といい、わけがわからない。屋敷の奥とおぼしき場所へ向かっていた。広い廊下に並んだ何脚もの豪華な小さな椅子を通り過ぎ、オーク材の両開き扉に近づくほどに音楽がうるさくなった。ふと気づくと、円形のはめ込み窓に黒い薄葉紙がかぶせてあった。

いったい何が起きているの？

クローデットがドアをぱっと開くと、音楽が耳に、温かなスープ、シーフード、たぶんトマト、それにスパイスの匂いが鼻に飛びこんできた。クローデットを振り返って、わたしはどうなるのか、誰に会うのかと尋ねようとしたが、彼女はドアをそっと閉じて去っていた。広いキッチンを見まわした。昔ながらの流し場のような装飾が施され、つややかなラッカー仕上げの壁は下半分が白で上半分が黒だ。アイランド式の調理台の上に、何十個もの使い古した風合いの銅鍋が吊られている。調理器具は小型車ほども大きさがあるが新式で、古く見えるよう装飾されているだけだ。サブゼロの冷蔵庫はうちの業務用と遜色なく、ただしもっとずっと新しくて、しみ一つなかった。こんろは黒い鉄製でバーナーが八つ。カフェ・ローズのそれとは比べものにならない。これはお城の厨房にある類のものだ。

そのとき、彼がひょっこりと現われた。こんろの前に立って、裸の背中をこちらに向けている。腰をかがめて火の調節をしていたが、今度は大きな鍋の中身をかき混ぜながら、首と肩で挟んだ電話機に大声でしゃべっている。背中の筋肉は、ボディビルダーではなく生まれながらのスポーツマンのものだ。褐色の肌は滑らか。だぶだぶのジーンズを腰穿きにしているが、下げすぎはしないで、ものすごく締まったウエストを見せびらかす程度にとどめていた。電話するのとかき混ぜるのとを同時にこなしている。

「すみません」とわたしは、うるさい音楽に負けじと声を張りあげたが、相手を振り向かせるには音量が足りなかった。

「曲の最初から最後まで全部が気に入らないと言ってるわけじゃない」と彼は話していた。「あそこのつなぎだけだ。聴けよ」と、ビートが刻まれるのを待って電話機を宙に掲げた。「ほらな？　お手本どおりとは言えない。ここを直すのにヘップに頼んでいいか訊いてくれないか？　彼のアルバムでふさがってるのはわかってるが、個人的なお願いってことで」

彼はこちらに振り向き、びくっとした。わたしが立っていたことに気づいていなかったからだ。空いた手を腰にあて、わたしの頭のてっぺんから足のつま先まで眺める。腹筋がきゅっと締まった。じろじろ見ないよう努力したけど、つらかった。これって、この人って完璧。わたしはオーク材の両開き扉をちらっと振り返った。彼はまだ電話の声に耳を傾けながら、笑顔を見せた。心を燃やす生まれつきのカリスマ性を備えた人だけが、浮かべられる笑顔。誇張でなく室内の温度が変わった。そこで彼が指を一本立てて「あと一分」と伝えてくる。あの満面の笑み、うっとりする茶色の瞳、どこかで見たような。

「二倍払うから、シングルカットしてほしいと言ってくれ」首と肩に電話機を戻して先をつづけながら、じっと見つめてくる。わたしはまた照れくさくなった。大男ではないのに巨人のごとき振舞い。まるで有名人か何かみたい。まさか、そんなはずはないけど……。「リッツに部屋をとってやってくれ。フランスでなくてはな。アルバム制作地にするんだから」

彼は送話口を押さえてささやいた。「悪いな。あと一分。楽にしてくれ、キャシー」

わたしの名前を知ってる！　それから彼は電話をつづけた。「わからない。たぶん二日。ニューオーリンズでばあちゃんに会うんだ。そのあとニューヨーク、それでフランスだ。ツアーは八週間後だが、シングルを二枚準備しておきたい。ツアー中にリリースするんだ。かまうもんか。欲しけりゃまだあると言ってやれ。あのアルバムはまだこれからだ」

鍋をかき混ぜるのを思い出して、わたしに背を向け、ぐつぐつ煮えた中身を味見した。ここで、すっかりくつろいでいる様子だ。どの引出しにどの道具が入っているかまで正確に把握している。つまんだりかき混ぜたりするたびに背中から腕にかけての筋肉が波打ち、あらわになった。音楽のビートは催眠術さながら、ときどき彼が術にかかって、内面から体を乗っ取られ、動かされているように見えた。電話機を耳と肩に挟んだまま、こちらへ向き、わたしに近づいてきた。今度はスープをすくったスプーンを手に持ち、もう一方の手のひらを受け皿のように下に添えている。

「ばあちゃんのレシピを味見してるところだ。ああ。持っていくよ。じゃあ、このあと一時間は忙しくなるから」と言って、スプーンを吹いて冷まし、わたしの口元に近づける。

わたしはそっと熱い一匙を味わった。ガンボだ。うわあ、デルが作るのよりおいしい。というか、これまで食べたなかで一番だ。

「二時間にしておこう。ホテルに戻ったら電話する。うん。じゃあな」

彼はスプーンを下に置き、電話を切り、わたしに向いた。そこにそうやって無言のまま、少なくとも十秒は立っていた。そうして言葉もなく自信満々の様子で立ったまま、視線はわたしを上下し、音楽はなおも激しく鳴っている。この人、有名人なんだわ。間違いない。こちらから口火を切ろう。

「大事なお話をじゃましてなきゃいいけど」音楽に負けない声で言った。彼はリモコンを取って、わたしの頭上に狙いをつけ、ボリュームを下げた。答えはない。わたしは訊いた。「あなたは誰？」

彼は何か言いかけたが、ただ笑って首を振った。「きみの望みの相手だよ、ベイビー」

「でも……あの外にいるボディガードたち。あなたのためなんでしょ？」

そしてまた、ああして頭をゆらゆらと振り、あのはにかんだ少年のような笑みを見せる。

「ノーコメント」彼は言った。「おれの話をするためにここにいるんじゃない。きみが……始めたことの話をするためだ。そのきみが着てるものは何なのか、ちょっと教えてくれないか」胸の前で腕を組んでから、親指を唇にあてた。調理台の後ろから歩いてきて、わたしから三メートルのところに立ち、品定めするような視線を向ける。まるでオーディションだ。腰の低い位置で止まったベルトのバックルが目に入って、わたしは膝の力が抜けた。じろじろ見ないようにしたけど、猛烈に魅惑的だ。いけてないヨガパンツ姿の自分はさしずめ大ボケのおばさんだった。

「あ、これを着ろって言われたから」まぬけなスニーカーに目を落とした。

「いいね。おれが『サッカー・ママ』と言ったときには文字どおりの意味じゃなかったが、これはほぼ思い描いてたとおりだな。ただ、この服に包まれている中身が想像してたよりセクシーだ」

「いいかしら？」とわたしはカウンターのスツールを指さした。がたがた震えていて、座らないと倒れてしまいそうだ。

「どうぞ。ガンボは気に入った？」彼はスプーンを握ってこんろに向かい、また鍋をかき混ぜた。

「とっても。ほんとに……すごくおいしいわ。えーと……わたしのために料理をしてくれるの？料理に関係するファンタジーについて何か言ったか、記憶が定かじゃなくて」

「おれはきみのために料理を、きみはおれのために何かをする」彼がスプーンをわたしに向けた。

「わたしが？」

「きみが」

「これはわたしのファンタジーだと思ったけど？」

「何か問題でも？」相手のいかにも自信満々な態度に、わたしは弱気になった。この人は、ノーという言葉を聞き慣れていなさそうだ。

「あなたの名前は教えてくれるの？」わたしは訊いた。開き直ったね。

「仕事では違う名前を使っているが、本名はショーンだ」

ショーンは火を消し、調理台を回りこんで進んできて、わたしの横に、小さな赤いスツールを見下ろすように立った。髪は短く刈りあげている。右の手首に革のブレスレット、輪ゴム、わたしのより分厚く光沢のある金のチェーンをじゃらじゃら巻いている。チャームはなし。肌からムスクがかすかに香った。高価な男性用コロンだろう。

わたしは歯を食いしばった。彼の不敵さがわたしのなかに何かを生み出したようだった。何か新しい、激しいものを。「あなたが誰か教えてくれるの？」

「それはきみが答えを見つけることだ。あとで。いまは、おれはきみにとって有名人とのセックスのファンタジーそのものだよ。だが、これはシークレットだろう？　きみも気づいているはずだが、この手のことはえてして双方に利するように働くのさ。さて、このステップを受け入れるかい？」

「つまり、わたしのファンタジーは実はあなたのファンタジーでもあると？」

「ああ」

「そしてあなたが有名だという当人の言葉を信じないといけない？」

「そのとおり」たくましい腕が、わたしが座っているバースツールの、ヨガパンツの股のあいだに置かれた。

「オーケー。わかったわ。でも、わたしはいったいどうしたら、あなたのファンタジーになれるの？」

そのとき、彼が力強い指を太ももに上下に走らせた。全身がぞくぞくと震えた。「キャシー」とわたしの目を見て言う。「人は有名になると、ただ有名だというだけで、誰からもちやほやされる。きみは有名人とのファンタジーを望んだが、その相手がきみにとって有名でなければならないとは言わなかった。おれは自分がいったい何者か知らない相手と、ありふれたサッカー・ママみたいな相手とならばやると言ったんだ。子供の世話に追われ、ヨガパンツとTシャツ以外の服をわざわざ着てはいられない、そういう女性とならば、と。着飾った人形みたいな女にはうんざりだからさ。言ってること、わかるか？」

「サッカー・ママ。それがわたしの役なの？」そこで笑いだすと相手もつられて笑った。「これは、シークレットでの活動は、前にもしたことがあるの？」

ショーンは、この質問は無視して、わたしの後ろのオーブンへと進んでいき、なかで焼けているものをチェックした。

「うまそうだ。コーンブレッドだよ」

オーブンの扉を閉じた。と思ったら一瞬にして、彼はわたしの後ろにいた。ほんの数センチの距離だ。肩に手を置き、腕をゆっくりと下げていった。わたしは両手をそっと背中で合わされて、両手首を片手で握られると、脈が速まった。吐息が耳をくすぐった。

「このステップを受け入れるかい、おれのサッカー・ママさん？」彼は問いかけると、手をポニーテールへ伸ばして、髪を束ねていたゴムをするりと外し、肩へ流れ落ちる髪に息を吹きこんだ。

「はい」わたしは笑いをかみ殺し、どうにかこうにか答えた。サッカー・ママがファンタジー？まさかよね？

「よし」

そこで彼の口が耳へ近づいた。「おれが誰か知りたいか？」

わたしはうなずいた。彼がその名を、仕事での名前、芸名をささやいた。顔を見られていなくてよかった。目の玉が飛び出たから。ヒップホップのファンじゃないわたしでも、そのステージネームは知っていた。そしていま、ショーンは両手をわたしのTシャツへと滑らせ、薄絹のような軽やかさで持ち上げて脱がせた。手を前に回し、ストレッチ素材のぴったりしたタンクトップの上から胸に触れた。

「これも取るんだ。はい両手を天井へ！」

彼はタンクトップを引っぱって頭から脱がせ、キッチンの向こうへ放り投げた。そしてスツールをつかんでぐるんと回し、わたしを正面に向ける。体を引き寄せて、膝を広げた股間に入れさせた。右手でわたしの顔を上向けて目を合わせ、左手の指で乳首を弄んだ。親指をそろそろと口に入れてきたので、とっさに指にしみついたスープの香辛料を吸い取ると、ショーンが目を閉じた。そうすると彼が欲望に打ちのめされ、たじろいだらしかったのが愉快だった。もう少し強く吸った。

「きっときみは上手だ」快楽で重くなったまぶたを上げて、ショーンは言った。「きっとその口で男をいかせられる」

わたしは口を動かすのをやめた。これまでのわたしのファンタジーは、どれも快楽を受け取ってばかりで、返していなかった。今度は与えたいと、ステップの要求どおりに寛大に、惜しみなく、与えたいと思った。けれども、どうしたらいいのか、まったくわからない。

「あなたに何かしてあげたい」

「それは何かな、キャシー?」彼は訊いた。わたしが次に人さし指を口に含んでやると、身もだえして下唇を噛んだ。

わたしは相手の目を覗きこんで、しばらく指をくわえた。そして、ありったけの大胆さを奮い起こして言った。「あなたを……口で受け入れたい。あなたのすべてを」

空気が肺に集まったけれども、出ていこうとしなかった。本当に言ってしまった。とても有名な男性を相手に……フェラチオをしたいって。今度はどうなるのだろう。高校時代に一回だけ、したことがあった。スコットとは酔って求めてきたときに何度か試そうとしたが、ひどい経験だった。結局わたしは顎が痛くなり、スコットは眠りこけてしまった。楽しめなかった。これをいま試すのかと——そして失敗するのかと——思うと恐かった。けれど有名人との性的ファンタジーを演じている以上、有名人に得意なことをさせようと決めた。彼は一定レベルのサービスを要求せずにはいないだろう。

「教えてほしいの。どうやってあなたを……喜ばせたらいいか」

ショーンは濡れた指を首筋に這わせてから、顎を手で包みこんだ。「教えることならできる」

この神々しい男《ひと》が、わたしに口でしてほしがっている!

「ただ……うまくやれるかどうか。だって、これがあなたのファンタジーならば、ぐちゃぐちゃにしてしまうんじゃないかと心配なの」自分が何を言って彼に笑い声をあげさせたのか、わかるのにしばらくかかった。「いや、ぐちゃぐちゃって、悪い意味でよ。そういうこと」

ショーンは笑うのをやめて、じっと見つめてきた。本当に、深い暗色の瞳に吸いこまれそうだ。射るような視線。この人の音楽を聴いたことはないけれど、どうして有名なのかはわかった。カリスマ性、存在感、自信を備えている。

わたしからの求めに応じて、手ほどきを始めた。

「まずはきみを裸にすることからだ」

わたしは立って、一歩あとずさった。彼が見守るなか、残りの服をするりと脱ぎ捨てた。スニーカーを蹴り飛ばしてから、ヨガパンツをずり下げ、そのあとでパンティを引き抜いた。彼はじっと見ていた。これを求めていた。わたしを求めていた。このわたしを！　それが感じられた。頭のなかで言いつづけた。〈そうそう、その調子よ、教えてもらえるからだいじょうぶ〉甘美な魔法にかかって、勇気がわいていた。ショーンが後ろを向き、キッチンテーブルから椅子を引いてきて腰を下ろした。

「いいか、キャシー。そこに歯さえ立てなければ、しくじることはない。歯だけはいただけない。それさえしなけりゃ、おれを満足させられる。おいで」

わたしは一歩近づいた。さらにもう一歩。まっすぐ相手を見下ろすように立った。一糸まとわぬ姿で。大きな手がわたしの手首を引っぱって、膝立ちにさせた。彼からは温かなスパイスが匂った。それともシチューとパンだったのかもしれないが、二人とも熱くなった。彼がわたしの手をとって自分の胸に押しあて、ありえないほど引き締まった下腹へといざなった。

「パンツを脱がせてくれ、キャシー」

わたしのなかの何かがとろけ、手を伸ばして彼のベルトを外した。ショーンが足を動かしてパンツを床に落とした。硬くて大きい。それに太い。

「ふう」わたしはささやき、両手で彼を包みこんだ。柔らかな皮膚だ。どうしてこんなに……硬くなるのと同時に柔らかくなれるの？

「かがんで、先っぽにキスをして」と彼が言った。「そう。初めはゆっくりと。それでいい。キスして。そうだ」

棹を口に含んで、その先から根元までを舐めた。口と手で規則正しいリズムを刻むにつれ、彼の体が揺れた。

「そう、もうちょっと速く」

ペースを速めると、ショーンはわたしの一方の手をそっと腰に巻きつけさせた。喉元まで深く受け入れるほどに、もう一方の手は彼の下にまで達した。

「ああ」優しく髪をなでながら彼が声をあげた。「やったな。それだよ」

わたしは両手を口元に寄せて周囲を真空状態にしてほおばり、次には解き放って、舌先で尖端を舐めた。彼はわたしを見下ろし、わたしは彼を見上げ、二人の目が合った。歓びにあふれ、くつろいだ顔を見て、全身に力がみなぎった。わたしは彼を手に入れた。彼はわたしのもの。もう一度くわえて、しゃぶったり吸ったりするうち、下腹部の震動を感じた。それがさらにわたしを大胆にし、もっと口に受け入れた。押しこまれたものは、同時に力が抜け、とろけていた。わたしがこの人にこれをしている。わたしが主導権を握っている。いまにもこの人をいかせられる……口のなかで。

「きみって子は、おれの助けなんか要らないな」

相手を喜ばせれば喜ばせるほど自分が濡れるような。以前にはなかったことだ。なぜ昔はこれを苦行だと思ったりしたのだろう？　腰に回した手がしっかりとかかえる一方で、口がいよいよ深く吸いこんだ。そこで体のサインを読み、彼が絶頂に達するのを感じて、わたしはリズムをゆるめた。

「うう、いい、完璧だ。やめないでくれ！」

その言葉がわたしの飢えをあおった。さらに深く受け入れると、彼は体を支えるために調理台をつかんだ。顔を見ると、わたしの号令でいく寸前だ。いっそう力がわき、さらにセクシーな気分になった。

「ああ、キャシー」彼が懇願した。一方の手の指にわたしの髪を絡ませ、もう一方の手で椅子から落ちないようバランスをとっている。「ああ、すごい、ああ」かすれ声が言って、わたしは男性のオーガズムを引き出しているのを実感した。ショーンが鋭く息を吸いこんで、体をこわばらせた。そしてぴたりと静まった。ややあって、彼自身が後退し、ついには口からするりとこぼれ落ちた。わたしはその胴と太ももとが出合う愛らしい場所にキスをした。それから自分のTシャツを床からつかみとって、口をそっと拭った。達成感が体を駆け抜け、笑顔で彼を見上げた。

「まいったな」ショーンはあえぎ、あとずさった。「教える必要はまったくなかったな。あれは……すごい快感だった」

「ほんとに？」わたしは近づいた。胸と胸がぴたりと合い、男性の胸筋の弾力を感じた。

「ほんとに」額と額とを触れ合わせて言う。「す、ご、い」

ショーンは驚いた顔をして見せた。まだ息が弾んでいる。わたしは素っ裸で、自分の服を踏んでいた。下を向いた。

「まったくほれぼれする姿だな。洗面所はそこの食品庫の裏だ」彼が指をさして言う。

わたしはサッカー・ママの衣装を床から集め、そちらへ歩きかけた。

「待った」

振り向くと、ショーンが近寄ってきて、唇にじっくり、しっかりとキスをした。「あれは望みどおりだったよ」

洗面所に入るとドアを閉じた。食品庫の裏のこの小部屋でさえ、豪華で飾りたててある。金色の蛇口に、金色のビロードの地にワイン色のペイズリー柄の浮き彫りを施した壁紙。シンクの台座は女性の腕の形をしていて、腕の先で広げた両手が水盤になっている。顔とうなじの辺りに冷たい水をはねかけた。口いっぱい水を入れ、飲み下した。水が胸に垂れ、谷間へ流れるのを指でたどった。わたしは人に歓びを与えた。惜しみなく与えた。そうするためだけに――ほかに理由などなく。もう服を着はじめていたとき、ドアに静かなノックの音がした。

「おれだ、開けてくれ」

マッサージ師と違って、ショーンはさよならを言ってくれるんだわ。ドアを少し開いた。彼がするりと洗面室に入ってきて、胸の鼓動が速まった。わたしを鏡に向かせて、自分はその後ろに立つ。それからキッチンでしたように、首筋に頭をうずめた。

「お返しだ」

ショーンはジーンズを穿いていたが、後ろでまた硬くなるのが感じられた。腕を上げて彼のうなじへ回すと、下腹が押しつけられ、冷たい陶器の化粧台の縁が太ももに当たった。わたしは一瞬で濡れた。優しく首にかじりつかれ、腕が体の前の股ぐらに伸びてきた。その手に沿わせ腰を反らす。前かがみになって鏡に近づき、鏡に映った彼を見つめた。目を閉じ、指を広げた手がわたしの胸とお腹をまさぐっている。これにすら、この人のリズムがあった。わたしの体に音楽の調べを見いだしたかのように。わたしを奏で、少しずつ引き寄せ、指で内部を激しく脈打たせた。求められていると感じ、こんなふうに抱かれ、触れられて、すっかり生き返るような心地がした。鏡のなかで目と目が合う。気がついたら、すべてがおぼろな色とリズムにほどけていた。わたしは彼の手のなかで爆発し、熱が全身にほとばしり、やがて安堵の波にのみ込まれた。

「そうだ、そうだよ」とショーンが甘くささやき、わたしは知らぬまに彼を押し返していて二人で後ろの壁に寄りかかり、まっすぐ立っていた。そこでわけもなく、わたしは笑いだした。

「ありがとう」まだ息を切らしながら言った。そういえば、わたしの服は？　そもそもは着替えのために洗面所に来たのだった。サッカー・ママの衣装は化粧台の前の床に小さな山をつくっていた。

「それをまた着ないといけないいな」

「そのようね」

そして首筋にもう一度キスをしたあとで、彼は戸口を出てドアを閉めて去っていった。鏡に映ったわたしの顔は生気に満ち、朱に染まっていた。服を着てから、また顔を洗った。

「あなたがこれをしてるのよ」と鏡のなかの自分に笑顔でささやいた。「あなたがこれをしたの。音楽ファンの憧れの的、ヒットチャートの常連、グラミー賞受賞者にフェラチオをして、そのあとバスルームで彼にいかされた」そう思ったら、こぶしに握った両手で口を押さえて、声にならない黄色い声をあげていた。きゃあああああ。

服装は元に戻したが、セックスしたてのしどけない髪のまま、ほの暗いキッチンへまた足を踏み入れた。音楽はもう鳴っていない。鍋は消えている。そして、あの人の姿も。調理台の端に温かなガンボを入れた小さな密封容器と、その上に金のチャームがのせてあった。スツールに腰を下ろし、ふと息をついて、ここで起こったことに思いを巡らした。

ややあって、クローデットが戸口を入ってきた。

「キャシー、あなたのリムジンが外でお待ちです。こちらにご滞在中は、楽しく過ごされたことと存じます」かすかなニューオーリンズ訛りで言った。

「ありがとう、楽しかったわ」わたしはチャームを胸に抱き、密封容器をひっつかんで、お屋敷の脇玄関をすり抜け、リムジンの豪華な革のシートに身を沈めた。

マガジン通りを走る車中から外の景色を眺めたが、その実、自分の内面に目を向けていた。金のチャームを握りしめた。なぜずっと与えることを恐れていたのだろう。何に対する恐れ？　たぶん、利用されたと感じることだ。与えることで自分が消耗するような感じ。ところが、与えることから逆に満足を与えられた。喜ばせることの喜びを。車窓を下ろし、吹きつける風で顔のほてりを冷ましながら、膝はガンボで温まっていた。これがシークレットの肝なのだ。肉体をその欲するままに投げ出して、ほかの人たちにも服従させることが。それが以前はなぜ、そんなに難しく思えたのだろう？　手を開き、光り輝く金のチャームを、優美な書体で刻まれたGenerosity（寛大さ）という語を見つめた。

「まったくだわ」と声に出して言い、四つ目のチャームをブレスレットに留めた。

Ⅷ

夏が厚いウール毛布のように街を覆った。おまけにカフェの空調はつねに不調だったから、暑さから逃れられるのは冷蔵室につかのま入るときだけだ。トラシーナ、デル、わたしは、冷気を無駄使いしているのをウィルに見とがめられないよう、お互いカバーしあった。

「ゆっくり動けばいい」ある日、ウィルがそう助言した。「昔はそうして暑さをしのいだんだ」

「そりゃあデルにはわけないことだろうけど」とトラシーナはがみがみ言いながら、わたしの脇に回収した汚れた皿をぶちまけた。

わたしはこの暑さを彼女の不機嫌のせいにしたかったが、実際そんな相関関係などはなかった。新しいお気に入りのヒップホップ歌手の曲がラジオから流れてきたところで、ボリュームを上げてトラシーナをいらつかせた。

「なんで白人女がこの最高にいかした黒人音楽を聴きたがるのよ?」彼女はボリュームを下げた。

「ファンなのよ」

「ファン? あんたが?」

「こう見えて、この人の曲にはけっこう詳しいの」わたしは顔がにやけるのを隠しもしなかった。

トラシーナが頭を揺すりながら去ると、いそいそとボリュームを上げ、まな板の漂白をつづけた。彼の足元でファンたちの波にもまれる自分は想像できなかったけれども、あのファンタジーのぞくぞくする余韻に浸っていた。肌と肌の触れ合い、エクスタシーに歪んだ彼の顔がぱっと目に浮かび、興奮の身震いが背筋を這いのぼった。ファンタジーを利用してあの感情を引き起こすことと、そのファンタジーが実現し、記憶され、再生されることはまったく違っていた。これがシークレットの素晴らしいところだ。一連のファンタジーは、生涯記憶していることができ、いつでも後押しが欲しいときにそこにある感覚の記憶を生み出していく。わたしは観客ではなかった。参加者だった。

けれど、そうした刺激的なシナリオにもかかわらず、これまで果たせずにきた種類のセックスを夢想しだしていた。わたしは……ありていに言うと、男性を自分のなかに、あそこに迎えたかった。自分の求めるものを自分で認めやすくなっていた。

難しいのは、それを口に出してマチルダに伝えることだった。その日の遅い時間、わたしたちはマガジン通りのトレイシーズで向かい合って座った。ここが二人の行きつけになったのは、「お屋敷」の並びだから、というだけではなかった。スポーツバーの騒々しい雰囲気のおかげで、誰にも聞かれずに話をしやすかったからだ。

わたしは今日こそ彼女に、なぜこれまで誰もわたしとしたがらなかったのかを訊こう、と決めていた。もちろん、わたしの脳はそれを拒絶だと受け取っていた。スコットと過ごした日々が残した不安だ。夫はわたしに、わたしは望まれていないと感じさせるこつを心得ていた。そして、ファンタジーとの奇妙な相互作用がわかりかけていたから、わたしは相手の男性を満足させていないのではないかと心配になっていた――つまり、わたしには魅力がないのではないかと。

「馬鹿おっしゃい、キャシー！　あなたはとっても魅力的ですとも！」急に音楽がとぎれたので、マチルダはいささか大声になりすぎた。声を落として言い添える。「あなたのシナリオに不満でもあるの？」

「いいえ！　これまでファンタジーにいっさい不満はない」わたしは答えた。「むしろ圧倒されてるくらい。でも、どうして誰もわたしに……ねえ？」

「キャシー、これまでのファンタジーで最後までいくセックスをしなかったのには理由があるのよ。セックスはときに女性によっては愛に変わるものなの。感情がエクスタシーに引きずられて、肉体の歓びと愛情が別物でありうることを忘れる。わたしたちは、あなたが男性に恋するのを助けているんじゃない。そんな必要なんかまったくない。まず自分に恋してほしいのよ。そうしたら、パートナーを選ぶためにずっといい見方ができる。正しい相手を、本物のパートナーをね」

「じゃあ、わたしが恋に落ちるのが心配だから、ファンタジーではセックスをさせられないって、そういうこと？」

「いいえ。あなたに言いたいのは、体が心にしかける悪戯をのみ込むまで待つ必要があるってこと。セックスは愛と間違えやすい化学作用をもたらす。それがわかってないと、山ほどの誤解と無用な苦しみが生まれるのよ」

「なるほど」わたしはバーを見まわした。男どうしでビールを飲む客でほぼいっぱいだ。男はでぶもチビも老いも若きも、どうしてそうなのかと不思議に思ったものだった。セックスをしておいて、あっさり女と手を切れる男がいることが。男のせいじゃないのね。化学作用のせい。やっぱりマチルダの言うとおりだ。わたしは心を預けやすかった。結局初めてセックスした男と結婚したのは、この体の全細胞が、それが正しい、そうするしかないと告げていたからだ。内心では、ひどい間違いだとわかっていたのに。そればかりか、ジェシーという停車駅で危うくこの列車を降りかけた。話をしてくれて、笑わせてくれて、目がまわるほどキスがうまかったから。

「キャシー、あまり気をもまないで。これはセックスに関することだって言ってるでしょ。快楽とセックス。あのね、恋愛はまったく別物なのよ」


次のファンタジーのカードはほとんど耐えがたい六週間ののちに届いた。熱波が暴風雨警報に、わたしの苛立ちを見事に映し出した天気に変わっていた。ファンタジーは一年にわたって行なわれるのだと言われた。そして委員会は一定間隔にしようと努めているが、マチルダも手短な電話のなかで、六週間はめったにないと認めた。「我慢よ、キャシー。焦っちゃいけないこともあるわ」

その数日後の夜に、配達人がアパート入り口のブザーを鳴らした。わたしは階段をほとんど駆け下り、配達物に受け取りのサインをした。興奮のあまり配達人の唇にキスしそうになった。

「あなたが起きてるのが見えましたよ」と彼は言って、老嬢館の三階の屋根窓を指さした。若い、たぶん二十五くらいで、この平坦な街で誰よりも奮闘しているバイク配達人だけが手に入れられる体型をしている。とんでもなくキュートなので、部屋へ誘おうかとの考えが頭をよぎる。

「ありがとう」わたしはがっしりした手から封筒をもぎ取った。風が髪を顔に打ちつけ、部屋着の裾をめくり上げた。

「ああ、これもです」と配達人が小さな枕ほどの大きさのクッション封筒を渡す。「嵐が来ますよ。適切な服装をしてください」と言い足して、ちらっとぶしつけな視線をわたしの脚に送ってから、手を振り、あっというまに去っていった。

わたしは階段を二段飛ばしで駆け上がりながら、カードの封を破り開けた。ステップ5、Fearlessness（大胆さ）。背筋がぞくぞくした。カードには、翌朝いちばんにリムジンが迎えに来るということに加えて、「このファンタジー用の衣装を同送」とも書いてあった。

その夜、窓に打ちつける風の音を聞きながら、スコットとわたしがここに着いたのが、ハリケーン・カトリーナとその姉妹、ウィルマとリタが街を破壊した翌年であったことに感謝した。それ以後はアイザックその他いくつかの熱帯低気圧が木をしなわせ、ガラスを粉々に割ったくらいで、三姉妹ハリケーン級の大災害は起こっていない。ミシガン娘にとって感謝すべきことだ。雨降りには免疫があるが、この地方をときおり襲う危険な暴風雨への心の備えはなかったから。

枕サイズの封筒を開けたとたん、中身がベッドにこぼれ出た。明日のわたし用にと選ばれた服装一式だ。ぴっちりした白いカプリパンツに、襟ぐりの深い空色の絹のチュニック。白いスカーフ、ケネディ大統領夫人ジャッキー風の黒の大ぶりのサングラス、そしてヒールのあるエスパドリーユ。もちろん、どれも見事にぴったりだった。

翌朝、リムジンを待たせておいてスカーフのいろいろな結び方を試したが、結局、頭に巻くことにした。鏡にちらっと目をやると、たしかにちょっと上流の女性っぽい。足元で伸びをしたディキシーでさえ認めてくれたようだ。けれども決して忘れられないのは、わたしが玄関のスタンドから黒い折りたたみ傘をつかんだときの、生粋の地元女性であるアナの顔だった。

「嵐になったら、骨太の傘を使うほうが身のためよ。しゃれた飲み物にそのミニチュアが添えられてるやつ」と彼女は息巻いた。

お金持ちのボーイフレンドでもでっちあげて、彼女のリムジンに対する好奇心がもっと大きくて不穏なものになるのを阻止すべく、言い訳をしようかとも思ったが、今日はやめておこう。時間がない。

「おはようございます、キャシー」運転手が開いたドアを押さえていた。

「おはようございます」マリニー地区の真ん中まで、車体の長い黒塗りのリムジンに迎えに来られるのに慣れっこ、という口ぶりに聞こえないよう気をつけた。

「お連れする場所ではそれは必要ありません」と運転手はわたしの小さな傘に向かって顎をしゃくった。「この灰色の天気とはお別れです」

胸がわくわくした。その朝、車の往来はまばらで、たとえ車があっても、わたしたちが向かっている湖から離れていくようだ。ポンチャートレイン湖岸を右手に見ながら走り、サウスショア港を過ぎた。荒れた湖の岸沿いに走るあいだ、ときどき湖岸工事の切れ目を通ったのがわかった。雨はまったく落ちていないのに、湖水は激しく波立っている。パリス通りで左沿いに浅瀬を右手に見ながら、でこぼこの砂利道を進んだ。五分後また右に折れ、これまた砂利道を進んだ。わたしは革のシートにしがみついた。不安が忍び寄ってくる。低木林のなかの開けた場所に出た。そこで紺青色のヘリコプターのプロペラがゆっくりと、加速前の旋回をしていた。

「え。あれって、ヘリコプター？」まぬけな質問だ。「あれで空へ上がれっていうの？」のほうがましだった。けれど二つ目の質問は喉につっかえた。

「とびきり特別な旅に出られるんですよ」

わたしが？　この人は明らかにわたしをよく知らない。ヘリコプターに乗せようだなんて愚の骨頂だ。たとえ旅の果てに、どんな約束があるとしても。リムジンはヘリポートから六メートルのところで完全に停止した。この状況はまったくよろしくない。運転手は外に出て、こちら側のドアを開けた。わたしは座席で固まっていた。全身の毛穴という毛穴からノーという言葉を発しながら。「キャシー、何も恐がることはありませんよ」運転手は、うるさい風の音ともっとうるさいプロペラの音に負けじと声を張りあげた。「あの青年についていってください！　ちゃんとお世話しますから！　ほんとです！」

そのとき、帽子を押さえながらリムジンに向かって駆けてくるパイロットに気づいた。こちらへ近づくと、日に焼けて色が抜けたブロンドの髪をかき上げ、帽子をかぶり直した。こんなときでもなければ、めったにかぶらないようだ。感じのいいぎこちなさであいさつした。「キャシー、機長のアーチャーです。目的地までお送りします。一緒に来てください！」わたしのためらいを見抜いたらしく言い足した。「だいじょうぶですよ」

わたしにはどんな選択肢があったか？　座席にへばりついて運転手に家に戻るよう命じることを含めて、いくつかはあっただろう。それでも、別の行動をとるようにこの脳みそを説き伏せられないうちに、リムジンを降りた。アーチャー機長の日焼けした大きな手に手首をつかまれ、二人してヘリコプターへと急ぎ、加速するプロペラの下をくぐった。

機内で同じその手が膝へと伸び、太ももをかすめ、わたしの体を後部座席に固定した。〈だいじょうぶ、だいじょうぶ、だいじょうぶよ〉とわたしは自分にくり返し言い聞かせた。〈何も恐がることはない〉後れ毛が頬に打ちつける。スカーフを巻いていてよかった。機長が大きなヘッドホンを装着してくれたとき、その吐息にミントガムが香った。そして濃いグレーの真剣な目がわたしを見た。

「聞こえますか?」声がマイクから耳に直接響いてきた。これはオーストラリアのアクセントだろうか?

わたしはうなずいた。

「ぼくがついていますよ、キャシー、心配しないで。あなたは安全です。リラックスして、空の旅を楽しんでください」

シークレットの参加者がみなわたしの名を知っているらしいのには、ちょっとどぎまぎした。〈これがわたしの人生なのね〉と幾分のぼせた頭で考えた。〈リムジンが迎えにくる。べつにたいしたことじゃない。向かった先にはヘリコプターが待っている。どうってことはない。そして、ありえないほどハンサムな操縦士がわたしを未知の土地へとさらっていく〉

ヘリが上昇して、ひとたび不吉な暗い雲の上に出ると、空はまったく違うものに見えた。熱帯の楽園のようだ。アーチャー機長は、下界の悪天候から遠ざかり、朝焼けに向かいながら、わたしがじっと雲を見下ろしているのに気づいた。

「大きな嵐が起こりかけています。だが、これから行くところには来ませんから」

「いったいどこへ行くの?」

「いまにわかります」彼の笑った目がわたしの目に残った。

まだ胸はどきどきしていたが、いくらか落ちついた。恐怖心は突き破ることができた。嵐が起きそうなときに進んでヘリコプターに乗り、どこへとも知れない場所へ飛んでいき、誰とも知れない相手と何とも知れないことをわたしがするだなんて、五カ月前には想像もしなかったことだ。だけど今日、もっとも恐怖心の下に見つけたのは、純然たる興奮という感情だった。

雲の上で機体が安定したところで、ヘリはあざやかな青のメキシコ湾へ向かって加速した。わたしは眼下の水面と、機長の彫刻のような手があれやこれやのボタンを手際よく難なく操作するのを交互に眺めた。日に焼けた前腕に淡いブロンドの毛がうっすらと生えている。この人がそうなの？わたしのファンタジーの一部？　もしそうだとしたら堅実なスタートだ。

「どこへ行くの？」とわたしは大声で言い、スカーフをとって髪をおろした。誘っていた。これは生まれて初めて自然に出た態度のように思えた。

「もうすぐわかりますよ。長くはかかりません！」機長はウィンクをよこした。

わたしは相手の視線を捕らえ、今度は彼のほうが目をそらすにまかせた。そんなことはこれまでしたことがなかった。ちょっとうきうきして、恐怖心を振り払った。

数分後、ヘリコプターが下降しだすのを感じた。パニックが忍び寄った。真下は見えないから、見晴らしの利く後部座席からは、湾の青い海に着水しているかに見えた。ヘリの滑走部が固いものにぶつかって、船上に降りたのだとわかった。とても大きな船だ。というより、クルーザーだった。

機長が跳ね降り、わたしの側のドアを開けて手を差し出した。

わたしは磨きあげられたヘリ甲板に降り立って、いまや、まぶしい太陽から目を覆った。天気はなんて変わりやすいのだろう。

「こんなの信じられない」わたしは言った。

「まったくです」機長はこの船のことを言ったのかもしれない。「あなたをここに連れて来るよう指示を受けていました。もう帰らなければなりません」

「それは残念だわ」本心からの言葉だった。上甲板から周囲が見わたせた。本物のクルーザーだ。これまでに見たどんな乗り物よりも美しいくらい。木の甲板はぴかぴかに磨きあげられ、船体と内壁は目の覚めるような白さ。「ちょっと飲んでいけば？　せめて一杯だけでも」

わたしったら、何をしているの？　ファンタジーは目の前に現われてくるものなのに、自分のために計画されたことのじゃまをしている。けれども、ヘリコプターの旅がわたしにエネルギーを与えていた。誘惑をつづけたかった。

「一杯だけならかまわないでしょう」と彼は言った。「プールでご一緒にどうです？」

プール？　舳先のほうへ身を乗り出すと卵形のプールが目に入って、思わず息をのんだ。クルーザーの上甲板の前方に造られていた。両側に白いラウンジチェアが並び、その背に赤と白のストライプのタオルがさりげなく掛けられている。〈わたしのため？　これはみんなわたしのためなの？〉ここで何が起きようが、もうどうでもいい。クルーザーのプールで泳げるんだもの！　海面はやや波立ってきたが、この船は巨大で、小さなヘリコプターを上に停めていても揺るがない感じがした。提供された衣装には水着がなかったことに気づいたが、機長はすでにプールへ向かっている。角を曲がる前に身につけていたものを一部脱ぎ捨て、視界から消えた。

わたしは一瞬待ってから、あとを追っていった。ほかには誰も乗ってはいないようだ。操縦室の窓はスモークガラスになっていて、たとえ乗組員が中にいても見えはしなかった。プールサイドで追いつくころには、機長は水に潜っていた。あとに残してきた服の山を見るに、素っ裸のはずだ。

「おいで。あったかいよ」

「あなたは困ったことにならない？」わたしは恥ずかしくなって訊いた。

「ぼくがここにいることに抗議されないかぎりは」

「そんなことしないわ。でも……ちょっとあっちを向いていてもらえる？」

「おやすいご用ですよ」と機長は反対を向いた。全身が日に焼けているが、水中のお尻はまぶしいほどの白さだ。わたしは一瞬ためらったものの、恐怖心の名残りを振り払った。このファンタジーはわたしが仕切っているみたいだ。誰も止めようとしない。服をさっと脱いで、ラウンジチェアにていねいに置いた。そろりそろりと入ったプールの水が温かく感じたのは、風が少しひんやりしていたから。嵐が運んでくる冷たさだ。太陽はまだ熱く照りつけているが、水平線の上には黒い雲が湧いており、空気がぴりぴりした。

「いいわ。さあ、こっちを向いて」わたしは水中で腕組みをして胸を隠していた。なんでこんなにシャイなの？　彼がステップを受け入れるか尋ねていなかったことにも気づいた。あれはほとんど条件反射になっていた。あの質問をささやかれると、ファンタジーに従うことを可能にする一種のトランス状態に、すっと入れたのだ。今回は、わたしのほうがまだ指定されていない男性と一緒にことを進めていた。でも、この人のはずよね。ブロンドは好みではないが、とても男らしかった。小麦色に焼けた腕を伸ばしてきて、水の抵抗などものともせず、わたしを引き寄せた。

「水のなかの肌がすごく滑らかだよ」両手を腰に走らせ、わたしを膝の上にのせた。彼自身が硬くなった。頭をかがめて、乳首を思い切り吸うのと同時に、むき出しのお尻をぎゅっと握った。体と体で水をはね散らしあい、その動きでプールがますます波立った。というか、それで波立っているのだと思っていた。目を開けて空をまた見上げると、今度はまったく違う輝きを放っている。禍々しい。太陽が藍色の雲に覆い隠され、その雲が、わたしの肩にかじりついていたアーチャー機長の動きを止めた。

「わっ、この空はまずい、まずいぞ」すっくと立って、わたしを膝から落とした。「ヘリを船から上昇させないと、海に落ちてしまう。あなたは船室に入って、誰か助けが来るまで動かないこと、いいですね？　これはまったく想定外だった。申し訳ない。無線で応援を呼びます」

機長は素早くプールから飛び出た。気取っている暇などなかった。タオルを差し出してわたしを包みこみ、手に服を持たせる。強風が吹きつけ、二人で反対側に飛ばされかけた。機長がわたしを捕まえて舳先の内壁に押しつけ、頭上のフックから救命胴衣を抜きとった。

「下へ。着替えて、これをつけて！」

「一緒に行っちゃだめ？」恐怖心がふたたびお腹の底からわき出した。わたしは顎の下でタオルを握りしめながら、裸足であとを追いかけ、ヘリポートまで水を滴らせていった。

「危険すぎるんだ、キャシー。この船に残ったほうがいい。高速で動いている。嵐の外へ連れ出してくれる。船室へ下りて助けが来るまで出ちゃいけない。それと焦らないこと」機長はそう言って、額にキスをした。

「でも、わたしがここにいることを誰か知ってるの？」

「心配しないで、万事オーケーだからね！」

わたしがタオルを体にぎゅっと巻きつけると同時に、プロペラが始動した。ヘリが数十センチ上昇したところで突風に襲われ、軽くスピンした。わたしは頭を下げて船室に入り、巧みな操縦が混乱を切り抜けるのを驚きと戦慄をもって見守った。乗らなくてよかった。乗っていたら機長の靴にゲロを吐いてしまっていただろう。クルーザーのエンジンが起動する音がして、足元から震動が伝わってきて、歯がガチガチと鳴った。あるいは、それは恐怖のせいだったのかもしれない。そして同じくらいすぐに静まった。みんなどこにいるの？　乗組員が操船しているなら、その人たちはどこに？　船室のなかで急いで服を着て、バー・エリアを横切り、船長がいるとおぼしきブリッジにつづく階段へと進んだ。甲板のドアを開けたとき、木の床を激しく打ち鳴らす土砂降りの音がした。

頭上の空は真っ暗だ。

「まずいわ」つぶやいて、ドアを閉めた。舷窓は雨でぼやけていた。それでも、誰かしら乗組員を見つけなければ。わたしはここにいると知らせて、ファンタジーの計画がもしあるなら、明らかにしなければ。もう一度、ドアを押し開けた。横殴りになった雨に肌を刺されつつ、倒されないよう踏ん張ったそのとき、声が聞こえてきた。クルーザーのスピーカーからと思ったが、クルーザーに横付けにした沿岸警備隊のタグボートの甲板からだった。白いTシャツにジーンズの長身の男性が、拡声器でわたしの名を怒鳴った。

「キャシー、こちらはジェイクだ！　すぐ船を下りなさい！　ただちに、この嵐がもっとひどくなる前に、この船を下りてもらう。こっちへ来てくれ、手をつかむから。私はきみを救出するために派遣された者だ」

わたしを救出ですって？　もしもこの超リアルな天候と、そこから発生した超リアルなパニックがなかったなら、これは実際わたしの救出ファンタジーだと思ったはず。だけど生き延びなければならない嵐があって、この男性の厳しい表情からしても、これがファンタジーの一部などではないことは明らかだった。危機に陥っている。手すりにしがみついた。ずぶ濡れになったチュニックが肌に張りついた。あのちっちゃなタグボートのほうが、この巨大で頑丈なクルーザーよりも本当に安全なんだろうか？　まったくわけがわからない。

「キャシー！　こっちへ来て、この手をつかむんだ！」

甲板に踏み出すと、周りで海が渦巻いていた。次から次へと押し寄せる波が甲板の上で砕けて、わたしの脚をぴしゃりと打ち、大量の海水を、磨かれた木の甲板にぶちまけ、青いプールのなかに注ぎこんだ。次の波に襲われたとき、わたしは足をすくわれ、尻もちをついた。そこで股を広げたまま、動けなくなった。絶望的なパニックに陥ったときのように。もうジェイクの声も聞こえない。怒り狂った暗い海の音がするだけだ。恐くて立ち上がれず、低い手すりにしがみついた。もし手を放したら、揺れている船の脇から波にさらわれる不吉な予感があった。何がどうなっているのか知らぬまに丸太のような腕がわたしの胴をかかえ、甲板から持ち上げた。

「この船を下りるんだ、いますぐに！」ジェイクが大声で怒鳴った。

「じゃあ、よろしく！」

ほかに言いようがなかった。土砂降りの雨に濡れた怯える猫よろしくぶるぶるっと体を揺すった。わたしがつかめるところをつかんだが、彼のTシャツはつるつると滑って、しっかりつかめなかった。わたしは船の側面を越えてしまい、鋭く刺す水が体に打ちつけた。一瞬、水中に潜ると、頭上の渦巻くさましか見えなくなった。そこで声にならない悲鳴をあげ、海水のうねりに体を打たれたが、ついには頭が水面の上に出て、悲鳴が自分の耳をつんざいた。ひっと息をのんだ。このクルーザーとタグボートがもっと互いに近づいたら、押しつぶされてしまう。どうしたらいいのかを思いつくより先に、ジェイクがわたしにたどり着こうと波間をもがいていた。

「キャシー、落ちつくんだ！」ジェイクが水しぶきを飛ばして向かってきながら怒鳴った。「だいじょうぶだ。体の力を抜いて」

　相手の言うことをよく聞き、自分が実は泳げることを思い出そうとした。救命ボートの側面まで二人で進むのをわたしも手伝った。そこから彼はわたしの手にはしごの下の段をつかませ、何段か先に上がってから手を伸ばしてきて、濡れたぬいぐるみ状態のわたしをボートへと引っぱり上げた。わたしは息も絶え絶えに甲板にくずおれた。彼は髪を顔から振り払い、頭をトントンと叩いて耳に入った海水を出してから、両手でわたしの顔を包んで言った。「よくやったな、キャシー」

「何言ってるの？　もう少しで二人とも死ぬとこだった、わたしがパニクったせいで！」

「だが、そのあとは落ちついて、ボートに泳ぎ着くのを手伝った。もうだいじょうぶだ。もう心配ない」わたしの顔から水を滴らせている髪をどけた。「下の船室に入ろう」

　ジェイクが立ち上がり、わたしはようやく自分の命の恩人をじっと見た。とてつもなく大柄で、背丈は二メートルほどもあるだろうか。乱れた黒い縮れ髪に、黒い瞳。ギリシャ彫刻のような横顔。その胴体を見つめているのを相手に見つかった。と、そのとき、思い出した。〈この人、わたしの名前を知ってる！〉

「あなたもそうなの、その……」

「そうだ」わたしを引っぱって立たせ、厚いウールの毛布を肩にふわっと掛けてから言い足した。「ここに来て、きみの安全も確保したことだし、そろそろ計画に戻る頃合い、かな。どう思う？　ステップを受け入れますか？」

「あ……そうね、はい、受け入れます」

「まあ、とにかく、やはりここから脱出しなきゃいけない。いちおう断っておくと、私は認定ダイバーでライフガードなんだ」

ジェイクはわたしの震えている肩にたくましい手を添え、クルーザーから見たよりずっと小さく、居心地がよさそうだが、はるかに揺れが大きい船室へといざなった。波が舷窓に打ちつけている。わたしは部屋の隅のヒーターに直行し、毛布を使って暖かな空気で体をとりまいた。嵐に揺られながらもバランスをとりつつ、あたりを見まわした。船室内は、突き出し型のガス灯に薄明かりが灯され、オーク材の壁を巡らされ、高さがあるベッドにキルト地の枕が散らばっている。昔ながらのこんろと陶器の流しがある古風なキチネットに気づいた。船長室のようだ。

「パニックを起こしてごめんなさい。嵐から離れているつもりだったのに、気がついたら嵐のなかだったから」わたしは洟をすすりだした。三十分前からの一連の出来事が思い出された。

「しーっ……いいから」ジェイクは足早にこちらへ向かってきて、わたしを腕に抱いた。「もう安全だよ。だが、ここを発ってハリケーンからボートを離さないといけない」

「ハリケーン！」

「ああ、最初は熱帯低気圧だった。あっというまに変わったんだ。ここで待っていてくれ。それとその濡れた服を脱いで。じきに安全なところに出るからね」と彼は言った。濡れそぼった白いTシャツから胴まわりの筋肉が透けて見えた。ロマンス小説の表紙のモデルにうってつけだ。また一人きりになりたくはなかったが、相手の声に聞き流しがたい威厳があった。

「その毛布の下に入って暖かくしてるんだ。私もすぐ戻るよ」

ジェイクは立ち去りかけてから、くるっと向きを変えて、ヒーターの前に立っているわたしのところへ戻ってきた。彼が頭をかがめてキスをしてきたとき、わたしは自分たちの表紙画を想像して笑いだしそうになった。毛布をかぶった裸の女が、男でこんなのは見たことがなかったふさふさのまつげと濡れたウェーブヘアの、上半身裸の神々しい巨人にキスされている。彼は唇を唇に寄せ、押しつけ、難なく開かせて、温かな舌で最初は探るようにつついた。わたしを抱き寄せ、とてつもなく大きな手で桃でも持つように頭を包みこんだ。体を引き離したとき、名残り惜しそうにしているのが感じられた。

「長くはかからない」

「急いで帰ってね」〈急いで帰ってね、ですって？　いっそ南部訛りで言えばよかった！〉本物の危険のさなかなのに、わたしときたら女学生みたいに目にハートを浮かべている。

湿った毛布を床に落とし、部屋を見まわした。小さな船室用クロゼットを開けると青いワークシャツが数枚吊るしてあった。わたしは濡れた服を脱いで、ヒーターの前に置いた椅子にていねいに並べた。フランネルのワークシャツをさっと身につける。彼のシャツのサイズがすごく大きいから、膝まで届いた。大きなベッドの上に這いのぼって、波を感じていた。時々刻々、メキシコ湾は凪いでいくようだった。あのチャーミングな機長のことを思い、無事に岸にたどり着いていてと願った。ジェイクに確かめてもらうこと、と頭にメモをした。シークレット関係者からメンバーや参加者の動向を問い合わせられる番号とか調査センターとかが、きっとあるはずだ。

エンジンが止まる音で、うたた寝から目覚めた。どれぐらい眠っていたのかわからないが、波はかなり静まっていた。ジェイクが上でけたたましく歩きまわる音が聞こえてきた。甲板を横切って、この部屋に下りる階段へ向かっている。わたしがベッドで待っている場所に。待つのは苦手だった。混乱状態に陥っても冷静というのは、わたしの柄じゃなかった。でも、これはつまるところ、わたしの救出ファンタジーなのだ。救出されるなんてちっとも楽しくない、と断じる一方で、その後のことには進んで加わろうと思った。

「やあ」わたしがベッドに横たわった姿を見ると、ジェイクは満面の笑みを浮かべた。

「ハーイ」

「あっちは万事オーケーだ。嵐から無事に抜け出したよ。濡れた服の残りも脱いでしまってかまわないかな？」

「どうぞ、どうぞ」また枕に頭を預けた。この人がわたしを救助してくれるというなら、こちらも協力しよう。「じゃあ、もう安全なのね？」

「危険はまったくなかった」ジェイクは濡れたジーンズを脱ぎ捨てた。いま述べられた見立ては、ファンタジーのあぶくをつっついて、わたしを現実に引き戻した。

「冗談でしょ？　わたしはハ、ハ、ハリケーンの最中に船から海に落ちたのよ！」

長身のジェイクは、この部屋では頭をかがめながらベッドへ進んできた。

「たしかにそうだ、キャシー。だが私は訓練を受けた救命士だ。それに、きみのは大きな危険ではなかった。それは請け合える」

ジェイクは頭からつま先までとても滑らかで大理石のようだ。「でも、でも、もし……わたしに何か起きていたら？」

「熱帯低気圧があっというまにハリケーンになっていた。誰にも来るとはわからなかった。気象局でさえもだ」

災難を生き延びるのがスリルに富んでいることは認めざるをえなかった。最も本能的に、生きていると実感する。血管が脈打つ。皮膚が呼吸していることに気づく。自分は人間という傷つきやすい存在だが、同時にほとんど不死身だとも感じる。ジェイクはおずおずとベッドに近づいてきた。肌についた塩水の匂いと、その下の、ビロードを思わせる謎めいた香りがした。

「まだステップを受け入れるかい？」黒い目をわたしに据えて尋ねる。濡れた髪を後ろになでつけるしぐさが、ウィルによく似ていた。

「ん……たぶん」わたしはお行儀の悪い子供のように毛布から顎を突き出した。「でも、怯えているときにセクシーな気分にもなれるかしら」

「手伝うよ」とジェイクは言って、片手のこぶしに毛布を握った。

肩から引きはがした毛布が、腰のまわりに落ちた。彼はわたしをじっと見つめてから、体を引き寄せ、頭を仰向けさせて塩辛い口づけをした。わたしを包みこみ、また安全だと、守られていると感じさせた。何度も何度も、だいじょうぶだ、もうだいじょうぶと言って、腰の毛布をゆっくりと押しやって床へ落とし、わたしをベッドへ押し倒した。濡れた髪が広がって、どこまでも滑らかな肌がわたしの体とぴたりと重なった。わたしは目を閉じ、頑なさが消えていくにまかせた。そして彼の匂いを吸いこんだ。海の匂い。

「きみのことはとても大切に扱うよ、わかっているね？」

わたしはうなずいた。呆然として声も出ない。こんな男性はこれまで見たことも会ったこともなかった。自分がやわで、小さくて、か弱いと感じさせられた。日頃の自足自立の暮らしで、男性がわたしを守れること、わたしの錨になりうることを忘れていた。本当に震えながら見つめていると、彼がベッドの足側へ行って大きな手でそっと足首をつかみ、足を顔へ持ち上げて、土踏まずに舌を這わせ、つま先にキスをしてから口に含んだ。忍び笑いをこらえきれない。肘をついて、だらんと仰向け寝に戻ると、彼は手をふくらはぎに、太ももに滑らせ、そこで手を止めて、むさぼるような目で顔を覗きこんだ。わたしの脚のあいだにひざまずいて、体を開かせ、震える太ももに〈そう、本当に震えていた！〉両手を這わせた。親指がすれすれをかすめ、あそこにすっかり触れることはなく、胴から胸へと上がった。わたしは欲しくてたまらなくて、腰を前へ反らした。〈ねえ、お願い！〉というように。それでもジェイクは舌でなぶりつづけ、わたしをたちまち、すっかり昂ぶらせた。〈ほら、あなたがわたしをこんなふうにしてるのよ?〉そう言いたかったが、口が利けなかった。ああもう、こんな抵抗しがたい、たくましい男性は初めて。この人はそのまま芸術品だった。「きみのなかに入れてほしいかい、キャシー?」と、片肘をついたジェイクが自由な手で胸を愛撫しながら尋ねた。

そうかしら?

「ええと……はい」

「ちゃんと言うんだ。私が欲しいと言え」

「あなたが……欲しい」わたしは言った。泣きそうなほど胸に迫るものがあった。

そこで手が胸から下腹部へと下りていき、指がなかへ差しこまれた。「そんなに欲しいのか」と邪《よこしま》な笑みが口元をよぎった。

船から飛び降りるくらいに、とわたしはジョークを言いかけたが、頭から振り払った。顔が顔に向かってきて、激しく燃えたつようなキスをした。わたしは同じ強さで口づけを返した。ジェシーのキスとは、過去にしたどんなキスとも違っていた。身を焦がすように、命を懸けるように、唇をむさぼった。そしてジェイクは枕の下へ手を伸ばしてコンドームを救出すると、キスを止めたその口でパッケージを噛み切り、スムーズに装着した彼自身をわたしのなかへ導いた。

「きみはもう二度と恐れることはない」

わたしは体を上げて迎え入れ、目を閉じてその感触を味わった。男性がわたしのなかに入るのはいつ以来だろう？　こんなに豊かに、完全に受け入れたことがあったろうか？　断じてなかった。あまりに強い渇望に、初めてのときのように感じた。

ジェイクはわたしを少しずつ突いていた。突きを深めるごとに止まって、受け入れさせ、吸いこませた。そして上で動きだした。始めはゆっくりと、徐々にリズミカルに、スムーズに動きを速めていった。わたしはあえぎ声を漏らした。彼は腕をわたしの下に回して自分に引き寄せ、さらに奥深くへと侵入した。こんなに濡れているなんて自分でも信じられない。太ももを腰に巻きつけると、彼の腕の筋肉がこわばり、ひきつった。

「キャシー、すごいぞ」とジェイクは言ってから、体を入れ替えて、わたしを上にのせた。両手がウエストを探りあて、捕まえて、抱き上げると、また二人のリズムが見つかった。それから親指がわたしに触れてきて、もう一つの部分にも息吹を与えた。

「いつまでもこうしていられそうだ」

だけど、そんなことにはとても耐えられない。相手の胸に手を突っぱって、頭をのけぞらせた。奥深くに入りこんだ彼自身は、わたしの一部だった。内へ外へとなでられ、いちばん感じる場所に触れられて、わたしのなかの何かに火がついた。

歓びが浮かび上がってきて、わたしをさらって広がっていった。「ベイビー、もういきそう」と口から言葉がこぼれ出た。

ジェイクはわたしに、わたしの内のあそこに押し入って、あきらめるほかなくなるまで貫いた。内にも外にも波が押し寄せた。馬乗りで激しく動くにつれ、はち切れんばかりになった彼が、低く太いうめき声を漏らした。もうかまわなかった。墜ちても、危険でもいい。自分がどこにいても、外の海で何が起きていても。大事なのは中で起きていることだけだ。この船のベッドの上で、わたしを海から引き上げてくれ、いまは柔らかな丈の高いベッドでわたしがまたがっている、ギリシャ神話の神のような男性とともに。

ややあって、わたしは彼の胸に倒れこんだ。自分のなかで彼が退いていく感覚があり、ついにはそっと引き抜かれた。そのあとで、ジェイクはそこに横たわって、気だるげに背中をなでてくれ、湿った髪を引っぱり、つぶやいた。何度も何度も「すごかったよ」と。


その夜、自分のベッドで膝に日記を広げ、ディキシーを横の枕に寝かせて、わたしはまだ船でのめまいの余韻を感じていた。老嬢館がゆらゆらと左右に揺れている気がした。

なぜこの海の冒険がわたしを大きく変えたのか、を言葉にしようとした。スリルに富んだクルーザーの旅のゆえか、船から転落して助かったからか、やることなすこと最高の男性と救命ボートでセックスをしたおかげだろうか？　それとも二人で甲板に上がり、熱いココアを飲みながら、嵐のあとで色あざやかに染まった夕焼けを眺めたから？　それとも彼がこの手の内に、裏にFearlessness（大胆さ）と刻まれたステップ5のチャームを滑りこませたあのときに？　そう、こうした一瞬一瞬のおかげだけれど、それだけではなかった。自分の許しなしに恐れを手放すことはできない、とマチルダに言われたのを覚えていた。恐怖を生み出しているのは自分自身だから、恐怖を捨てられるのは自分だけだ。それこそわたしがしたことだった。恐れる気持ちはあった。それは感じていた。そして捨てたのだ。

Ⅸ

メキシコ湾にぽちゃんと落ちて、あの救命ボートでのすごい一幕があってから数週間後、新たに発見された大胆さが、わたしのなかで花開いた。トラシーナの巧妙な職場いじめに、立ち向かいだしたのだ。意地悪のつもりはないが、彼女が遅刻したとき、店に着くまで親切に待ってあげるのはやめて定時に帰るようになった。隙間を埋めてトラシーナを叱るのはウィルの仕事であって、わたしの問題じゃないと決めたのだ。それから髪型を変えて、ポニーテールの結び目を低くし、新たに入れたブロンドのハイライトが目立つようにした。スコットの死亡保険金に手をつけ、新しい服を買った。これまでにしたことがない贅沢だ。買ったのは、タイトな黒いパンツを二本と明るい色のVネックのTシャツを数枚。ついに勇気を奮って、トラッシー・ディーヴァに行ってみた。フレンチ・クォーターにある、トラシーナの行きつけのレトロな服と下着の店だ。かわいらしいブラと、そろいのTバック、いまのよりもセクシーな寝間着を買った。たいしてきわどいものではないが、いつものコットンづくしからは一歩前進した。わたしはお金にルーズではない。内面に感じだしていた生気を外面に表わしたかっただけだ。仕事が引けてから、フレンチ・クォーターを囲んだ三マイルを走ることが増えた。自分の日課にしがみついてばかりで、ずっと無視していたこの街の一部を見いだした。そのうえニューオーリンズ復興協会の資金集めの仮装舞踏会に、カフェ・ローズのブースを設けるのを進んで引き受けすらしたが、ウィルは当初は参加をしぶっていた。「カフェの改装だけで手いっぱいじゃないか？」

たしかに、カフェはすこぶるゆっくり再生しつつあって、ウィルの自由時間はおおかたつぶされ、トラシーナに歯ぎしりさせていた。ウィルは内壁のペンキ塗りと新しいステンレス器具を買うところから始めた。その壮大な計画とは、二階で高級料理と生演奏の店を開業することだが、踊り場のそばに小さな化粧室をしつらえたあとで、市役所が許可を先延ばしにしてしまった。彼は、マットレスを二階の床に敷いて、トラシーナの家で眠るのでなければ、そこで計画したり、思案したり、ただ不機嫌になったりしていた。いまのところは、二階がＰＪコーヒーのチェーン店だったころの古いがらくたを、ごみ捨て場へ引きずっていくことで満足するしかない。

「博愛的な活動はいい宣伝になるのよ、ウィル」とわたしは言った。「与えることは心の薬になる」数カ月前の「お屋敷」のキッチンでの場面がよみがえった。わたしは、与えることに本来備わっている恩恵を知ったのだ。こんな短期間で、こんな大きな変化があった。

ブース設置を志願したことで、わたしは実のところ生まれて初めてニューオーリンズならではの人気の娯楽に打ちこんだ。つまり、何かに参加することだ。これまでクラブにも、グループにも、チャリティにも、それを言ったら何にも参加したことがなかった。そして新聞の社交面を読んでもお金と名声に憧れたことはないが、そこにはまったく違う世界が、コミュニティが大事にされ仲間意識を楽しめる世界があるのだ、と感じてはいた。この街に移り住んで、かれこれ六年になるが、カフェの常連の一人から、ニューオーリンズは「七年いて地元民と認められる」と聞かされたことがあった。その意味がわかりかけていた。やっとわが街らしく感じられてきたのだ。ステップ後の話し合いでトレイシーズで会ったとき、マチルダに同じことを伝えた。

「ここを地元にするまでに七年はかかるわね」とマチルダは言った。彼女自身もともと南部人とはいえ、数十年前に移ってきたのだった。また、クルーザー船から海に落ちる恐怖を味わわせて大変申し訳なかった、と詫びた。「あれは想定外だったわ。ジェイクがあなたを発見するところでエンジン停止を装うつもりだったの。まさか実際に止まるなんて夢にも思わなかった。ましてや熱帯低気圧のさなかに！」

「熱帯低気圧？　あれはハリケーンだったのよ、マチルダ」わたしは片眉をつり上げた。

「そうね。ごめんなさい。でもステップ5のチャームはちゃんと手に入れたのね」と美しく乱れたブレスレットを指さした。わたしは淡い金を日にかざして、チャームがちらちら光るのを眺めた。これを集めるのが楽しくなった一方で、人生の安定を切に求めていた。この人生にただ一人の男を、わたしだけに尽くす男を手に入れるのはどんな感じだろうと、想像しだしていた。ファンタジーはわたしの人生を、自身の感じ方を変えつつはあったが、同時に虚しさを覚えてもいた。このことはマチルダには言いたくない。ファンタジーはあと四つ残っており、最後までやり終えるようにと、仮に男女関係を結ぶにしても、準備ができていないうちに焦らないようにと促してくるはずだから。とはいえ、シークレットはもうじき終わる。そのあとはどうする？　メンバーになるか、それとも、この経験を活かして人生の伴侶を探したい？　心の準備はいい？　それに、誰がわたしを相手にと望んでくれる？　マチルダに訊きたいことはたくさんあった。

「あなたは探求中なのよ」と彼女は、トレイシーズで飲みながら言った。「自分がどんな人間か、何が好きで何が嫌いか、それが優先される。そのあとでパートナーの人となりと好き嫌い。言ってることとわかる?」

「だけど、もし今度真剣になった相手に、わたしはシークレットの一員だったと言って、びびられちゃったらどうする?」

「そんな男とは縁がなかったってことよ」彼女は肩をすくめた。「成人男性と合意のうえで楽しく安全に関係をもった健康な独身女性を嫌がるような男は、つきあう価値はないわ、キャシー。そもそも新たに恋人になった相手に、あなたの過去の性遍歴を逐一明かす義理はない。とりわけ相手にちっとも影響を及ぼさない場合には。とりわけ相手に有利になる場合には!」

わたしはまたブレスレットに目をやった。毎日ではないが、これを身につけているとき、特別なものが吹きこまれる心地がした。たぶんそれはチャームに浮き彫りにされた言葉と関係していた。Surrender(服従)、Courage(勇気)、Trust(信頼)、Generosity(寛大さ)、今度はFearlessness(大胆さ)。これまでのところ、オークションのときにウィルから意見された以外に、カフェでこのアクセサリーに対してとやかく言う人はいなかった。光り物には目がないトラシーナでさえも。

「わたしには本当に大切な言葉なの」とマチルダに言ってから、それを声に出して言った自分に驚いた。

「そうね、それはきっとあなたが受け入れつつあるパラドックスなのよ。ある意味、至福の瞬間というのは大切でも何でもないの。だけど、もしそれが起こるままにして、そのあと捨てることができるようになったら、それは何より大切なものになる」

ただ一人の女性と結ばれるなどとは想像もできず、自分の命令を実行するためだけに集めた夢の女たちと、あとくされなく性的ファンタジーを体験するチャンスが欲しくてたまらない、そういう男たちを見てきた。マチルダとシークレットに感謝していないわけではない。ただ、絆を求める気持ちに、わたしに誰よりも近い、特別な一人だけの相手を引き寄せたい欲求に、抗いがたくなっていた。何年も前のことだが、なぜウィルを拒絶したのだろう？　ずっと彼に惹かれていた。信じられないくらい。でも、あのころのわたしは彼と親しくなったら、自分がどんな女かが——退屈で、恐がりで、かわいげのない女だと——知られてしまうと思っていた。それがいま初めて、自分はまったくそんな女ではないと思えてきた。個性を自覚して、ウィルのような男性にふさわしいという自信が芽生えてきた。悲しいことに、それと同時に彼はトラシーナとの関係を深めつつあった。

いまも職場でウィルと会うのは楽しみだった。トラックが停止する音に耳をそばだて、事務室で二人きりになるというと、どぎまぎした。ニューオーリンズ復興協会の舞踏会にカフェ・ローズが募金ブースを設置する計画では、これまでより多くの時間を共にし、ブース用の横断幕をデザインした。彼がトラシーナと過ごすより多くの時間を。

舞踏会の前夜、トラシーナは、ウィルの衣装の用意を手伝うのをわたしに手伝わせた。自分では裁縫はできないが、わたしに縫わせてあれこれと命令するこつは、たしかに心得ていた。今年の舞踏会のテーマは「空想」。ゲストは各自の好きな架空の物語やおとぎ話のキャラクターに扮する。晩餐のあとで、この街きっての独身男性および独身女性がオークションにかけられ、落札者がおめあての相手とダンスを踊れるのだ。トラシーナは自分とウィルのオークションを申し込んだ。社会的地位は欠けていただろうが、トラシーナはとびきりいかした女性だから、きっといい値がつくだろう。そしてウィルは、ちっぽけなカフェの店主ながら、実はルイジアナ州でも指折りの旧家の出身だった。それでも参加をしぶっていた。

「いいでしょ、ウィル！　楽しいわよ」とトラシーナは言った。「チャリティなんだし」

わたしは口いっぱいに針をくわえながらズボンの裾上げをしていた。ウィルは短パン、サスペンダー、麦わら帽子と釣り竿でハックルベリー・フィンになるのだ。トラシーナは白いチュチュ、羽、魔法の杖で、ティンカー・ベルに。人をいらいらさせる妖精の仮装は彼女にぴったりだと、キッチンで飛びまわっている様子を見ながら思った。杖を手に持って、みんなの頭に触れてまわっていた。

「デル、そなたの願いを一つだけ叶えてしんぜよう」と魔法の杖で頭に触れて言う。

「そいつでまたあたしをつついたら、半分にへし折って、ケツの穴に突っこんでやる」

トラシーナはデルにあっかんべーをしてから、わたしに仮想の銃よろしく杖を向けた。

「バーン！　あのね、あたしは一緒にブースの番はできないからね。踊るんだもの！　キャシーも踊ったほうがいいわよ」

「わたしは遊びに行くんじゃないわ。裏方をしに行くの」

「せっかくの舞踏会なのに。ここでお出かけしないでいつするのよ？　それはそうと何の仮装をするの？」

「しません」わたしは言った。「カフェの当番が終わるころにはディナーが給仕されてる。それにあなたがブースを代わってくれないなら、誰か見つけないと」

「ぼくが手伝おう」ウィルが申し出た。

「でも、あたしの相手なのに」トラシーナがぶつぶつ言った。「デルに頼みましょ。でもキャシーも仮装しなきゃね。おあつらえ向きのがある。シンデレラよ！」

舞踏会のドレス姿のわたしは想像するだけで滑稽だった。そう言ったら、トラシーナも笑った。

「じゃなくて、舞踏会に行く前のシンデレラだってば！　意地悪な義理の姉たちが大いに楽しんでるのに、おさんどんをして、針仕事や掃除まで全部やってたときの。キャシーにぴったりでしょ！」

トラシーナはわたしを馬鹿にしているのか、おもしろがっているのか、わからなかった。ひざまずいたわたしの前に半裸で立ち、片手でだぶだぶのズボンを押さえているウィルは、ダヴィデ像にそっくりだ。ジムに入りびたってはいないが、目を奪われるほど平らな腹に、筋肉隆々の腕。わたしはじっと見つめたいのを必死でこらえた。

「キャシー、どうして『ミス・あたし参加しない』になってるんだ？」ウィルが訊いた。「きみらしくもない」

「たぶん、わたしらしさの市民権はまだ申請中なんだわ」

トラシーナはウィルに、当夜の主賓のピエール・カスティーユと踊りたいと予告した。何世代も前から一族に継承されてきた、ポンチャートレイン湖岸の広大な地所をもつ億万長者だ。私人でありながら、あらゆる機関に裏で通じているとうわさされていた。この街の女長老で、市議会で最も保守的な議員のケイ・ラドゥーサーが、四年にわたり舞踏会を主催しており、今年の会にはピエールを登場させるよう手配していた。ウィルはケイのことをあまり良く思っていない。レストランを二階へ拡張する計画中に、彼女とやりあったのだ。ケイは、ビル全体の電気系統を最新のものにしなければ拡張はさせない、と言い張った。けれどもウィルは、拡張を認められなければ、そうする余裕がない。そうして正規の認可をめぐり、事態は暗礁に乗り上げていた。フレンチメン通りの建物の半分は、年代物の配線を使っていたのだが。

トラシーナの作戦で気をもんだとしても、ウィルはそれを表情に出さないようにこらえていた。そもそも、ピエール・カスティーユの列席は決して確実ではない。わたしは、組織の会合でケイが不平を漏らすのを小耳に挟んでいた。いわく、ピエールは到着時刻をはっきり知らせてこないし、宣伝担当に来場することを発表するのを許さないし、オークションに参加しないばかりか、晩餐の席に着くことも約束していないのだ。

ウィルがわたしをちらっと見下ろした。過去最低レベルの惨めな顔をしていた。わたしは同情をこめて肩をすくめて見せ、さらに数センチ高くなるように裾を持ち上げた。ウィルはほかの女の男なのよ、と自分に言い聞かせる。彼がトラシーナに対するのと同じくらい、彼女がウィルに対して真剣かどうかは疑問に思えてきたけれども。ここ何週間か、彼女が数時間行方をくらまし、連絡がとれなくなることがあって、嫉妬に苛まれていると気づく程度には、わたしはウィルのことをよくわかっていた。

「たぶん弟の診察があったんだろう」と首を伸ばしてカフェの前の駐車スペースを眺めやり、トラシーナの車が停まるのを待ちながら彼は言っていた。「それとも買い物かもしれないな。いつも買い物となると見境なくなるから」

わたしは笑顔でうなずいた。ウィルの言ったことを否定しないように気をつけた。何かが現実であってほしくないとき、人が自分に嘘をつくやり方は、とても興味深いものだった。わたし自身、スコットと何年もやっていたことだ。けれども、シークレットからの数ある贈り物の一つとして、自分に嘘をつくことはやめるよう経験から教えられていた。キッチンの真ん中でウィルのズボンの裾上げをしながら、いつもより少し長く目と目を見つめ合った。何でもないのよ、と自分に言い聞かせる。あとで、車で送ると言われたときも、ウィルが家へ帰る途中にわたしのアパートがある、それだけのことだわ、と。

でも、彼がトラックのエンジンをかけたまま、わたしが老嬢館のなかへ無事に入るのを見届けて、ふざけて運転席から投げキスをよこしたとき、わたしはいままた自分に嘘をついているのかしらと怪しんだ。

ニューオーリンズ復興協会は、この街のこうした団体のなかでも最も古く、その来歴は南北戦争後にまで遡れた。当時は、解放奴隷が住みつきだした地域に学校を建てる資金を集めていた。ハリケーン・カトリーナの大災害後には、恵まれない地区の学校再建に力を注いだ。政府による再建を待っていても、永久に待たされることになるからだ。わたしが協会のボランティアを始めたのは、この街をわが街とするため、カフェとその周囲より外にも友人をつくるための試みの一つだった。その夜のわたしの仕事は、募金ブースの管理、小切手を受け取り、クレジットカードの決済をすることだ。仮装もダンスも要らなかった。このイベントに真剣に取り組んだ。わたしの時間とひきかえに、ケイは、テーブルの裾にカフェ・ローズの宣伝幕を掲げることを許可してくれた。

今年の舞踏会はニューオーリンズ美術館で開催される。この街でとくに好きな建物だ。ギリシャ復古調の四柱式のファサードと、ぐるりを高いバルコニーに囲まれた四角い大理石のロビーが気に入っている。まだスコットと結婚していたが夫婦仲が険悪だったころに、靴音が響く展示室をそぞろ歩いたものだった。ドガの『エステル・ミュッソンの肖像』をよく訪れた。顔をそらした彼女が悲しげに見えたからだ。過去を苦にしているか未来を恐れているようだった。それとも自分を投影していただけだろうか。一時間でブースを組み立て、ケイの検査を受けなければならない。『鏡の国のアリス』の赤の女王に扮した彼女は、白い大理石のロビーの真ん中で怒鳴っていた。

「はしごを移動して！」

二人の若者が、きらきら光る巨大な雪の結晶を天井からぶら下げようとしている。ケイはお気に召さなかった。

「どうしたら雪の結晶が『空想』のテーマに合うかわからないけど、ほかに何を天井から吊るせばいいんだか。妖精とか？」

ふと、糸でぶら下げられたトラシーナを思い浮かべて、わたしは顔がにやけたが、ケイに老眼鏡ごしににらまれて、笑いが引っこんだ。

「ブースはどこに設置するの？　ここはだめよ！」

「あちらはどうでしょう」わたしは部屋の後ろに近いあたりを指さした。

「だめだめ！　この素晴らしい晩餐会をただの汚い資金集めだと誤解されたくないもの！　手荷物預かり所のそばにして。それで、工具は持ってきたの？」

「工具？　うっかりしてました――」

ケイは憤懣やる方なく息を吐いた。「保守係を二人、手伝いによこすわ」

白いチュチュとティアラですっかりめかし込んだトラシーナが着いたときにはブースは稼働していて、わたしは高いテーブルの覆いの後ろに居心地よく隠れていた。

「ウィルはどこ？」トラシーナになるべくさりげなく尋ねた。

「トラックを停めてる。あたしは一杯ひっかけるわ。飲み物いる？」

「けっこうよ、ありがとう」

一番乗りのゲストたちが到着してきていた。白雪姫が一人、スカーレットが数人、レット・バトラーが一人、ドラキュラは二人、アリババもハリー・ポッターもいた。ドロシー、いかれ帽子屋、海賊黒ひげ、殺人鬼の貴族の青ひげ。わたしは自分のエプロンのスカートと飾りのないブラウスを見下ろした。この行事のために、もう少し努力すべきだったかも。本当に給仕用のエプロンをつける必要はあった？　まあ、ペンとクレジットカード伝票を身につけておけるのは大事よね。それに男性との出会いのために来たんじゃない。チャリティの手伝いに来たのよ。けれども、ブースの後ろにもう一枚のカフェ・ローズの宣伝幕を貼っていたとき、「キャシー、こっちよ！」という声がした。シェヘラザードの衣装をまとった美しい女性が、ブース付近にできた人混みから手を振っていた。アマニは、シークレット本部での最初の日に、隣に座っていた小柄なインド系の女医だった。六十歳の手前でなおも素晴らしい曲線と確固とした存在感のあるボディを、幾重もの赤とピンクのスカーフが引き立たせて、うっとりするほどきれいだ。でも、ほかの何よりも彼女の目が――悪戯っぽくきらめき、黒く縁取られ、あざやかな赤のベールで囲まれた目こそが――際立っている。

「ここで何をしてるの？」わたしは訊いた。この地元でシークレットのメンバーと会うとは意外だった。

「まさかと思うでしょうけど、わたしたちの小さなグループは毎年この会にたっぷり寄付をしてるのよ。ただし別の名前でね。はい」とアマニは封筒を差し出した。わたしはお礼を述べた。「マチルダもこちらへ向かってる。彼女を見過ごしはしないでしょう。主人公を助ける妖精の扮装。そのまんまね」

わたしが何も言えないでいるうちに、ケイがそばに来ていた。テーブルに置いた箱にゲストが次から次へと封筒を入れるのを見守った。

「ドクター・ラクシュミー」と言って、手を差し出した。「目が覚めるほどにお美しい」

「ありがとう、ケイ」とアマニは軽く頭を下げた。「では、またね、キャシー」

ケイは、わたしがどうして地域の尊敬を集める市民とファーストネームで呼びあう仲になれたのかは尋ねなかった。

「オークションがまだ始まってもいないのに、ノルマ達成はどうやら確実ね！」と、彼女は気勢をあげた。

「そうなりますように」

ディナーは豪華な郷土料理六品のコースだった。ロブスターのケイジャン風シチューと、グリッツのトリュフ添えと、ブランデー。フィレ・ミニヨンと、蟹のベアルネーズソース。デザートは、ブレッドプディングの生クリームと金粉のせ。皿が下げられたら、わたしは帰っていいというサインだ。でも、オークションに興味があった。誰がウィルを落札するか見たかった。

「オーケー、そろそろ競りを開始します！」とケイが宣言して、部屋の前方へと急いだ。「いつまでも彼を待ってはいられません」ピエール・カスティーユのことだ。ひとときを共にしたいと願っている女性は、トラシーナだけではない。

ケイがオークションにかかる男性を集めたステージに、女性入札者たちが近寄っていった。ウィルのほかにオークションにかけられる独身男性には、とても若い州上院議員もいた。この人が民主党員だったら、わたしはときめいていただろう。熟年だが、ハンサムな地方判事がいた。妻との死別後にマラソンを始めたという判事は、五十歳以上のすべての独身女性の同情と視線を引いていた。そして、ここニューオーリンズで撮影されたテレビドラマに出演中の魅力あふれるアフリカ系アメリカ人の俳優。この人気俳優が最高値をつけられるかと思われたが、ふたを開けてみれば、尊敬の的の判事が一万二千五百ドルで、ガーデン地区歴史協会の会長に落札された。俳優は大差の二位で八千ドルを稼いだ。

ブースの後ろから、オークションの陽気な騒ぎと俗っぽいエネルギーとを眺めやりながら、わたしはまたぞろ壁の花の気分になりだしていた。なんでいつも、いま動いている人生にフル参加しないで傍で眺めているの？　いつになったら学ぶのよ？

「そして最後のわれらが独身男性は――」とケイが告げる。「――ウィル・フォレット、高評価を得ているカフェ・ローズ、フレンチメン通りでも指折りの名店の二代目オーナー。三十七歳、独身です。まずは、どなたから入札されますか？」

ウィルは屈辱を感じているようだが、ハックルベリー・フィンの衣装で釣り竿を持って、サスペンダーでぶかぶかのズボンを吊っていても、やはりセクシーだった。場内も同意のようだ。入札が白熱すると、トラシーナはパニックを起こしだした。入札価格が一万五千ドルに達したとき、トラシーナはケイの手からマイクをもぎ取った。

「この人は実のところ独身じゃありません」と彼女は言った。「あたしたちは三年以上つきあっていて、一緒に暮らそうと思ってます」シャンパンを飲み過ぎていた。ウィルはこれ以上ばつが悪くなることはないと思ったが、わたしは間違っていた。彼の浅黒い顔はいまや真っ赤だ。

ついに、光沢のなくなったティアラをかぶった熟年女性が勝利をたぐり寄せる二万二千ドルを入札したそのとき、ケイが「落札！」の声を響かせた。今宵の独身男性の最高値がついたウィルは、お待ちかねの落札者のもとへ送り届けられた。

「これでオークションの男性の部を終わります」とケイは小槌を打ち鳴らした。「ただし、飲み物を補充してください。みなさま、次は女性の部で、あと七万五千ドルが必要です。小切手帳はまだしまわないで！」

そのとき、会場がしんと静まった。二人の警備員が舞踏室に入ってきて、人の海が割れた。つづいて、ぱりっとしたタキシードに黒の蝶ネクタイ、黒いシャツを合わせ、空色のプラスチックレンズのサングラスをかけた長身の男性が登場した。オートバイのヘルメットを小脇にかかえていたが、隣に立っている警備員にさっと手渡した。サングラスを外して折りたたみ、ポケットに挿す。

「遅れて申し訳ない」と彼は告げた。「何も着るものが見つからなかった」

ピエール・カスティーユだった。ヘルメットで褐色がかったブロンドがやや乱れている。あいさつをしに集まった一握りの人たちに気さくにあいさつを返した。そこにはマイクをほったらかして駆けつけた、あわてふためいたケイもいた。ピエールのゆるやかな笑みは孤独好きの名門の御曹司というより、スタイリッシュなインディーズのロック歌手を思わせた。彼がケイに背を向けてこのブースに向かってくると、鼓動が速まった。わたしを見捨てたトラシーナを呪った。うつむいて、クレジットカード伝票の山に埋もれ、スターに会って感動したふうに見られない努力をした。

「寄付はここでいいのかな？」

目を上げると、ピエールは片手をブースについて寄りかかっている。タキシードに身を包んだ姿には一分の隙もなく、目の保養だった。一瞬、ぼうっとして口が利けなかった。

「あ――はい、よろしければ小切手はこの箱へ。クレジットカードでも承ります」

「素晴らしい」と彼は言った。永遠にも感じられるあいだ、視線を交わしつづけた。ああ、この人、なんてセクシーなの。「きみの名前は?」

実際、後ろを振り向いて、話しかけられたのはわたしだと確かめた。会場全体が様子を見守っていた。ウィルも人混みをかき分けてこちらへ向かってきた。

「キャシーです。キャシー・ロビショー」

「ロビショー? マンデヴィルのロビショー家の?」

そのとき、ウィルがブースに来ていて、ピエールに手を差し出したのでびっくりした。

「彼女のロビショーは、最後がDになる北部の綴りなんだ。南部のXではなく」

「おや、ウィル・フォレット二世じゃないか。ひさしぶりだな。十五年ぶりぐらいか?」

わたしのウィルがあのピエール・カスティーユと握手するのを呆然と見ていたところへ、人垣をすり抜けてトラシーナがやって来た。

「ああ、それぐらいになるな」

「会えてよかったよ、ウィル。親父たちがもういないのが残念だな。これを見たら喜んだろうに」

「きみの親父さんは、そうかもな」ウィルはハックルベリーの帽子を傾けた。「キャシー、じゃあ明日、職場で」

ウィルはそう告げると、トラシーナのすぐ横を通り過ぎてドアの外へ出ていった。

「で、マンデヴィルの家系じゃないキャシー・ロビショー、どこまで話しましたか?」

「おかしなことに、住まいはマリニーのマンデヴィル通りだけど、生まれはミシガンです。でも、このフランス系のファミリーネームは父方のもので、でも、その由来はどうも定かじゃなくて……」

〈ぺらぺらしゃべりすぎよ、キャシー！〉

「わかった。帰る前に寄付をしに必ずここに寄りますよ」ピエールは軽くおじぎをした。

お金と権力をもつ相手にたやすく転ばないわたしだけれど、この人にはカリスマ性がある。

トラシーナが俄然ボランティア精神に目覚めた。「あとはあたしが引き受けるわ」と、ひょいとブース内に入ってくる。「ウィルは帰ったから、ここに残って手伝える。ほら、帰っていいわよ。だいたい、あなた仮装してないじゃない」

「ウィルがあの人と知り合いだって知ってたの？」

「二人は幼なじみなのよ」

「なるほど。そういうこと。じゃあ、わたしはおいとまするわ」

「どうもね、とっとと帰って」トラシーナはこちらを見向きもしないで、ピエールが最前列に近い席に着くのを眺めていた。

独身女性オークションがもうすぐ開始される。わたしは自分の服装を見下ろした。トラシーナは最初から正しかった。わたしはただのお手伝い、片が付いたなら帰らなくちゃ。ロビーへ出ていき、ウィルを探していた。が、見つけたのはマチルダだった。携帯電話で話しながら、まっすぐこちらへ向かってくる。じゃあねと相手に言って、電話を切った。そのとき、マチルダの衣装に気づいた。目をみはるようなエメラルド色のスパンコールで覆われたドレスを身にまとって、小ぶりの王冠をちょこんと頭にのせていた。

「キャシー、待って！　どこへ行くの？」

「寄付の受付ブースの当番が終わったの。帰るわ。そうだ、寄付をありがとう。とっても気前よく――」

「いいえ、あなたは帰しません」マチルダが腕をつかんで回れ右をさせ、「立入禁止」の表示がついたドアへ小走りに向かわせた。「どうやら秘密はしっかり守られていたようね。でも今夜は……そう、あなたの特別な夜なのよ、キャシー」

「今夜？」彼女がわたしのファンタジーを用意していたと気づいて、ショックを受けた。「だって、こんな格好で――」

「心配しないで。手伝ってもらえるから」

カードを壁の白いセキュリティボックスにかざすと、ドアがかちっと音をたてて開いた。なかはこぢんまりした更衣室になっていて、アマニともう一人、顔をうろ覚えの女性が、シルクのカバーをつけたスツールに座っていた。わたしたちが入っていくと興奮した面持ちで立ち上がった。彼女たちの左側に、電球で縁取られた鏡つきの化粧台があり、白いタオルの上に化粧品がきちんと並んでいる。近くのラックに、美しい淡いピンクの床まで垂れるドレスが吊るされていた。さほど少女趣味じゃないわたしでも、このつややかな夜会服には太古の昔からＤＮＡにある何かをくすぐられた。その下にきらきら光る素敵なパンプスが置いてあった。

マチルダが咳払いをした。

「説明はあとよ。キャシー、まずはしたくをしないとね。急いで。もうすぐ始まるわ」

「もうすぐ始まるって何が？」

「いいから」

これはすべてわたしのために？　ドレスやら化粧品やら。見せものにされるのね。でも、誰のために？　何の目的で？

「ミシェルを覚えてる？　シークレットの本部で会ったわね。あなたのスタイリストよ」彼女の天使のような丸顔と屈託のない笑い声を思い出した。スタイリスト？　何のためにスタイリングするわけ？

「キャシー、あなたのために、すごくわくわくわくしてるわ。けど、急がなくちゃ。まずは下着ね。脱いで」

反応する間も与えず、ミシェルはわたしを竹のついたての向こうへ押しやり、シルクの薄い紗のブラとTバックと、淡色のパンティストッキングを投げてよこした。

「小鳥や蝶が助けてくれると思ったでしょ」と彼女は笑いながら言った。いったい何の話をしているんだか、さっぱりわからない。

下着をつけたところでバスローブを羽織らされ、鏡の前に座らされた。ミシェルはわたしの長い髪をうなじで低いシニョンにまとめた。アマニは頬と唇を明るいピンクに塗り、そのあと大ぶりなブラシで顔全体に自然なつやを与えた。マスカラを軽くつけて、完成だ。

「次はドレスよ」ミシェルが言って、ピンクの凝ったドレスをそっとハンガーから外し、わたしをついたての後ろへ送り出す。

この間ずっと、マチルダは部屋のなかを行ったり来たりしていた。

「あとどれぐらい？」彼女はアマニに訊いた。

〈あとどれぐらいって、何を焦っているの？〉重いドレスを肩からかぶると、体に沿って垂れ落ち、腰をすっぽりと包みこんだ。ついたての外に出て、ジッパーを上げてもらった。鏡に映った自分がちらっと目に入ると、ぽかんと口が開いた。桜貝のような淡いピンクのドレスは美しかった。ウエストにぴったりフィットしている。わたしって、くびれがあったのね。極薄のサテン調の生地がつややかで、ストラップなしで胸のラインがハート形で、肩と腕をあらわにしたデザインだ。スカートはバレリーナの衣装のように広がり、裏に柔らかい芯が入っていて形を保っていた。

「とっても……きれいよ」マチルダが言った。

「でも、どうやってファンタジーを演じるの？　みんな、わたしのことを知ってる。ボスの彼女はまだここにいる。街のみんながいるのに！」

「わたしたちを信じて、キャシー。万事オーケーよ」マチルダは腕時計を見た。

たしかに、ほかにもファンタジーに驚かされたことはあった。とくにジェシーのときは。それでもこれは話が別だった。実生活での知り合いに囲まれているのは初めてだ。興奮と危険に満ちているが、不安でいっぱいでもあった。ミシェルがビロードの小さな袋から、繊細に撚り合わせた銀と光り物でできたティアラをそっと取り出し、頭のてっぺんにのせ、乱れたシニョンの髪を枠取った。

マチルダとわたしは鏡のなかで目を見合わせた。

「素敵よ。だけど、これを忘れないで」と彼女がきらきら光る白いパンプスを手渡す。

わたしはするっと足を入れ、練習でステップを踏んだ。ひどく滑稽に感じると同時に大喜びしていた。そうよ、これで踊れるわ。実際、わたしは自分が踊るだろうと思った。オークションはもう終わっているころだ。その部分は見逃してよかった。

「時間よ！」とマチルダが告げ、腕を取ってロビーを通り、舞踏室へわたしを引っぱっていった。

「何なの？　どうなってるの？　ダンスはまだ始まってないでしょ」わたしは抗議した。

だがマチルダは聞いていない。さらに足が速まり、わたしはティアラを落とさないよう手で押さえなければならなかった。舞踏室に着くと、わたしはマチルダの後ろから、彼女で身を隠すように入った。肩先から覗き見ると、舞台上で美しい女性たちが一列に並んで着席していた。なかには、地元ニュース番組の魅力的なキャスター、若いころのナオミ・キャンベル似のモデル、さっき落札された俳優と同じテレビ番組に出ている女優、ニューオーリンズ交響楽団の美貌の金髪のチェリスト、街で指折りのスパのオーナーをしている美しいイタリア系の姉妹、あとは数人の何々家の「お嬢さま」たち、そしてトラシーナがいた。いささか乱れたチュチュを身につけ、いまやほろ酔いどころではなかった。

「まだ一つ空席がありますが」とケイがマイクに向かって言い、手庇をして会場の後方に目を走らせた。「どうやらお帰りのようですね」

〈わたしに気づかせないでください〉と祈った。〈このドレスでこの会場を歩いていって、あの観衆のなかでオークションにかけられるなんて無理です。笑いものにされちゃう〉

「帰ってません！」マチルダが声を張りあげ、わたしを前に押した。

「そうら、いたいた！」とケイがあやすように言った。「ミス・キャシー・ロビショーは私どもの優秀なボランティアの一人です。まあ、息をのむ美しさじゃありませんか！」

マチルダがわたしの震える肩に手を置いた。気持ちが挫けたのがわかったのか、耳元でこうささやいた。「いいこと、キャシー。これはステップ６――『自信』なの。あなたはもう持っている。見つけなさい。いますぐ」

最後に一押しされ、わたしは群衆のなかへ送り出された。視線を集めながらのろのろと進んだ。テーブルを曲がるごとに、ドレスの裾が椅子の脚をかすめた。人けのないダンスフロアをよぎってステージへ向かう途中、ドレスを見て「ほう」とか「わあ」などと声があがった。でもバルコニーから飛んできた、女性への健全な称賛の口笛には、実際、頬がゆるんだ。あれって本気でわたしに吹いてきたの？　ピエールのテーブルを通り過ぎるとき、目を合わせまいとした。階段を上って、苛立った小鳥さながらにスツールに座っていたトラシーナの前を通り過ぎた。

「あんたって、知れば知るほど興味をそそるタイプなのよね」彼女は、席に着くわたしに向かって嚙みつくように言った。

「では、始めましょうか」ケイはニュースキャスターから競りを開始した。彼女は激しいやりとりの末に、湖畔のカジノの支配人に七千五百ドルで落札された。ピエールの注意を引こうと躍起になっていたモデルは、悪趣味な深夜コマーシャルで有名な宝石王マーク・「人食い」・アレンが大枚一万六千ドルをはたいて死闘に決着をつけ、彼女とのダンスを勝ち取ったとき、がっくりと肩を落とした。イタリア系の姉妹はセットで競りに出され、社交界デビューとなった二人は五桁の落札額を呼びこんだ。トラシーナはステージ近くのテーブルのピエールをじっと見つめながら、おすましつづけた。けれども、トラシーナの入札の口火を切り、一万五千ドルで落札したのはカラザーズ・ジョンストン、並はずれて背が高く、肩幅が広い、オーリンズ郡の地区検事だった。莫大な金額に会場でいっせいに拍手喝采がわき起こった。

わたしはそんな大金を稼げるわけがない。トラシーナにはあの長い脚と陽気さがある。愉快で、いかしてる。座を賑わせられる。自力でやっていける。妖精の扮装をしていても、ものすごくセクシーだ。このイベントが盛り上がらない終わり方になるのが、なおさら恥ずかしかった。

「まだ目標金額に達しておりませんが、もう一人、オークションにかかる独身女性がいます。キャシーは私どもの大切なスポンサー、カフェ・ローズのウェイトレスです。それでは、五百ドルから競りを始めましょうか？」

〈ああ、お願いです、誰かわたしを憐れと思って、これを終わらせてください。一つでいい、低い金額で入札してくれたら、わたしが払い戻ししますから、それでこの舞台から降りさせてください……〉でも男性の声が「五千ドルから始めます」と言ったとき、わたしは聞きまちがいだと思った。スポットライトを当てられ、観衆の顔はほとんど見えない。

「五百ドルとおっしゃいましたか、ミスター・カスティーユ？」とケイが尋ねた。

〈ミスター・カスティーユ？　ピエール・カスティーユが五百ドルの値をつけたって？　わたしに？〉

「いいや、五千ドルと言ったんですよ、ケイ。五千ドルから競りを始めていただきたい」ピエールが舞台に向かって歩を進め、スポットライトのなかに踏み入ったので、ようやくその姿が見えた。ピエールの目がわたしをまだ食べたことのないお菓子のように見つめた。わたしは膝で両手を組み合わせ、それから脚を組み、それから脚をほどいた。

「そ、それは……とても気前がいいですね。ムッシュー・カスティーユ。それでは五千ドルからで。もっと高い額を出してもいいかた、いらっしゃいますか？」

「六千ドル」後ろから声がかかった。その声の主は……ウィルだった。

　戻ってきたの？　トラシーナが椅子の上でもぞもぞと動き、つややかな唇を突き出した。ウィルったら何を考えてるの？　そんなお金なんかないじゃない！

「七千ドル」とピエールが言って、ウィルにちらっと目をやる。わたしは胸がむかむかして、それからすごいと思って、またむかむかした。

「八千ドル」ウィルが声を詰まらせた。

トラシーナがわたしを怒りの目で射すくめて、その同じ目をウィルへ向けた。彼は会場の前方に進んできてピエールのそばに立っていた。ウィルはいったい何をしているの？　ケイが小槌を打ち鳴らしてウィルの勝利を宣しようとしたとき、ピエールが声をあげた。「五万ドル」満場は驚きで息をのんだ。「それで目標金額に達しますか、ケイ？」

ケイは唖然としていた。「ムッシュー・カスティーユ、五万ドルいただけば目標は軽く超えますとも。ほかに入札は？」

ウィルの表情にわたしは泣きそうになった。彼がうなだれ、敗者の笑みを浮かべる。

「では、落札！」ケイが高らかに告げ、小槌を打ち鳴らしてオークションの終了を宣した。「さあダンスの時間です！」

とたんにおしゃべりが始まり、みんな椅子から立ち上がってステージ前の空きスペースへ進んでいった。

トラシーナは弾かれたようにスツールから立ち上がると、落札者を探しに、群衆のなかに姿を消した。ピエールはにんまりと笑いながらステージの端に立っていて、ウィルはその横でぎこちなげだった。

「よお、惜しかったな」とピエールは言って、ウィルの背中をいささか強すぎるぐらいに叩いた。

「もっともな理由ができたから、必ずカフェに寄らせてもらうよ」

「きっとだぞ」ウィルは言った。「キャシー、きみには……いや、何でもない。帰る」

わたしが何も言えないでいるうちに、ウィルは人混みに消えた。

「うっとりするほどきれいだ、ミス・ロビショー」とピエールがささやいた。「王子にふさわしい姫君」と言い添えて手をとると、ボディガードたちを引き連れたままで、ダンスフロアの中央へとわたしを導いた。

誰もがわたしたちを見ながら、頭に疑問を浮かべているのがわかった。〈ピエール・カスティーユをあんなに夢中にさせたあの子は誰なの？〉そしてダンスフロアにはほかのカップルも集まっているのに、あたかもピエールとわたしの二人しかいないかのようだ。体をぴたりと引き寄せられ、彼の吐息をうなじに感じた。バンドの演奏が始まると、ピエールはわたしを動きまわらせた。気が遠くなりそう。

「なぜわたしを？」と問いかけた。「どんな女性でもよりどりみどりでしょ」

「なぜきみか？　ステップを受け入れたらわかるだろう」ピエールはわたしをさらに強く抱いた。

〈ピエール・カスティーユがシークレットの参加者？〉「わたし……でも……あなたが？」

「キャシー、受け入れるのかい？」

この人が参加者だという事実をのみ込むのに数秒を要した。ここにいる他の誰がシークレットに関係しているか、または、その存在を知っているのだろう？　ケイは？　地区検事は？　社交界にデビューした姉妹は？　頭も目もぐるぐる回っているあいだに、楽団がファンファーレで曲をしめくくった。ピエールはわたしを放して手にキスをした。

「ダンスのお相手をありがとう、ミス・キャシー・ロビショー。また会いましょう」

わたしは叫びたかった。〈待って、ステップを受け入れます！〉でも、ほんとにそう？　ウィルはどうするの？　ピエールは深々とおじぎをして、警備員に囲まれながら出ていき、わたしはダンスフロアに独り取り残された。マチルダを、アマニを、トラシーナ以外なら誰でもいい、あたりを見まわして探したが、やはりトラシーナのほうが先にわたしを捕まえた。

「あんたって、ちょっと謎よね」しおれたチュチュの胴にこぶしを当てて言う。

「ウィルはどこ？」わたしは首を伸ばして探しながら訊いた。

「帰った」

ほかに何も言えないでいたら警備員に肘をつかまれた。「ミス・ロビショー、あなたに急用です。一緒にいらしてください」わたしもトラシーナも仰天した。

警備員はわたしを連れて舞踏室を出ると、大理石のロビーを横切り、停車しているリムジンへと押しこんだ。その間ずっと視線を浴びていた。頭がくらくらした。なんて夜なの。わたしが選ばれ、望まれたのを街全体が目撃した。天にも昇るような素敵な気分。だけど、それを存分に味わうには、ウィルのことを頭から追い出さなければ無理だ。

車内のアームレストに冷やしたシャンパンのグラスがのっていた。一口飲んで、革の座席に身を沈めると、運転手が車を一般立入禁止のランプへと進めた。そこに警備員の一団が現われた。と、瞬きする間もなく、ピエールが彼らをかき分け、リムジンにこっそり乗りこんできて、わたしに合流した。あまりの早わざに、わたし以外の誰もが身につけている習慣かと思えた。

「駐車場の裏口から出ろ」ピエールが指示をした。

運転手はうなずき、リムジンの前部と後部のあいだのウィンドウを閉じた。

「やあ」と、ピエールがやっとわたしに向かって笑みを見せた。顔がやや上気している。「うまくいったようだね」

「え……そうね、うまくいった」わたしは口ごもった。手はドレスのひだをいじっていた。こんな美しい服は見たことも着たこともなかった。

「それで、ステップを受け入れるかい？」

わたしはまだ地元の億万長者がシークレットの参加者という事実について考えこんでいた。ヘイローの開店の夜、この人がケイ・ラドゥーサーとしゃべっていた場面がよみがえった。あのときの威厳あるイギリス紳士と彼に手でされたことを思い出して、顔に朱が散った。ピエールはあの夜もファンタジーに参加していたの？

「キャシー、ルールでは、尋ねられるのはこれが最後だ。ステップを受け入れるか？」

わたしは一瞬待ってから、うなずいた。

あまりに素早いキスだったので、追いつくのに数秒かかった。その後は負けないくらい情熱的に応じることに支障はなかった。ピエールはわたしを自分の上に引き寄せ、鎖骨に、肩に、首にキスして、すっぽりと腕のなかに包みこんだ。そのとき、リムジンの車窓からほんの一瞬、トラシーナと地区検事が手を握りあっているのが見えた。えっ？　うそ！

「あれはカラザーズ・ジョンストン？」息を切らしながらピエールに訊いた。

ピエールが振り向くなり、その巨漢はトラシーナを抱き上げると車のトランクにのせて、熱烈なキスを見舞った。

「そうだ。あいにく、けっこうな女たらしのようだが」

「ああ、かわいそうなウィル」

「キャシー」ピエールはわたしの顎に両手をあてがい、その誰よりも緑で悪戯っぽい瞳をまっすぐ見つめさせた。「ぼくのことだけ考えろ。このドレスを取り去らないといけない。いますぐに」

もうウィルのことは考えられない。考えまい。この街でも抜群にセクシーな男性と、リムジンの後部座席にいるあいだは。

「運転手は？」

「マジックガラスだ。こちらからは見えるが、向こうからは見えない。誰にも見えない」

ピエールがそう言って、わたしの背中へと手を回すと、精緻な造りのジッパーが背筋に沿って下ろされ、胴の部分がはらりと落ち、ピンクのサテン調の布とスカートの芯だけに囲まれた。まるで彼の膝でとろけたカップケーキだ。ピエールはこのひだをかき分けて、生地をたっぷりつかんで、ドレス全体を頭上へと持ち上げた。ティアラが引っかかってシニョンがほどけ、ドレスがすっぽり脱がされて反対側へ放られたときには、身につけていたのは、レース状のストラップなしのブラ、絹のTバック、きらきら光るハイヒールだけで、むき出しの肩に髪がなだれ落ちた、あられもない姿だった。

「素晴らしい」ピエールはわたしを向かいの座席に押しこんだ。「きみのすべてを見たい。残りも脱ぐんだ、キャシー」

オークションが、ダンスが、シャンパンが、この高速走行中のリムジンが与えるプライバシーが、彼が明らかにそそられていることが、わたしを大胆にし、言われたとおりにした。ゆっくりブラを外し、床へ落とした。それから、指一本をTバックの腰ひもに引っかけ、足首までずり下げ、足を振ってつま先から抜き去った。そうして豪華な座席にもたれ込んで、ヒールを履いたままで脚を開いた。バスローブ姿で寝室から出られない恥ずかしがりのキャシーはどこへ行ったの？　わたしはその座席で骨抜きになっていた。脚がぐんにゃりして震えていた。目と目がじっと見つめ合って、視線をそらせそうにない。

「すごいな」ピエールは一拍おいて飛びかかってきて胸に顔をうずめた。乳首をつまみ、ゆっくり、そのあとで激しく吸ったり舐めたりした。それって、彼って、すごくセクシー。わたしの内へ指をそっと滑りこませる。わたしは彼の柔らかな髪をかき乱した。彼の唇が胸の谷間を行ったり来たりしながら、やがて小刻みに震えるお腹を下りていった。ああ、もうだめ。口づけの一つずつに体が反応した。

「悲鳴をあげさせるぞ、キャシー」と言って、ピエールがわたしのなかへ飛びこんできて、敏感な場所へ舌を着地させた。

「あああっ」わたしはそれしか言えず、肘を突っぱって背を反らせ、快感に身をゆだねた。ピエールは太ももに唇を這わせ、なぶってから、熱い口であそこを包みこんで、わたしを魔法の場所へと引きずりこんだ。叩きつけてくる快楽の波を止められなかった。いいえ、止めたくなかった。股を開き、座席にしなだれて、完全に降伏していた。

　それから、あの一点を通過した。ピエールの唇があっさりもたらした白熱の転換点を。彼の声が、あえぐ息の音が聞こえた。甘美な渦巻きが身内に生じるにまかせる。彼はまだこれからなのだとわかった。

わたしが息をあえがせて横たわる傍らで、ピエールは肌を焼かれたかのように服を脱ぎ捨てた。空いた手が彼自身に装着するあいだに、わたしは両腕の筋肉につかみかかって、握ったままで迎え入れた。

「きみはとてもいい感じだ」かすれた声が言った。

決然とした顔がとてもセクシーだ。手を触れたかったが、そのとたん指に食いつかれ、吸われる一方で、彼がわたしのなかで揺れ動き、まったく新しい欲望でわたしを満たした。彼のほっそりとした腰に脚を巻きつけ、お尻をつかんで、爪を立てないよう気をつけながら、引き締まった肉体の感触を愛でた。ピエールは車がカーブを切るときでも、わたしの体のテンポを外しはしなかった。わたしの名を何度も呼んで、ついに身を震わせ、こわばらせる。腕を下へ滑らせ腰をすくい、背を反らせて、おなじみになってきた甘やかな場所へと運びこんだ。そのあと、まったく新しい至福の境地へとわたしを連れ去った。わたしはまたいってしまい、太ももで彼をつかみながら、体を押しつけた。彼も自分を解き放ったのが感じられた。それからゆっくりと、わたしに体を預け、一方の手を握って指と指を絡ませた。口と口はほんの数センチの距離だったが、もうキスはできなかった。一息つかなければ。ピエールがそっと体を離し、反対側のシートに仰向けに倒れこんだ。わたしはあえぎつつ横たわっていた。

「リムジンでするなんて性急に感じられたのなら、すまなかった。けれど、今夜ステージできみを見たときからドレスを脱がせたかった。だから、これでも自制したと思うんだが」

「思いとどまってくれてよかった」わたしは大胆になって自分からもいくつか質問した。「これを前にもしたことあるの？　シークレットの活動を。だってあなたなら、えーと、女性から望まれるタイプでしょ。あなたの性的ファンタジーを実現するために、こういうことをする必要なんてあるの？」

「きっと意外に思うだろうさ、キャシー。どのみち、あまりしゃべるなと釘を刺されている。マチルダがきみは好奇心旺盛だと警告をよこしたよ。同じ質問をそのまま返そうか。なぜきみのような魅力的な女性にシークレットが必要なのかな？」

「きっと意外に思うでしょうね」わたしは座ってドレスを引き寄せた。マチルダが彼にわたしについてしゃべったことに傷つき、ちょっと腹が立った。

「きみが考えたとおりのものだった？」

「シークレットはわたしに多くを教えてくれたわ」ドレスの胴の部分を身につけて、自分で背中のジッパーを上げる。

「たとえばどんな？」

「たとえば、一人の男性が女性の欲望をすべて満たすのは不可能、とか」なにをのんきなことを言ってるの？

「それは違うんじゃないかな」ピエールはトランクスにするりと脚を入れ、それからタキシードのズボンを穿いた。

「えっ？」

向かいの座席から手が伸びてきて手首をつかまれ、体を引き寄せられ、ピエールの前にひざまずかされた。彼はつかのま目をじっと見つめてから、うなじに顔をうずめ、首と肩の付け根を強く吸った。そのとき、リムジンが老嬢館の前に停まった。ピエールはタキシードのポケットに手を入れ、金色のチャームを取り出した。わたしの金のチャームだ。

「どれどれ、ローマ数字のⅥ（6）と、裏にはConfidence（自信）の文字か。とても……チャーミングだな」

ピエールは自分の言葉遊びに笑いはしたが、わたしがチャームを取ろうとすると、ぶらぶら見せびらかしながら遠ざけた。

「そう焦るな」グリーンの瞳があかあかと輝いている。「いいことを教えよう、キャシー。きみがこれを……いましていることを終えたら、ぼくはきみを見つけだす。そしてそのとき、一人の男がきみの欲望のすべてを満たせることを示してやろう」

これには大喜びすべきか圧倒されるべきか、わからなかった。けれども、あのおやすみのキスと自分の靴をわたしは部屋まで持って上がった。そして階段を上りしなに、アナの部屋のドアを通り過ぎたとき、まだ明かりがついていることに気づいた。

X

舞踏会のあとの数日間、わたしの気分は天にも昇る心地と深い落ち込みとのあいだを揺れ動いた。リムジンでのピエールとの場面がよみがえって、熱い想いを抑えるために脚をきつく閉じなければならなかった。ほかのときには、とことん沈みこんだ。ファンタジーの裏側というのは、どんなにリアルに感じても、どんなに素晴らしく実行されても、実際には現実ではないのだ。

それでも、この慈善と舞踏会が大好きな街、ニューオーリンズの中軸を担う『タイムズ＝ピカユーン』紙の社交面に読みふけることには抵抗しがたかった。背景に、わたしが写った写真が載っていた。もちろん、その夜の主役はピエール・カスティーユだったから。説明書きによると、わたしは「ルイジアナ州きっての独身貴族をとりこにした」「魅惑のシンデレラ」だった。この件はトラシーナよりわたしにもっと苛立つらしいデルにも、格好のネタを提供した。

「おい、魅惑のシンデレラやい」とデルはからかった。「あたしの代わりに十番テーブルの給仕をしてもらえるかい？　今夜はでっかいカボチャの馬車で王子さまが迎えに来るんだ。このフレンチメン通りに馬車を停めてさ。あたしが借りられる靴ないかね？」

それに対して、トラシーナはおとなしくなった。内にこもって見えたが、将来わたしに咬みつくチャンスが巡って来るまで彼女がとぐろを巻き、毒を蓄えている予感にしばしば襲われた。

　たしかに、わたしはピエールのことで頭がいっぱいだった。例によってファンタジー後の話し合いでマチルダに会ったとき、真っ先に彼のことを尋ねた。もう一度会える？　彼はわたしのことを訊いてきた？　でも彼女が口を開く前に、わたしが何かを再燃させるといけないから二度と会わないほうがいいと言われるのはわかっていた。というのも、もうこのころには二人とも気づいていたからだ。必ずしも自分には向かないと頭では理解している男性に、わたしの体は引かれるのだ、と。

「ピエールが悪い男というわけじゃないのよ、キャシー。鷹揚で頭のいい人だわ。ただ、実際より彼が愛情豊かになれる男性だと思う女性にとっては危険でもある」

「ピエールがそんなに危険なら、どうしてシークレットに引き入れたの？」

「あのファンタジーにうってつけの男性だったから。電話をもらったときには興奮して、二つ返事で承諾したわ。何年も誘おうとしていた相手だった。それに、あなたはがっかりしないと思った。あれはあなたが経験したかったファンタジーじゃなかった？」

「ええ、望んだとおりだった。でも――」

「『でも』はなしよ」

　わたしはうなずいた。涙があふれた。〈いやだ、泣いちゃだめ。泣くことなんて何もない。あれはただのお遊びのロマンス。ちょっとしたセックス、最高のセックス、でもそれだけ〉なのに涙が流れた。

「わたしって、きっとこの手のことに不向きなのね」と洟をすすりながら言った。トレイシーズの店内を見まわし、テレビ観戦している男たちやポーボーイ・サンドイッチ（フランスパンを使ったニューオーリンズ発祥のサンドイッチ）

を食べている男たちの誰かが、わたしに気づいていたか確かめた。誰も気づいていなかった。

「馬鹿おっしゃい」とマチルダはわたしにティッシュをくれながら言った。「自分の感情に正直でいればいいの——ごくふつうの感情だわ。ピエールは抗しがたい魅力のある男性よ。女なら誰もが夢中になる。正直に言って、あなたが彼に惹かれると確信している自分もいて、ピエールが参加しなきゃいいのにって思ったくらい。でもね、キャシー、いくら言っても言い足りないことだけど、これはファンタジーなの。参加者の男性は、必ずしも素晴らしい人生のパートナーにはならない。この瞬間を大切にして味わうこと、ただし、そのあとは捨て去ること」

わたしはうなずき、洟をかんだ。

数週間後、冬がこの街を突然の霜で覆った。わたしは老嬢館の玄関を出てドアを閉じて、冷気のなかへ踏み出した。仕事前に軽く一走りしにいくところで、ニューオーリンズにも冬があったのだと改めて驚いている。そしてこの冬は穏やかではなかった。凍えるような骨身にしみる寒さ、熱いバスタブに何時間も浸って温まりたくなる寒さだ。帽子と手袋と防寒用下着を身につけていても、何ブロックも走らないと体がほてってこなかった。

マンデヴィル通りからディケーター通りへ、フレンチ・マーケットへつづく道の右側を走った。この一帯を所有しているピエールを思い出させる川岸と港湾地区は避けたのだ。彼はこの空き地をどうするつもりなのだろう。コンドミニアムを建てる？　ショッピングセンターを？　もう一軒のカジノを？　ウィルはすでにマリニー地区が「ヒッピー天国」と化したと文句を言っていた。フレンチメン通りは観光客であふれ返っているが、本当に音楽と料理を楽しむ良い客ではなく、安っぽいパーティ帽をかぶり、持ち帰りの飲み物のプラスチックのコップを片手に、青空市場で手芸品のアクセサリーを値切るような連中だ。

カフェ・デュ・モンドの長い行列を走り過ぎた。ここは主要な観光スポットで、ニューオーリンズ人はたいてい避ける店だが、わたしはデュ・モンドのコーヒーでランニングをしめるのが好きだ。ただし、ベニエはパスする。四十分も走ったあげく店に寄って山ほど油と砂糖を食らったら意味ないだろ、とウィルは口癖のように言う。ああ、ウィルと、いまはピエールと、頭のなかに男の声が響いている。頭から振り落とさなければ。

ランニングから戻ると、老嬢館の玄関のドアが開いていたので不安になった。さらにはアナがロビーで、今度は無地の茶色の紙に包まれた大きな箱をいじっていたので、いっそう不安になった。

「あら、キャシー、ごめんなさい」アナは捕まった泥棒の顔になった。「うっかり、あなた宛ての包みを開けちゃったのよ。受け取りのサインをしたら、自分のだと思って。もう年なものだから。この目がまた……だけど、きれいなコート。それにこの靴！　早めのクリスマスプレゼントかしら、ねえ？」

わたしは彼女の膝から重い箱をもぎ取って、中身を調べた。なかには、シンプルな共布のベルト付きの、ロング丈のキャメルコートが入っていた。その隣に、十センチのヒールのクリスチャン・ルブタンの黒いパンプスが。アナが箱を開けたのは明らかだったが、外側にテープで留めてあったカードは無事だった、ありがたいことに！

「贈り物だったわ、アナ」と彼女の詮索好きにうんざりしているのを隠そうと努めながら言った。これは偶然ではない。彼女はわたしの行き来にますます好奇心を募らせ、リムジンが停まるたびに心配の種にしていた。コートと靴のほかに、小さな黒いビロードの巾着袋もあった。わたしが気づくのと同時にアナも気づいた。

「何が入ってるの？」指をさして尋ねる。

「手袋よ」とわたしは言った。仕事中に出会って二度ほどデートしたら、結婚を迫ってきた強引な男という嘘をでっちあげた。こんな抗議まで添えて。「いろいろ買ってくれるのをやめてほしい。焦りすぎなんだわ」

「なに寝ぼけたこと言ってるの！」とアナ。「取れるうちに取っとくが勝ちよ」

自分のアパートの部屋という安全地帯に戻ったわたしは、箱に添えられていたカードを開封した。ステップ7――「好奇心」。なんてぴったりな言葉だろう。アナなら余裕でクリアよね。それから、ビロードの袋を開けた。彼女がこの中身を見ていたら、気絶していたかもしれない。


翌日、日が暮れた直後、リムジンはU字形のドライブウェイに停まって、わたしをお屋敷の真ん前に降ろした。前回ここに来たときには、リムジンは脇玄関に停まった。今回は正面玄関で完全に停止した。わたしは運転手がドアを開けてくれるのを待つのにも慣れた。ミシガン出身の女子にはかつて想像もつかなかったことだ。運転手は今度もそうしてくれた。ヒールを履いて玉砂利の道に踏み出すと、驚いたことに、きわめて快適だった。さすがに値が張るだけのことはあるか。この夜、お屋敷を見上げると、どの部屋にも同じ黄土色の光が輝いていた。あたかもわたしの来訪を待っていて、ようやくまた生気を取り戻したかのように。凍えるような寒さが、むき出しの足首を刺した。ロング丈のコートがほかの部分は覆っていてくれて、ありがたかった。

両開きの正面玄関ドアへとつづく幅の広い大理石の階段をゆっくりと上がった。今夜のファンタジーは何をもたらすのかと思うと、胃が飛び出そうになった。前のステップから、これをやりとげるのに充分な大胆さ、信頼、自信を得ているよう願った。これらの性質を奮い起こすことが必要になる、とマチルダは言った。それに、わたしの体から、最終的なピエールへの想いを追い出すには、わたしの心からウィルを追い出すには、達成感のある目くるめく経験が必要だと。ポケットのあたりを探り、ビロードの袋の感触を確かめる。今夜、どちらも達成できそうな気がした。

ノック二回で、クローデットがロビーへ迎え入れてくれた。友と会うときの親密さには欠けるものの、さながら昔なじみのように。

「こちらまでのドライブは快適でしたでしょうね?」

「いつもどおりに」とわたしは言って、堂々たる玄関を見まわし、優美なカーブを描いた階段に見入った。室内が薄暗く暖かいのを、暖かすぎるぐらいなのを、ありがたく思った。熱気はわたしの左側の客間から発していた。燃えさかる暖炉の火が見えた。階段には金の手すりがあり、中央にふかふかの赤いカーペットが上階まで敷いてあった。白と黒の床のタイルが螺旋を描き、その中心に紋章がはめ込まれている。それは柳の木陰にいる、肌の色がそれぞれ異なる——白、褐色、黒の——三人の裸婦をあしらったもので、その下には言葉が刻まれていた。*Nihil judicii. Nihil limitis. Nihil verecundiae.*

「それはどういう意味?」わたしはクローデットに訊いた。

「わたしたちのモットーです。裁かない。限らない。恥じない」

「なるほど」

「あれを持ってきましたか？」彼女が尋ねた。

「あれ」とは何かを具体的に言うまでもなかった。「ええ、持ってきたわ」ポケットからビロードの袋を引っぱり出し、クローデットに手渡した。

「時間です」彼女は袋を受け取ると、わたしの後ろに回った。巾着袋を開く音がして、数秒後には、わたしは黒いサテンの目かくしをされていた。

「何か見えますか？」

「いいえ」何も見えなかった。まったくの暗闇。クローデットの手が肩に触れ、コートを脱がせる。そして次に何をすべきかも訊けないうちに、静かに歩き去る音が聞こえた。

　何分間かそこに立ったままで、ほとんど動けなかった。聞こえるのは、炎が爆ぜる音、いらいらと足を踏み替えるにしたがいヒールがこつこつと鳴る音、腕を動かすたびにブレスレットがたてるチリンという音だけ。部屋がとても暖かくてありがたかった。というのも目かくしとハイヒール以外は、わたしは一糸まとわぬ姿だったから。ステップのカードは、ビロードの袋をポケットに入れ、キャメルコートとハイヒールだけを身につけていくよう指示していた。わたしは永遠にも感じられるあいだ、目かくしをされ、裸で立ったまま、ファンタジーが始まるのを待った。

　しばらくたって、視覚が失われると他の感覚が高まるのだと気づいた。あるとき、人が入ってくる音が聞こえたわけでもないのに、ロビーに誰かが一緒にいると確信した。存在だけが感じられる。背筋がぞくっとした。

「誰かいるの？」わたしは問いかけた。「お願い、何か言って」返事はなかったが、数秒後に息をする音がした。

「誰かいるのね」猛烈な暑さにもかかわらず、緊張のせいで震えだした。「わたしはどうしたらいいの？」

男の咳払いが聞こえて、わたしは飛び上がった。

「あなた誰なの？」いささか大きすぎる声で訊いた。目かくしをされているだけで、耳は聞こえているのに、どうしたわけか、いつもより声を張りあげていた。

「左へ九〇度向いて」声が言った。「五歩進んで止まれ」

とてもセクシーな声色、たぶんいくらか年配の、場を仕切ることに慣れている人の声だ。指示どおりにした。声のほうに向かっている気がした。

「手を差し出して」そうした。「では、前に歩いてくるんだ。私に触れるまで」

その声の物憂げな感じがわたしを引き寄せた。一歩、そしてまた一歩と、用心深く進んだ。目が見えないと、こうもバランスがとれないものか。伸ばしていた手が、筋骨たくましい温かい肉体に触れた。手を下へ這わせていく度胸はなかったが、この人も裸で背が高く、引き締まった広い胸の持ち主だと感じた。

「キャシー、このステップを受け入れるか？」

どろりとした燻煙液のような声。Sの発音が母音に絡んでいる。

「はい、受け入れます」熱を込めすぎたかもしれない。ついに、両手を引き締まった脇腹に沿って下ろし、みぞおちを戻って鎖骨にまで上らせた。わたしのはにかみは消え去った。とろけてなくなったのか、ジャズバーのヘイローに捨ててきたのか、メキシコ湾の真ん中かリムジンの後部座席に置いてきたか。わからない。思い出せない。かまうものか。

「あなたの名前は？」わたしは訊いた。

「名前なんかどうでもいい、キャシー。いいかね？」

「いいかって？」

「きみの肌に触れても？」

わたしは両手を脇に垂らした。こんなに自ら服従したことなどなかった。うなずくと相手は一歩近づき、指先が乳首をかすめた。そこはすでに反応している。彼の手は胸をゆっくりと巧みに動き、一方を包みこんで、ひんやりと濡れた口へ含ませた。反対の腕は腰に回され、お尻にとどまって、わたしを抱き寄せ、肌と肌とを押しつけ合う。男性自身が硬くなるのが太ももに感じられた。彼の手がわたしの後ろに滑りこみ、そっとなで上げた。わたしはもう濡れていた。

体が反応するまでに最初は時間がかかったのを思い出した。それがいまや、情熱がたちどころにあふれてくる。彼が欲しい。いいえ、彼じゃない。どうして知りもしない男が欲しいと思うだろう。でも、これが欲しかった。これのすべてが。そしてマチルダが言った意味がわかってきた。自分の体を取り戻せば、ピエールへの想いを頭から追い出せる、と言ったことが。そのとき、ことが始まったときと同じ唐突さで、男がわたしを熱い抱擁から解き放ったので、ハイヒールでつまずきそうになった。

「どこにいるの？」腕を伸ばして、周囲の宙を手探りした。「どこに行ったの？」

「声についてくるんだ、キャシー」

ロビーの反対側から聞こえてきた。わずかに体の向きを変えて、そちらへ行こうとした。暖炉の火から、客間の暖かさから離れて、もう一つの別の部屋へ。

「そうだ。一歩ずつ順ぐりに足を前に出して」と彼はささやいた。「そのヒールを履いただけのきみがどんなにセクシーに見えるかわかるか?」

その言葉にさらに体がほてり、さらに濡れた。腕を前に伸ばして声のほうへ、そろそろと進んでいく。体の前方に、もう一つの火の暖かさを感じた。ヒールがカーペットを踏んだ感触があって、つまずきかけた。

「すぐ前に椅子がある。あと二歩だ」わたしの指が木の椅子の高い背もたれに当たった。玉座のごとく大きな椅子らしい。生絹のクッションのような座面に腰を下ろした。座った姿勢でお腹がどう見えるかが気になった。脚をぴたりと閉じる。〈やめなさい、キャシー。いまは考えてる場合じゃないわ〉けれども、お尻の下の絹が心地よく、生地をなでだした。男が部屋を動きまわり、椅子の真後ろで足を止めたのが感じられた。

大きな温かな手が肩に触れ、わたしの肌を愛撫した。首筋を上がっていき、左手はうなじを支え、右手は何かを前に持ってきた。グラスの縁が唇をかすめ、鼻がほの温かなフルボディの赤ワインの匂いを嗅ぎとった。

「一口飲むんだ、キャシー」

男がそっとグラスを傾け、わたしはむさぼるように飲んだ。ワインの目利きではないが、豊潤で重層的な味わいがあった。オークやらチェリーやらチョコレートの風味がしたかどうかはわからないけれど、たぶんこれまでに飲んだ最も高価なワインのはず。グラスを静かにテーブルに戻す音がした。数秒後、わたしの前に移動してきた彼は唇にキスをして、舌で口のなかを探った。彼自身もワインのような、チョコレートのような味がした。わたしの内にある細胞の一つ一つが、この人の味わいと手ざわりに、匂いと気配とに活気づいた。そこで彼が止まった。

「きみは飢えているか、キャシー？」

わたしはうなずいた。

「何に飢えている？」

「あなたに」

「それはあとだ。まず、そのきみのおいしい口を開けろ」

そうしたら、フルーツのかけらを唇にこすりつけられた。その匂いを嗅いでから、舌を伸ばして微妙な味を楽しむにまかせた。ジューシーで新鮮なマンゴーを味わい、指でつまんだ小片が差し出されたとき、丸めた舌でその指先ごと舐めた。それに次から次へと苺も食べさせられた。チョコレートに浸したのとクリームに浸したのを。けれども、わたしがキレそうになったのは、トリュフのせいだった。舐めることと、端っぽをかじることしか許されず、一口しっかり食べさせてもらえなかったのだ。そして一口飲みこむごとに彼が口をわたしの口に押しつけてきて、キスをした。顔は見えないのに、舌が口をせきたてて開かせるその感覚は、さながら拷問だった。

それから男は、クッションがついた玉座に身を沈めたわたしを見下ろすように立って、わたしの脚をまたいだ。むき出しの太ももが脚の外側に感じられる。椅子の木の肘かけをつかんだ彼がその部分をぐいと前に突き出してきて、わたしは息をのんだ。

「両手を差し出して」と言われたとおりにすると、硬くて温かで、しなやかな彼自身に手が触れた。片手で包みこんで、いまや遅しと口へ持っていった。両手を使って、さらに深く彼を受け入れ、歓びを与えている歓びがふたたび自分に訪れたのを感じた。目かくしをされてヒールを履いてこの椅子に座り、この素晴らしい肉体にまたがられた自分はどう見えるかを想像した。想像しただけでぞくぞくした。

「やめるんだ、キャシー」男はそっと、わたしの口から引き下がった。「とても気持ちがいいが、ここでやめないとな」

男がわたしを座面から持ち上げて立たせた。手足が欲望でふらついている。彼は後ろに回って、わたしを数歩前進させ、シルクの寝椅子の袖とおぼしきものに手を置かせた。オレンジ、ワイン、よくあるアロマキャンドルの匂いを吸いこんだ。二人の前でぱちぱち火が爆ぜる音が聞こえ、胸の鼓動は速まった。彼の手がヒップの両側をぎゅっとつかみ、自分のほうへ引き寄せると、わたしは腰を反らせた。求めてきているのが感じられ、男のものはどんどん硬くこわばった。

「私自身をきみのなかに入れるぞ、キャシー。欲しいか？」

わたしは相手のほうへ体を持ち上げて答えた。ええ、欲しいわ。とっても。

「どうなんだ、キャシー。言ってごらん」

「あなたが欲しい」わたしはささやいた。感情がこみ上げて声が詰まった。

「言うんだ、キャシー。それが欲しいと言いなさい」

「欲しいわ！　それが欲しい！」

「もっとはっきり！」

「あなたが欲しい。わたしに入れてほしい。いますぐ！」わたしは命じた。

パッケージを破って開ける音がしてから数秒後、するりと根元まで入ってくるのを感じた。深く、素早く、きつく。手がわたしの周りから下へと伸びていき、目くるめくリズムで指が触れた。反対の手では腰をしっかりと抱いて、わたしをほとんど床から持ち上げていた。こぶしで髪をつかんで優しく頭をのけぞらせ、弓なりになった背中を両手で下へたどっていき、ついにはお尻をつかんで、くらくらするような激しさでこねまわした。低いうなり声がして、わたしは彼を夢中にさせていると感じた。

「こんなふうに尻を宙に突き立てたきみは、とてもセクシーだよ、キャシー。私は好きだ。きみはどうだ?」

「ええ」

「そう言いなさい。もっとはっきり」

「好きよ……こんなふうにあなたをファックするのが好き」自分が発した言葉に驚いた。獣じみていながら、とても神々しくもあった。

男がさらに股を開かせ、さらに速く激しく動きだした。

「いやああ」すべてが一気呵成に起こってきて、わたしのなかで欲望の嵐が渦巻いた。

「さあ、いくんだ。いってくれ、キャシー」男がせき立て、わたしは全身全霊でそうした。そこへ彼もつづいた。いったあとで彼は自分を引き抜き、わたしは寝椅子に前のめりに倒れこんだ。すっかり消耗して、椅子に広げられたクマ皮の敷物にそっと仰向けになった。隣に男の体が横たえられるのを感じ、わたしは目かくしを取ろうと手をやった。

「だめだ」彼はわたしの手をつかんで、目かくしをつけたままにさせた。

「でも、あなたが見たい。わたしの体にこんなことをできる人の顔を見たいの」

「私は匿名性を重んじている」

わたしの欲求不満を感じた男は、こちらへ体をかがめてきて、わたしの手をとった。

「さあ、顔に触りなさい」と申し出る。「ただし、目かくしはしたままだよ」

わたしの手をやや無精ひげの生えた頬へ触れさせた。鋭く角張った顎、離れた目、長めのしなやかな髪、こめかみから伸びたもみあげ。大きな口をなでた指を男がふざけて噛んだ。それから手をもう一度、たくましい胸へ、そして引き締まった腹部へと動かした。

「あなたってすごい」

「その言葉、そのままお返しするよ……だが、そろそろお別れだ、キャシー。その前に手のひらを出して」

そうして、わたしの濡れた手のひらに小さな丸いコインが押しつけられるのを感じた。わたしのステップ7のチャーム、Curiosity（好奇心）。見えないと、いっそう繊細で壊れやすい感じがした。ちょっと握りしめたら砕けてしまうかのように。

「ありがとう」と、わたしは告げた。体はまだ打ち震えていた。出口へ向かって、そっと歩み去る足音に耳を澄ました。

やや間があって、男がさようなら、とささやいた。

「さよなら」わたしは言った。

静かにドアが閉じられたあとで、目かくしを外して部屋のなかを見まわした。息をのむような男性的な部屋だった。中央に巨大なオーク材のデスクが据えられ、三方の壁から壁までが書棚になっている。オレンジを盛った大鉢の置かれたテーブルで、ビャクダンの香りがする太いキャンドルの炎が瞬いた。わたしは生まれたままの姿でそこに座り、横たわっていた豪華なクマ皮の敷物の毛を指で梳いた。炎はだんだん小さくなった。

　ブレスレットにステップ7のチャームを留めながら、あの人はどんな外見をしてるのだろう、と思いを巡らした。ついさっき出ていった、わたしの新しい男。わたしを満足させ、好奇心でいっぱいにし、自分がめいっぱい生きていると感じさせてくれた男は。

XI

あの目かくしのファンタジーのあとには、人生がよりあざやかになった。五感が生き生きした。これまで無視してきた人や事物に、よく注意するようになった。散歩をしながら、ガーデン地区の門扉に手を滑らせたものだ。錬鉄に彫られた皮つきとうもろこしや小鳥に目をとめ、このような装飾的なデザインを生み出した職人を思い描いた。以前は、カフェの常連客が戸外の席をとり、コーヒー一杯だけを注文して午前中ずっと通りかかる人たちといちいちおしゃべりをして、犬と自転車で歩道をふさぐと、苛立ったものだった。いまでは、早朝のフレンチメン通りの親密さに驚嘆している。異なる人種や年齢の人たちが、このカフェに集まってきて同じテーブルを囲むさまに。この街の一員になれて、わたしはついている。実際ここが自分のホームだと感じだしていた。

凝った彫刻のついたステッキをご愛用のおしゃべりな老人の前にコーヒーをただポンと置くのでなく、彼の人生について尋ねた。老人は、彼の弁護士と駆け落ちした妻のこと、疎遠になった三人の娘たちのことを語った。この人の異常なまでのおしゃべりは、たぶん人の注意を引くためなのだとわかってきた。そうして、しゃべっていれば、さほど孤独を感じなくてすむからだ。また、ちょっと水を向けただけで、近所のマイケルの自転車屋のティムは、ハリケーン後も生き残った経験と、生き残れなかった友人たちの痛ましい話をしてくれた。「ハリケーンを生き延びた人々の多くが、その後の心労で亡くなったんだ」

わたしはティムの言葉にうなずいた。喪失と失望はそれだけの苦しみを生み出すことを知っているから。

ニューオーリンズは記録的な暖冬になっていたから、ボランティアから電話があって、復興協会舞踏会のくじ引きでわたしにカナダのブリティッシュコロンビア州ウィスラーへの旅二名分が当たった、と知らされたときには胸がわきたった。またスキーをしたい、というのもあったが、おおよそのところは本物の冬を肌で感じたかったのだ。わたしは南部を受け入れて、本物のニューオーリンズ人になりつつはあったが、根っこは北国娘だった。

旅行に出かける前に、アナに、その週はディキシーを下階の彼女の部屋で預かってもらえるよう頼んだ。アナがこそこそと嗅ぎまわって、ファンタジーの日記やあの謎のリムジンでの送迎を説明づける証拠などを見つけるのを恐れ、わたしの部屋には出入りさせたくなかった。マチルダにこの当せん品についてと、わたしが留守にすることを告げると、楽しんでいらっしゃい、帰ったら連絡して、という以外は、多くを口にしなかった。

ウィルはわたしに休みを与えることに気が進まなさそうだったが、マルディグラが始まる前に、休日前の短い凪の時期は毎年必ずやって来た。わたしは彼に、いまこそ数日間の休暇をとるのには絶好のタイミングだ、と気づかせた。

「そうかな」わたしが話したあとでウィルは言った。朝食の混雑が去ってから、しばらく外に出てコーヒーで休憩していたところへ、彼もやって来たのだ。「一人旅なのかい？」

「一緒に行ってくれる相手もいないし」

「ピエール・カスティーユは？」その名前をほとんど吐き出すように言った。

「勘弁してよ」とわたしは返した。どうかお願いです、「ピエール」と口に出して言われて身震いしたのをごまかせていますように。「あれは何でもなかったんだからね。まったく。断じて」

「やつをとりこにしたようだな、キャシー。連絡してきたか？」ウィルは嫉妬を隠そうともしなかった。いまやそれは重苦しい天気のようにパティオの金属テーブルの上を漂っている。

「ううん、ウィル、してきてない。わたしも期待してない」本心から言った。エプロンの縁をいじくりながら、どれほど激しくウィルとピエールの関係に興味をかき立てられているかを自覚した。ついには勇気を奮い起こして尋ねた。

「それで、ピエールとはどういう間柄なの？　なんでこれまで彼の話をしなかったの？」

「ホーリー・クロスさ」私立の男子校のことだ。「ぼくは奨学生だった。入学できたのは、やつの親父さんの肝いりだ」

「じゃあ、あなたたちは幼なじみだったの？」

「親友だったよ。子供のころはずっと。だが時がたつにつれて、そりが合わなくなった。そこへもってきて、あれがとどめを刺した」と通りの向かいのコンドミニアムを指さした。「彼の父親がカスティーユ土地開発を設立して、カスティーユ一族があのむかつく建物を建てた。ぼくは闘ったが敗れた。まったく、なんで九階にしなきゃならないんだ。四階か五階で足りるだろうに。だが連中はフレンチメン通りにあのくそ高いビルを建てやがった。なんで市議会はあれを許可しておいて、カフェ・ローズの二階で二十人ばかりの客にディナーと酒を出すのを認めてくれないんだ？」

「えーと、ビルの老朽化の問題なんじゃないかな。それと六十年ものの電線の」

「そんなのは直すさ、キャシー。ちゃんと直すとも」と彼は言ってコーヒーを一口飲んだ。

「あなたが舞踏会でわたしを競り落として寄付しようとしたお金で？」

ウィルは思い出して顔をしかめた。わたしは持ち出して悪かったと思った。

「あのときは、つい勢いにのまれたんだよ」そしてすぐ話題を変えた。「改装にはローンを組むつもりだ。改善事業補助金の対象になるかもしれないし。ハリケーン復興基金からの援助もあるかも。このとんでもないビルからもっと金を引き出す方法を考えないとな」

わたしは通りの向こう側にちらっと目をやった。金色の煉瓦づくりの九階建てのビル。これを見るたびに、ウィルはピエールのことを思い出したのだろう。

「寂しくなるよ、キャシー」

たったいま聞いたことを実際聞いたのが信じられなかった。「四日だけでしょ」

「きみがスキーをするなんて知らなかった」

「もうずっとしてなかった。十年ぶり」以前のスキーウェアは、すっかり流行遅れになっているだろう。「スキーをしたことは？」

「ないよ。生まれついての南部野郎だからな。雪が降ると、いまだにびっくりするくらいだ。写真撮ってきてくれる？」とウィルは頼んでから南部訛りを強めて言い足した。「生まれてこのかた、大きな山なんざ見たことねえからさ」

三週間後、写真を撮るためにウィスラー山をファインダーの中央に合わせながら、わたしもこれほど大きな山は見たことがないと認めざるをえなかった。ミシガンのスキー場は丘だった。高いのも険しいのもあるが、それでも丘は丘だ。名前だけはブライトン山とかホーリー山となっているが、完全な山ではない。こんな山ではない。雲一つない日なのに山頂が見えないし、一月だというのに、ここブリティッシュコロンビアは全然ミシガンの冬のように寒くなかった。事実、わたしは新品の空色のワンピーススーツを呪いだした。照りつける太陽から生じる熱を発散するために、上半分のジッパーを下ろして腰にだらんと垂らすはめになったからだ。さしずめ花びらのしおれた変てこな色のチューリップ、といったところ。白いスキー帽と白いミトンはたちまちコーヒーとココア色の斑点だらけになった。山頂へロープウェイで上がる勇気を奮い起こすまでに一日半、ふもとを行ったり来たりしていたせいだった。

カナダで、とりわけオンタリオ州ウィンザーで、しばらく過ごしたことがあった。そこではミシガン州より飲酒年齢が低く、わたしは結婚前にも大酒飲みだったスコットとつきあっていたから。ひところは同じペースで飲もうと努力したものの、アルコールが自分の体に及ぼす影響がどうにも好きになれなかった。それでも、スコットがすること、好きなことをわたし自身やってみて好きになるというのが、わたしたちの恋愛のスタイルだった。スコットがフォード車に乗っていたから、わたしの初めての車はフォーカスにした。彼がタイ料理を好きだったから、わたし自身ファンになった。スコットがスキーに熱を上げていたから、わたしもそうなった。けれど、スコットにやらされて自分も本当に好きになり、結局とても上手になったのは、スキーくらいのものだ。

最初は一緒にスキーをした。スコットがいちばん彼らしかったのは、何かのやり方をわたしに教えたり、手本を示したりするときだった。でも、わたしは意欲的なパートナーで、二人がしっくりいくように絆を強めたかったから、わずか三日の指導後にゲレンデのこぶで首の骨を折る危険を冒した。わたしにはスキーの素質があり、初めはスコットはそれを喜んだが、次第に嫌がるようになった。やがてわたしが朝ゲレンデに滑りにいく一方で、スコットは宿に残って暖炉の前でソファに腰かけ、ブランデーを用意して帰りを待つようになった。わたしは独りでスキーをして独立心を、さらに興奮から生まれるスリルを味わった。スピードを上げるのが、寒気のなかで大腿筋が頑張る感覚が好きだった。だけど、この新しく見つけた趣味は短命に終わった。わたしが本当に楽しんで、男の視線をちょっと引いてもいたことにスコットが気づいたとたん、二人で一緒にスキーには行かなくなった。

そしていま、新しいスキーウェア姿で、ごった返したウィスラーの中央広場をとぼとぼと歩きながら、悲しい記憶とともに楽しかった思い出もよみがえってきた。スコットが病む前に、カップルとしての二人の最高に幸せな日々は、あのアッパー半島への週末旅行だったことは確かだ。こんな感じでスコットを許しはじめるのだろうか。こうやって彼と彼の身勝手な決断への、わたしを三十そこそこで未亡人にした決断への怒りを水に流すのかもしれない。そうだといいが。自分が孤独なのをスコットのせいにするのはやめた。孤独を悲しむのはやめた。今日のように太陽が燦々と輝き、雪がきらきらと光っている日には、人生がついに完全に自分のものになったから、これまで以上にわたしは人生を愛している、とさえ言える。山を見上げた。たとえここに住んで、毎日欠かさずにこれを見ていたとしても、このような美しさを決して軽んじたりはしないだろう。そのとき、胸にあふれてきたのは、ただの感謝の気持ちではなかった。純粋な喜びだった。

「ほら、山の前に立ったあなたの写真、撮ってあげるよ」

その声と、抵抗する間もなくカメラを握ってきた手に、びくっとした。

「やめて！」と、わたしはカメラをもぎ取った。数秒たってやっと、左の頰にえくぼがあり、黒いスキー帽の下から茶色のくしゃくしゃの髪をはみ出させた青年を見つめた。言葉には軽いフランス語の訛りがあった。

「それを取ろうとしたんじゃないよ」彼は手のひらを開いて降参して見せた。それから、にっこりと笑った。日焼けした顔に白い歯がまぶしい。「あなたが写真に入りたいんじゃないかと思って。ぼくの名はセオ」

「ハーイ」わたしは用心しいしい手を差し出したが、カメラを持った反対の手は、相手から離していた。彼はまだ三十になっていないだろう。でも、これは一日じゅう日射しと風にさらされている顔だ。茶色の目の周りにセクシーなしわが刻まれ、その若さにかかわらず成熟した趣を添えている。

「キャシーよ」

「すみませんでした。脅かすつもりじゃなかった。ぼくはここで働いています。スキーのインストラクターなんだ」

ふうむ。わたしは二日間、独りで存分に楽しんだ。だが、そこへもってきて目の前に、この魅力いっぱいの男性が現われた。これは十中八九、マチルダの差し金だ。わたしはいきなり本題に入ることにした。

「じゃあここで、ウィスラーで働いてるのね？　それとも、あなたはメンバーなの？　……ほら、あれの……」

わたしの問いに、セオは首をかしげた。

「メンバーなの？　……例のあれの……一員なの？　……男たちの」

　セオは混雑した村の広場をさっと見まわした。混乱している顔だ。「いや、ぼくは……たしかに男だけど」と言う。わけがわからない様子だ。

　この人はただの通りすがりで、たまたま声をかけてくれた、とてもキュートな青年で、シークレットとは無関係なのかもしれない。そんなこともあながちありえなくもない。そう思ったら口元がほころんだ。

「わかった。こちらこそ、ごめんなさい。あなたをカメラ泥棒扱いするつもりじゃなかった」見ず知らずの相手に謝るという、ガイドブックで触れられていたカナダ人の国民的気晴らしにわたしも参加していた。

「埋め合わせに無料のスキー・レッスンを受けるっていうのはどう？」とセオが申し出た。そう、明らかに軽いフランス語訛りがある――というより、ケベック訛りだ。

「レッスンは必要ないとしたら？」わたしは少し自信が戻ってきたのを感じながら言った。

「じゃあ、ここの傾斜はもうお手のものなのかな？」彼はたまらなく魅力的な笑顔になる。「ゲレンデの状態をわかっていて、ブラック・ダイヤモンド級のコースがどこを走ってるか見つけられて、どのリフトがどこへ行くのか、どの初心者コースが、油断すると危険になるかも知っていると？」

ちょっと、冗談でしょ。

「いいえ、実際のところ」わたしは認めた。「二日ほど、ふもとをぐるぐる回っていたの。頂上へ登る度胸があるかどうか自分でもわからない」

「ぼくがあなたの度胸になるよ」とセオは言って、わたしに腕を差し出した。

セオは生まれながらの教師だった。わたしはさらに難関のブラック・ダイヤモンド級コースには抵抗したが、雪がこんなに鋭くパリパリになるのか、という冷たい氷の斜面、サドルを軽く一時間流したあとで、わたしたちはシンフォニー・ボウル行きの高速リフトに乗った。セオは約束した。きつい傾斜とゆるい尾根をとりまぜて大腿筋がぷるぷるしたら少し休憩を入れ、それから村までの五マイルをゆっくり滑ろう、と。わたしは、ニューオーリンズで夜走るのを習慣にしていたことに感謝した。事前の調整もなしにゲレンデを滑っていたら体が動かなくなって、残りの週末はずっと暖炉の前で過ごしていただろう。

わたしはボウルの縁で立ちすくんだ。たしかに、目に痛いほどの真っ青な空まで伸びた白いさらさらの雪は、息をするのも忘れるほどの美しさだった。けれども同時に、シンプルな「イエス」の一言がどれほど自分の世界を変えてきたかに驚いてもいた。この数カ月間、わたしは一年前には到底思いもよらなかったことをしてこられた。見知らぬ相手とのセックスだけではなく、舞踏会のボランティアをしたり、ランニングを始めたり、ちょっぴりセクシーな装いをしたり、人づきあいをよくしたり、自分のために闘ったり。そしていま、この四日間がどうなるかをほとんど考えずに、ここに独りで来ている。シークレットからの贈り物を受け取る前には、こんなことは絶対しなかったはずだ。

スキーを肩に担いだこの青年が広場で近づいてきたとき、先に進むのをためらったり、疑問に思ったりするのでなく、これはありうることだと、わたしはこの人を惹きつけるに値する女なのだと認めようとした。一時間後には、文字どおりの世界の頂上で、自分が変わるのを実感しつつあった。

それでも自発的な行為をまだ疑っている自分もいた。わたしの一部はなおも、二人で山頂に達して立ち去りがたい顔をしあうのを、セオがわたしにステップを受け入れるかと尋ねるのを、期待していた。

「きれいだ」セオがつぶやいた。隣で足を止め、わたしが見とれていた風景に見入った。

「ほんとに。こんな壮大な眺めは生まれて初めて」

「あなたのことだよ」と彼は言った。そして、さりげない笑顔がわたしの目の隅に映ったとたん、スキーを蹴ってボウルの縁から飛び降りた。

あとについて下りるしかない。恐怖の数秒ののちに、わたしは飛んだ。危うい着地になったが、体勢を立て直して、前方でセオが刻んでいるシュプールを踏んだ。セオは林間の空き地を巧みに縫うように進みながら、ちらちらと振り向いてはわたしがついてきているのを確かめた。標識のない小道を右へ急旋回したあと、ほどなくスキーヤーの集団と合流した。みんなで迫り来る夕闇を背に、いまや沈みゆく夕日に黄色とピンクに照り映えている居心地のよい村へと戻っていった。

ふもとで互いにスキーを横付けにすると、セオはハイタッチをしようと片手を挙げた。

「勇敢な女性に！」

「何がそんなに勇敢だったの？」手袋をはめた手を合わせて、わたしは訊いた。猛スピードで下降してきたために顔がほてり、めまいがした。

「あの最後のコースの滑り出しの一マイルは、ブラック・ダイヤモンド級だったんだよ。やったね。まさかそんなこととは思いもしないで！」

わたしは喜びと入り交じった誇りらしきものを感じた。

「祝杯をあげるっていうのは？」

　二人でわたしが泊まっているシャトー・ウィスラーに行き、大ホールを奥へと進んだ。ここでは誰もがセオを知っているようだ。彼はわたしをウェイターのマーセルに紹介した。同じケベック州出身の昔なじみだという。マーセルは、まずはフォンデュと熱いラム・トディ二杯を、つづいて湯気をたてているムール貝とフライドポテトを持ってきてくれた。わたしはお腹がぺこぺこで両手にいっぱいのポテトをむさぼるように食べはじめたが、はっと我に返った。

「やだもう」恥ずかしかった。「豚みたいにがつがつ食べて。わたしのこのざまを見てよ」と言いつつ、誘惑に抗えずにポテトをもう一つかみ、口に放りこんだ。

「ぼくは一日じゅう見ていたよ」セオが言い、テーブルの向こうから手を伸ばしてきてキスをした。彼の手は力強く、日中ずっとストックを握っているので、たこができていた。髪はくしゃくしゃで、わたしのも同様のはずだけれどどこんなに愛らしくないだろう。でも、そんなことはどうでもいい。この人は、わたしに夢中なんだわ。カフェ・ローズでのポーリーンとお相手の逢瀬がよみがえった。二人の強い結びつきが。いま、わたしは同種の経験をしている。おずおずとスキーロッジを見まわした。誰もこれに……わたしに……わたしたちに気づいていないかしら。いいえ。わたしたちは二人だけの世界にいた。満座のなかでさえも。

　そのあと長い時間、語りあった。ほとんどはスキーと、それがもたらす感情について。この日の極上の瞬間をお互いに追体験しながら。個人的な質問を避けたわけではなかった。セオがわたしの手首に触れたり目を覗きこんだりする様子ほどに、それが大切だとは思えなかっただけのことだ。

夕食を終えて、セオがテーブルから勘定書をひったくって立ち上がり、手を差し出してきたとき、わたしにはわかった。すぐにおやすみを言うことにはならない、と。

こんなに骨の髄まで冷えていたとは気づいてもいなかった。セオがわたしの部屋のバスルームで、一枚また一枚と服を脱がせてくれるまでは。

「これを全部むいたあとに、ちゃんと体が出てくるんだよね?」と彼はレギンスを引っぱって脱がせながらジョークを飛ばした。

「ええ」わたしは笑った。

「ほんとに?」

「ほんとに」

セオがわたしの服をバスルームのすぐ外に積まれた山へ放ったあとは、ふくらはぎと腕を彩ったいくつかの見事な青あざを除けば、わたしは生まれたままの姿だった。セオは長く口笛を吹いた。

「ひゅう、名誉の負傷だな」シャワーの栓をひねると湯気が立ちこめだした。「そろそろ体を温めないとね」

「ここでわたし一人にしないわよね?」そう求めておいて、自分の大胆さにたぶんセオ以上にショックを受けた。

セオは笑って服を脱ぎ捨てた。鍛え上げたアスリートの体だ。そう、この人は一日じゅうスキーをしている。たぶん一年じゅう。わたしがまずシャワーの下へ踏みこみ、彼がつづき、数秒後には、ほとばしる湯の下で唇を合わせていた。セオは両手をわたしの腕の下に這わせて、わたしの両手を頭上に持っていき、背後の濡れた壁に釘づけにした。膝を使ってわたしの脚をそっと開かせ、体をやや持ち上げて、自分の太ももの両側にわたしの脚を沿わせる。彼自身は硬くなっているが、強引ではなかった。舌で首筋をたどり、硬いものをお腹に押しつけた。それから大きな手で片胸をつかみ、乳首から水滴を吸いとった。もう一方の手の指はやるせない下降を始め、やがて一本また一本と、なかへ滑りこんだ。湯に打たれながら自分が濡れているのを感じた。セオがじっと目を見つめるあいだに、わたしは腕を下ろして、彼の濡れた髪のなかで両手を絡ませた。シャワーで床が滑るので彼が優しく片手をお尻にあてがい、そこで支えてくれた。

「これ好きかい？」

「こんなの初めてよ」

「じゃあ、新しいことを試してみたい？」

シャワーの湯気が二人を包んでいた。全身の毛穴が一つ残らず、わたしのすべてが彼に向かって開いている気がした。

「あなたとなら何でも試してみたい」

セオはわたしの裸の体を抱き上げたかと思ったら水を滴らせながらバスルームの外へ、タイルと次にはカーペットの床を横切り、キングサイズのベッドへと運んでいき、そこに横たえた。そしてバスルームへ戻るとシャワーを止め、ズボンを見つけ出して、おそらくはコンドームを探してポケットをあさった。それから、その裸体を神々しく光らせてベッドの端に立った。

わたしが這い寄っていき、彼のものを口に含むのをセオは見つめていた。ややあって、パッケージを開き、わたしにコンドームを手渡す。それを広げて奥まで包みこむと、彼はわたしをそっと仰向け、巧みに、しきりに舐めた。わたしは膝が開き、片腕がびくっと跳ねて目を覆った。息をつく間もないままに、たくましい腕に体を裏返され、腰がセオの前面に向いた。数分前よりもっと硬くなった昂ぶりが感じられた。

首筋を口づけで下りながら、セオはささやいた。「まだ始まったばかりだよ」軽く突いて股を開かせ、わたしの太ももを彼のそれの上に引き上げて、二人の体でSの字を描くまで絡み合わせる。彼の手がわたしの腰を探った。そして、わたしにはまったく未知の部分を。最初は指一本だけで、初めは痛かったが痛みはすぐに治まり、ゆったりした甘美な充足がそれに取って代わった。尾根を滑ったときのように興奮し、胃が痛んだ。そこで彼が後ろから入ってきた。思っていたやり方ではなかった。その感覚は激しく、拷問のような快楽だ。セオはわたしをしっかりとつかんで、自分の体に引き寄せていた。

「いいかい？　だいじょうぶ？」とセオがささやいて、わたしの濡れた髪をそっと首や顔から払いのける。

「ええ」わたしは言った。「ええ。とっても……素敵な痛みね」

「いつでもやめられるよ。ほんとに気持ちいい？」

わたしはうなずいた。実際そうだったから。二人がしているこれは、とても心地よくて、とても親密だった。わたしはシーツを握りしめ、充実感が強烈な快感の波となって全身に広がるにつれ、体に引き寄せた。決して自分から試そうとは思わなかったことだ。でも、ここで彼が少しずつ奥まで入って周囲と下に手をやって、わたしを濡らせば濡らすほど「イエス、イエス、イエス」と言いつのっている。わたしはまたいって、彼のほうに腰を押しつける。抑えがたい、身をゆだねる感覚。この場所で、この部屋で、このベッドで、この経験をわたしに与えるために遣わされたようなこの男性との、この種の解放が、わたしには必要だった。

「いきそうだ。もう、あなたにいかされる」とセオは言った。肩を軽く嚙みながら片手でわたしの中心をつかんで前傾を深めつつ、反対の手で胸を愛撫した。そうして達したとき、ゆるりと引き抜いて、二人して仰向けになった。セオは腕をわたしのお腹の上へ伸ばし、二人とも天井を見上げた。そのときまで凝った装飾がしてあることに気づいていなかった。

「あれは……強烈だった」セオが言った。

「そうね」わたしはまだ息を切らしていた。

新しいことをした。スリルあふれる体験だったが、いまは、弱気の虫にとりつかれていた。この人はシークレットの参加者ではない。ステップを受け入れたわけではなく、まったく新しい世界へ飛びこんでいっただけ。セオはわたしの気分が変わったのを感じたのだろう。「だいじょうぶ？」と訊いてきた。

「ええ。ただ、ちょっと……こんなことは生まれて初めてなの。いつもならば見ず知らずの相手を引っかけて、ベッドに連れこんだりはしない」シークレットの参加者の男性は、厳密に言うと見ず知らずの相手だけれど、シークレットのメンバーの女たちは彼らを知っている。

「だとしたらどうなの？　それのどこがいけないのかな？」

「自分ではそういう女だって思ったことがないから……」

「ぼくは、そういう女性は豪胆で勇敢だって思うよ」

「本当に？　わたしのこと、そんなふうに思う？」

「うん」とセオは言って、とても優しく愛撫した。わたしたちが互いにほとんど知らないどうしだなんて不思議だった。彼は重いキルトを上から掛けて、わたしたちの体を包みこんだ。六時間後に目覚めたときには、セオは去っていた。そして奇妙なことに、それでかまわなかった。あの時間を共にし、喪失感をおぼえずに見過ごせて、とてもしあわせだった。セオがどんなに愛おしくても、実のところウィスラーの最後の日々は独りで楽しみたい。それでもバスルームの化粧台に残されたメモを読んで、うれしくなった。「キャシーへ、あなたは素敵な女《ひと》です。でも仕事に遅刻する！どこに行けばぼくが見つかるか、わかるよね。また会おう《ア・ビアント》。セオ」

ゲストハウスでマチルダが写真を愛でているあいだに、わたしは改めてあのゲレンデを滑った経験にどれほど興奮したかについてしゃべりつづけた。最終日を過ごしたブラッコム山のゲレンデの小さなこぶについて語った。コーヒーを持ってきたダニカは、マーセルが撮ってくれた、わたしとセオがフォンデュを堪能している写真に歓喜の声をあげた。

「すーっごくキュートな男子」と言ったあとで、ひょいと身をかわしてマチルダとわたしを残して去った。

セオのことを話すと、マチルダは喜んだ。二人がどんなふうに出会い、彼が何を言い、わたしが何を言ったかを尋ねた。そのあとで……わたしたちが何をしたかの話になった。

「楽しかった？」と彼女は訊いた。

「ええ」とわたしは答えた。「またするかもね。ちゃんとしたパートナーと。信頼できる相手と」

「キャシー、あなたに渡すものがあるわ」マチルダはそう言って、デスクの引出しを開け、小さな木の箱を取り出した。

そして箱を開けた。ステップ8のチャームが黒いビロードの中底にまぶしく映えていた。

「でも、セオはただの行きずりの相手で、参加者じゃなかったんじゃないの」

「彼がうちの組織の一員かどうかは関係ない」

「どういうこと」

「これは『勇敢さ』に関するステップなの。勇敢さには、ものごとを考えすぎないでリスクを冒すことが要求される。勇敢さは『いちかばちか、やってみる』ということ。セオがシークレットの一員かどうかは関係ない。あなたはこのチャームを勝ち取ったのよ」

わたしはチャームを箱からつまみ取り、手のなかで裏返してからブレスレットに留めた。手首を振って、きらきらと光るチャームに見とれる。それじゃあ、セオはありのままのわたしに惹かれた行きずりの部外者だったの？　それともシークレットの関係者？　どちらかはわからない。でも、たぶんマチルダは正しい。そんなことはどうでもいい。

「わたしはセオを惹きつけたんだと、あえて信じようと思うの」わたしは言った。「まだ疑ってもいるけどね」

「その意気よ、キャシー。もう壁の花なんかじゃない。いまを盛りと咲き誇っているわ」

XII

マルディグラを控えた数週間は、ニューオーリンズの街全体が、人生最良の日の準備の追い込みに入った花嫁の気分になる。祭りは今年も来年も、毎年催されるにもかかわらず、いつのマルディグラでも最後の最良のもののように感じられる。

ここに移り住んだばかりのころに、わたしはクルーに興味をそそられた。あるものは古く、あるものはモダンな、マルディグラのダンスを主催しパレードの山車を造るグループだ。たいていは、どうして空き時間の大半を費やして衣装を縫い、スパンコールを糊付けしたりするのかと不思議に思っていた。だが、ここで暮らして数年たったころには、平均的なニューオーリンズ人の、運命に逆らわない性格というものがわかってきた。この街の人たちはとかく今日のこの日を精いっぱいに生き、また愛おしむ。

もし参加したかったとしても、プロテウス、レックス、バッカスなどの名がついた古いクルーの多くは、地元の特権階級でもなければ入れる見込みはゼロだった。でも、シークレットでの時間が終わりに近づくにつれて、誰かや何かのものになりたい、という強い気持ちが芽生えてきた。つまるところ、それこそが孤独への唯一の対処法だから。哀愁はロマンティックではないと思うようになった。「うつ状態」をきれいに言い換えただけだ。

マルディグラの前月には、マリニーやトレメ、ましてやフレンチ・クォーターの通りを歩いていると、ポーチに集まって針仕事をする一団がうらやましくてしかたがなかった。きらきらの衣装を縫ったり、精巧な造りの仮面や天を衝く羽根飾りのヘッドドレスにスパンコールをくっつけたり。また別の夜などには、ウェアハウス地区を走っていて、細く開いたドアから、マスクを着用したスプレー塗装人が色あざやかな山車に仕上げを施しているのが見えたりもした。胸がどきっとして、ささやかな喜びを得ることができた。

けれども、わが胸に掛け値なしの純然たる恐怖を呼び起こすイベントが一つあった。毎年恒例のレ・フィーユ・ド・フレンチメン（フレンチメン通りの娘たち）・レビュー。マリニー地区のバーやレストランで働く女たちが出演する、マルディグラのバーレスク・ショーだ。これはわたしたちの地区を宣伝するセクシーな方法と考えられていて、毎年、主催者の一人であるトラシーナはわたしに参加したいかと、おざなりに訊いてきた。毎年わたしはノーと答えた。絶対にノーだと。ウィルは「娘たち《レ・フィーユ》」がカフェの二階をダンス練習に使うのを許可した。女子二十人が二階でばたばた足踏みをしてまわっても、古びた床板が落ちないのであれば、二十人のお客が静かに座って食事をするのはまったく危険ではないと、ことあるごとに語った。

今年はトラシーナはわたしに参加を求めなかったばかりか、自分もレビューの舞台から退場した。家庭の事情があるから、と。弟が思春期にさしかかったせいで、病状の扱いがさらに面倒になっているのだとウィルから聞かされた。わたしは、トラシーナをけなしそうになるたびに、このことを心に留めておこうと思った。

ウィルがわたしに、レ・フィーユに参加するようせっついてきたのには驚いた。

「ほらほら、キャシー。ほかに誰がレビューでのカフェ・ローズの代表になるんだ？」

「デルが。ほんとにいい脚をしてるもの」わたしは彼の視線を避けて、コーヒースタンドを拭いていた。

「しかし――」

「だめ。これがわたしの最終的な答え」トレイいっぱいに載せた、空になったミルクのカートンをどさっとごみ容器に空け、決断を強調した。

「いくじなし」ウィルがからかった。

「お知らせします、ミスター・フォレット、わたしは今年いくつか、あなたの歯をがちがち鳴らすようなことをしました。そうやって自分の勇気の限界を知ることになるわけよ。でもそれは、酔っ払った大勢の男たちの前でおっぱいを揺らす、なんてことじゃないわ」

レビューの晩、わたしがトラシーナの代わりに店を閉めるのはこの週で二度目だった。八時ちょうど、モップを掛けるために椅子をひっくり返していたとき、二階からダンスの最後の練習をする音が聞こえてきた――頭上で、十数人の優美なコーラスガールたちが、弾かれたように動きだした。「娘《フィーユ》」一人ずつがグループのために各自のパートを演じ、騒々しい笑いがわき起こり、野次が飛び、口笛が吹かれる。そのとき、おなじみの孤独と劣等感がよみがえるのと同時に、そんなことをしようとするのはお笑いぐさだと思った。三十五歳、もうすぐ三十六歳のわたしは、スチームボート・ベティとキット・デマーコに次いで年かさの踊り子になってしまう。キットは、スポテッド・キャットのバーテンダーで、四十一歳のいまも青く染めたベリーショートの髪に、カットオフジーンズで決めている。スチームボート・ベティは、スナッグ・ハーバー店内のアンティークのタバコ売場担当で、毎年同じバーレスクの衣装で出演している。彼女によれば三十六年連続で着ている衣装は、いまだに――そこそこ――体に合っていると、必ず自慢話になる。それにとてもじゃないが、アンジェラ・リジーンの横では踊れない。彫刻のようなハイチ系の女神。メゾンで女給として働くかたわら、ジャズ歌手でもある。その完璧なボディは嫉妬するのも無駄なほどだ。

閉店の作業を終えたわたしは、キットに鍵を預けに二階へ向かった。練習を終えたあとの戸締まりを引き受けてくれていた。レビューは午後十時過ぎにならないと始まらないので、踊り子たちが直前までリハーサルに励むあいだに、わたしは家に帰ってシャワーで一日の垢を落としたかった。ショーでウィルに会えると思っていたが、日中、トラシーナと一緒にこのイベントに行くのかと訊いたときには、どっちつかずな感じで肩をすくめていた。

階段のてっぺんで、新入りの女の子の横を通り過ぎた。ブロンドのソバージュで、手鏡を持って床にあぐら座になって、プロ並みの手際のよさでつけまつげをつけていた。彼女の髪はウィッグか本物か見分けがつかないが、うっとりするほどきれいだ。あらゆる肌見せの段階を表現したさらに十数人の女たちが、あちこちで立ったり座ったりしながら大舞台への準備に余念がない。ウィルが床に敷きっぱなしにして、たまに寝ることもある古いマットレスにコートが積んであった。マットレスの横に、ここでもう一つきりの家具、壊れた木の椅子が置いてある。ウィルがこの椅子にまたがって顎を背にのせて考えこんでいるのを見かけることがあった。カフェの二階は広い空きスペースになっていて、当座のリハーサル室にはおあつらえ向きだ。早くに閉店するし、今年のイベント会場となっているブルー・ナイルからはほんの数軒の近場だし、上階のバスルームはまだドアがないものの、真新しい。トップレス一人を含む数人がバスルームの鏡の周りで首を伸ばし、舞台化粧をしている。カール用とストレート用のヘアアイロンが、そこらじゅうでコンセントにつないであった。明るい色の衣装、羽根のボア、そして仮面が、ふだんは単調な灰色の部屋に賑わいを添えていた。

キットがいた。ストラップなしのブラにストッキング姿でダンスの流れをさらっていた。衣装はむき出しの煉瓦の壁に美術品のように掛けてある。特注で作らせた黒いサテン地に白いレースの胴着で、胸がハート形に刳られた前見頃のへりをピンクの波形で飾っている。背中を締める編み上げひももピンク色だ。手を伸ばして触れようとしたが、指先がサテンにかすったとたん、目かくしをした記憶が熱くこみ上げてきて体が震えた。キットやほかの踊り子が満座の前でやろうとしていることは、わたしにはできそうにない——それこそ、目かくしでもしていなければ。

「ハーイ、キャス。閉店後にも使わせてもらって助かる。ウィルにくれぐれもよろしくね。鍵は、ブルー・ナイルで返すから」足をまったく止めずに言う。「今夜、来るでしょ?」

「見逃せないわ」

「いつか一緒に踊りなさいよ、キャシー」化粧室にたむろしている集団のなかから、アンジェラが叫んだ。

彼女の注意を引いてうれしかったが、こう答えた。「わたしじゃとんだ恥さらしだわ」

「恥ずかしい思いをすべきなのよ。それがセクシーなんじゃない」アンジェラがあやすように言う。

ほかの女子たちが笑ってうなずく一方で、キットはわたしにお尻を軽く振って見せた。そして「レズっ子がふつうこんな格好する?」とからかうように訊いた。

キットが二年前にカミングアウトしたとき、驚いたのはウィルだけだった。「あなたって、典型的なヘテロよね」とトラシーナは彼にぐるんと目を回して見せた。「彼女がセクシーな服装をしてるってだけで、もっぱら男の気を引くためだと思うなんて」

キットはカミングアウトして決まった彼女ができてから、もっとセクシーに装いだした。そして今夜は口元にほくろを描き、つけまつげをつけ、見たこともないような真っ赤な口紅を塗っていた。青いベリーショートはやや伸ばし、すこぶる魅力的なシャギーにしてあった。それでも女らしさの強調は、彼女の代名詞であるカウボーイブーツといつも両手首にしている黒いパイル地のリストバンドとは対照的だ。

「たぶん来年は参加させてもらうわ、キット」わたしは多少は本気で言った。

「約束する？」

「いいえ」わたしは笑った。

彼女たちの幸運を祈って、すたすたと階段を下りたが、下りきったところで気がついた。肝心な鍵をキットに渡し忘れた！　駆け上がろうとして、おそらく彼女も同じことに気づいたのだろう、向かってきたキットともろにぶつかった。わたしを弾き飛ばすまいとして足場を失ったキットは、最後の五段を滑り落ちて、硬いタイルの床に尻もちをついた。わたしは幸い、スニーカーを履いていた。

「キット！」

「ううう」キットはうめいて、ごろんと横になった。

「だいじょうぶ？」

「お尻を傷めたかも！」

わたしは残りの段をそろそろと下りていった。「なんてこと！　ごめんなさい！　つかまって！」

そこへ、十センチのスティレットヒールを履いたアンジェラが用心しいしい下りてきた。きらびやかなピンクのボアを肩から垂らし、手首に巻いている。

キットは身じろぎもせず横たわっていた。「動かさないで、アンジー。うう。まずいな。これはお尻じゃない。尾てい骨だ」

「ああキット！」とアンジェラは叫んで、彼女にかがみ込んだ。「起き上がれる？　脚の感覚は？　ものが二重に見える？　わたしは誰？　大統領は？　救急車を呼ぶ？」

アンジェラは返事を待たずによろよろとキッチンの電話へ向かった。わたしはキットが体を起こそうとして、うっと顔をしかめ、また横たわるのを見守った。

「キャシー」彼女がささやいた。

わたしはそっと近づいた。「なあに、キット？」

「キャシー……この床……ほんっとに汚いよ」

「そうね。ごめんね」彼女を慰めようと手をとろうとしたとき、気づいた。転落の衝撃でリストバンドの一方がずれたところから、金色に輝くブレスレットの一部がのぞいていた――シークレットのブレスレット！　チャームが取り巻いている！

二人の視線が交差した。

「いったい――？」

「あたしのお尻ならだいじょうぶよ、キャシー。それと、もう一つ」キットはささやき、指をくいっと曲げ、わたしを近寄らせた。口紅を塗った唇へかがみ込む。「あなたは……最後のステップを受け入れる？」

「なんですって？　あなたと？　いえ、あなたはすごく素敵で最高だけれど、キット――」彼女は口元をほころばせ起き上がった。「落ちついて、あたしは参加者じゃない。ただ、あなたの背中を押すように頼まれてたの。もうちょっとよ。しり込みしてる場合じゃない。これからが本当におもしろくなるんだから！」

　アンジェラがキッチンから戻る音がするなり、キットはまた床へくずおれ、偽のうなり声をもう一度たてた。

「困ったわね」アンジェラはこぶしを腰にあてがって言った。

「そうね。っていうか、わたしの代役で踊れる人は？」キットが大げさに腕でぱっと目を覆った。

「こんな短時間でやれる人なんている？」

「わからない」とアンジェラ。

　彼女も一枚嚙んでいるの？

「そもそも今夜、予定が空いてる人って？　しかもキュートで、そのうえあたしの衣装がぴったり似合う人よ？」キットが問いかけた。

「どうかしら」アンジェラが言う。悪戯っぽい目をわたしから離さない。

　わたしはキットのことを何年も前から知っていたが、ずっとこうなのだと思っていた。自信にあふれ、活発で、たくましいと。シークレットにいたからには、彼女は強い恐れと自己不信の時期を乗り越えてきたはずだ。だが、いまやそんなことはおくびにも出さない。そしてアンジェラだ。もしそんなものがあるとすれば、ほれぼれするような完璧な肉体の見本ともいうべき女性。でも、わたしがシークレットに関して知っていることを、どのように参加者が選ばれるかを考えれば、ピンク色のボアが腕から滑り落ちたときに、アンジェラもブレスレットをしていたからといって、なんでまだ驚くことがあるだろうか？

「んもう、わかったわよ」アンジェラが手を伸ばしてきて、キットの横でしゃがみこんだわたしを立たせた。「一緒に二階へ行きましょ。新しいステップを習わないとね」

「でも……そのブレスレットは？　あなたたち二人は――？」

「質問の時間ならあとでたっぷりある。いまはダンスよ！」と彼女は言って、フラメンコダンサーみたいにパチンと指を鳴らした。

「そういえば、あなたのブレスレットはどこ？」とキットが肌から汚れを払いながら訊いた。ストラップなしのブラとストッキングだけの格好のままで、脇道にそれてきた数人の歩行者に足を止めさせ、カフェ・ローズの前面の窓を覗きこませている。

「バッグの中だけど」

「じゃあ、まずはそれを身につけること。あたしの衣装はそのあとね」

わたしは息が詰まった。

アンジェラがわたしに回れ右をさせて階段を上へと戻らせた。彼女がほかの踊り手たちに、わたしがレビューでキットの代役を務めると告げたとき、失望や苛立ちが生じるのを覚悟した。どうせダンスの振付の質にとって大きなブレーキになるのだから。ところが彼女たちはみな拍手と口笛で迎えてくれ、ラインダンスの列に入れて、気づかいながらゆっくりと、踊りの型の滑り出しのステップをやって見せてくれた。腰が奇跡的に快復したキットが臨時の振付師になって、ブラと下着の姿で手をパンパンと叩いて拍子をとった。呼ばれたことはなかったが、お泊まり女子会みたいだ。ただし、寝間着ならぬ下着バージョンの。わたしがへまをしても誰も叱らなかった。みんな笑って、ずぶの素人なのだから足を引っぱる引っぱらないにかかわらず、観客にうけると感じさせてくれた。実のところ、彼女たちの寛大さに、わたしが恐ろしいことに挑むのを心から支えて励ましてくれることに、涙があふれた。アンジェラが仕上げてくれた六層のマスカラを汚さないよう、気をつけて涙を引っこめた。それは恐怖をいくらか取り去った。そう、いくらかは。

二時間後、そのうち一時間はグループの踊りの型を習い、あとの一時間はアンジェラから自分の型を教わって過ごしたのちに、わたしはブルー・ナイルの舞台裏にいた。ほとんどが男性の観客がぞろぞろと入ってきて、舞台手前の不安定なテーブルの周りに陣取った。練習のあいまに、あわてふためきながら、踊り子の一人に手伝ってもらって最後の仕上げをした。つけぼくろを施し、網タイツを穿く。そしてついにアンジェラが、わたしの前に立った。その指先から黒地に白レースのキットのバーレスクの衣装が垂れ、ピンク色の長いひもが床に届いている。

「いいこと、ベイビー。まず脚を片方入れて、それからもう一方よ」と彼女は言い、このぴったりしたスーツを揺すりながら太ももの上まで引き上げた。「後ろを向いて。ひもを締めるからね」

でんぐり返りそうな胃を片手で押さえながら後ろを向いた。アンジェラが締め上げれば締め上げるほど、波形の襟ぐりの胴着の胸がぐいぐいとせり上がった。そのとき、マチルダがひょっこり舞台裏に現われた。その姿を目にしたとたん、わたしの肺からなけなしの息が吐き出された。

「最高に素敵よ、アンジェラ！」マチルダはアンジェラに身を寄せ、耳打ちした。「もうそろそろガイドができそうね。しばらく二人だけにしてもらえる？」

アンジェラはにっこり笑いながら去った。すると、彼女はもうすぐシークレットのガイドになるわけだ。それはどんな感じなのだろう。

「キャシー、すごいわ！」とマチルダが言った。

「ソーセージになった気分。これってそんなにいい考えかしら」

「馬鹿おっしゃい」マチルダは他人に絶対に聞かれないところへわたしを引っぱっていき、最後の指示を与えた。

「今夜はあなたが選ぶのよ、キャシー」

「選ぶって何を？」

「男を」

「どの男？」

「あなたのファンタジーの男よ。この一年間にいちばん思ってきた男。あなたを悩ませ、彼のことが頭から離れない、そういう男」

「誰なの？　どの男？　みんなここに来てるの？」ほとんど絶叫した。

マチルダが片手でわたしの口をふさいだ。胃の腑にたまっていた冷たい不安がたちまち吐き気に変わった。

彼女はわたしに視線を向けた。「あら、当然どの男かわかってるでしょ」

「ピエール？」

その名前に胸が躍った。マチルダはうなずいた。ちょっと堅苦しすぎる面持ちだ。

「ほかには？」

「ほかに誰に夢中になった？」

目に浮かんだのは、タトゥーで彩った肉体、波打った腹部があらわに盛り上がった白のタンクトップ……わたしを金属の調理台に横たえたあの動き……。目を閉じ、息をのんだ。

「ジェシー」

彼らにはもう二度と会わないと信じていたから、すっかり身をゆだねることができた。観客のなかにいるとわかったら、わたしは固まってしまうに違いない。

「でも、ピエールとジェシーは互いに相手のことを知ってるの？　そしてわたしはどちらか一人を選んで一人を拒まなきゃならない？　これに満足できるかどうかわからないわ、マチルダ。というより、満足できないに決まってる。これはやりきれない。無理よ」

「お聞きなさい。彼らは互いのことは知らない。わかっているのは、ほかの地元民とともに伝説のバーレスク・ショーに招待されたことだけ。あなたが出演するなんて夢にも思っていない。そして、あなたが舞台にいるとはわからない」

「どうしてわたしだってわからないの？」

彼女はバッグに手を入れ、ヴェロニカ・レイクばりのプラチナブロンドのウィッグを取り出して、こぶしの上でくるくると回した。

「第一に、あなたはこれをかぶるからよ」と言ってから、またバッグに手を伸ばして付け加える。

「そしてこれも」引っぱり出したのは、優美な黒いマルディグラの仮装用のアイマスクだった。

「いいわね、キャシー。あなたは役を演じるのよ」マチルダはわたしの髪の上に手際よくウィッグを装着しながら、ゆっくりと嚙んで含めるように言った。「舞台では緊張することもある。昔のキャシーなら、自分は注目に値しないと、これをやりおおせるほど美しくもないしセクシーでもないと思ったかも。だけど、このウィッグとマスクをつけている女性は決してそうは思わない。自分は男を夢中にさせられるだけでなく、観客全員をとりこにできると知っているから。ほら」彼女はそっとマスクをわたしの目の上にかぶせ、頭の後ろ側にゴムバンドを伸ばして留めた。

「うっとりするわ。さあ、この女性になりにいきなさい！」

マチルダはいったいどの女性の話をしているの？　わたしはいぶかった――が、その直後、舞台裏の鏡のなかで彼女に出くわした。

踊り子たちは鏡の前に集まり、衣装、ヘア、メイクの最後のチェックをした。わたしはみんなと一緒に、同等に、可もなく不可もなく、ただ肉体の歓びを味わう人としてそこにいた。まさにそのとき、スチームボート・ベティが集団を押しのけて前に出ると、ぐいと胴着の胸を直した。

「今夜は女子たちがそわそわしているね」と彼女は言った。たぶん、レ・フィーユ・ド・フレンチメン全体のことではない。

キットとアンジェラはわたしに、自慢げな母親のような笑みを放った。それからブレスレットをはめた手首を上げ、さっと一振りする。わたしも自分のチャームを振って見せた。チリンチリンと鳴る個々の音が集まって音楽のように響いた。

バンドの演奏が始まった。司会者が今年のレ・フィーユ・ド・フレンチメン・レビューの開幕を告げ、男性客に「気前よくチップを」と求めながらも、「敬意を欠いた振る舞いに及んだ場合には、ご退場いただきます」と注意した。

アンジェラがわめいた。「急いでキャシー、出番よ！」

最後に一つ深呼吸をして、仲間たちを見まわした。ウィッグやつけぼくろや胸パッドで、みんな自分なりに美しい。おのおのが誇張されたもう一人の、もっときわどい自分を演じている。きっとそれはどんな女性も折々にしていることではないか。わたしたちの日常の衣装の下は、同じ恐れと不安でいっぱいだ。アンジェラにもあるはずだし、キットもそう。それでも、いまの彼女たちを見ると、ゲストハウスの赤い玄関扉の前で怯えて立ちすくみ、ためらっているところは想像できない。いまこの瞬間に、胸にあふれてきたのは感謝の気持ち、そして希望だった。彼女たちが恐れを乗り越えられたのなら、わたしも乗り越えられる。きっと乗り越えられると、ひたすら信じることだ。

わたしは最初のステップを踏んだ。声に出して拍子をとり、テンポをつかむ。そうしてラインダンサーたちは、いっせいに前へ足を蹴り出して、袖から舞台へと登場した。『フォッシー』のダンサーのように手袋をはめた手を振りながら。まぶしい照明の向こうの暗い観客席が熱狂して、ある種のダンサーズ・ハイをもたらし、それが一人また一人と伝染し、わたしを全開にした。

「ほらね？」とアンジェラがささやく。「あなた、うけるって言ったでしょ！」

ダンスの最初の数分はおぼろげだった。ライトに目を慣らし、誰もこれがわたしとは、カフェ・ローズの臆病なキャシーとはわからないと自分に言い聞かせつづけた。ダンスは舞台上でペアに分かれた。わたしはこの変装のおかげで、客席にお尻を向けて前に後ろに振るのに抵抗はなかった。アンジェラのリードに従い、スネアドラムのビートに合わせて振付どおりに腰をくねらせる。わたしは彼女がパートナーで、みだらな音楽と麗しのアンジェラ・リジーンとに大胆にも同調するのがとてもスリリングで、体がほぐれてきて、少しアドリブも混ぜだした。あるとき、お尻をあまりに速く振ったものだから、アンジェラが頭をのけぞらせ、うわっと声を漏らしもした。アンジェラが振り向いて、舞台から客席へと飛びこんでいくと、わたしは何も考えないであとにつづき、彼女のまねをして男性客のネクタイをつかんで頭の後ろへ放り上げ、髪をくしゃくしゃにし、たぶんその奥さんにもそうした。女性客は男性に劣らず楽しんでいる。ダンサーの熱気にあおられて彼女たちも立ち上がると、熱狂する観客に腰を振って見せた。なかには、この地元の祭典にたまたま出くわした幸運な旅行客もいた。けれど、カフェの常連客の顔もたくさん見分けられた。ミュージシャン、商店主、変人連中がこの傷つき乱れた街のささやかな美の縮図に声援を送った。

アンジェラとわたしは、振り付けられた客席向きのキックのステップを踏んだ。そこでアンジェラがウィンクをよこし、ささやいた。「ついてきてよ、キャス」と言うが早いか体をターンさせて、ピンク色のボアをわたしの首にふわっと掛け、ぐいと引き寄せて唇にもろにキスをした。

アンジェラの唇がわたしをむさぼるほどに、割れんばかりの拍手喝采となって、彼女は華麗な身ぶりでキスを終え、わたしを自分の場所へと突き放した。わたしは膝が震えた。振付のツーステップをつづけ、太ももの上のガーターを見せびらかしたが、アンジェラのキスはわたしを混乱させ、興奮した客を総立ちにさせていた。キットとマチルダがいる。バーの近くに並んで座り、娘自慢のダンサー・ママよろしく手を叩き、口笛を吹いた。

観客に投げキスをしようと振り返ったときに、なじみのある眼差しが目にとまった。ジェシーだ。正面に近い最高のテーブル席にいて、氷山をもとろかす笑みを浮かべている。

「やあ、どうも」彼は椅子に背をもたせかけ、頭をのけぞらせて、わたしを頭のてっぺんから足のつま先まで眺めた。

この人がどんなにセクシーかどうして忘れていたのだろう？　今日は、こざっぱりした格子縞のシャツとジーンズを身につけ、白いアンダーシャツがその下からのぞいている。〈あのアンダーシャツ。へこんだ引き締まった下腹、さりげなく手をやった毛の下には……〉「やだ、もう」とわたしは言いながら、彼のテーブルの前に立っていた。ジェシーの困惑した表情を見て、このウィッグとマスクに隠した正体は知られていないのを思い出した。おそるおそる会場を見まわすと、すべての目がわたしたちに注がれている。わたしはもう一度ジェシーにほほ笑みかけ、立ちすくんだ。アンジェラがわたしの腕をとってターンをさせ、ペアの尻振りダンスを始めた。わたしは肩ごしにジェシーを見やった。スポットライトの端に、最前列の観客でいることに、明らかにわくわくしている。ペアの短いダンスが終わると、会場全体にどっと野次やはやし立てる声がわき起こった。

正体を隠して大胆になったわたしは振り向き、身を乗り出してジェシーの肩に手を置き、衣装が強調した立派な胸の谷間をたっぷりと見せた。傍目には、わたしたちは知り合いで儀礼的なあいさつを交わしているように見えたかもしれないが、わたしは身を寄せ、こうささやいた。「あなたに、いいこと、したい」

「おっと、その言葉はそのままお返しするよ、ベイビー」彼の熱い吐息が耳をくすぐった。

〈そうそう、この調子よ〉わたしは指を一本立てて、ジェシーの無精ひげの生えた顎をくいと持ち上げた。目と目を合わせたとき、わたしだと気づいたような表情がよぎったかに見えた。わたしはぱっと身を引き、ジェシーは誘うそぶりを愉快がって、頭をのけぞらせ笑った。この大胆な行為に及んでいる大胆な女は誰なのだろう？　わたしじゃない。でもやっぱり、わたしだ！　そしてジェシーはわたしを解放する手助けをしたのだった。

　このときには、踊り子たちはみな舞台から降りてきて観客を熱狂の渦に巻きこんでいた。いまや二人の踊り子にもろにつきまとわれて、ジェシーはハンサムな顔に悩ましい喜悦の表情を浮かべている。ソバージュ髪の女子が自分のボアを彼の首にひっかけ、ぐいと引っぱって立たせた。観衆が絶叫するなか、ジェシーは進んで彼女に引きずられてドアを出ていった。その間ずっと会場でいちばんラッキーな男の笑みを見せながら。わたしにもチャンスはあったが、わたしはジェシーを選ばなかった。微笑して、わが愛しき侵入者に無言で未練たっぷりの別れを告げた。

　パートナーのアンジェラのあとについて、観客席のさらに奥へと進んだ。彼女が大きな柱の裏に回ったときに姿を見失ってしまい、その直後、もう一人の熱心な観客、ピエール・カスティーユと目が合った。腕組みをして壁にもたれ、ボディガードを横に従え、当惑した表情を浮かべて、わたしを見つめている。これがわたしの選択だ。〈自分の体を思うままに操れるとき、こんなにも力を発揮できるものなのね〉腰に手をあてがい、顎を引き、肩を前に突き出し、ドラムのリズムに合わせてピエールへと向かっていった。二人の距離を縮めながら、自分はプラチナブロンドのウィッグと黒い仮面の女なのだと胸に言い聞かせて。ピエールの喉ぼとけが動くのが見えた。あと一メートルのところで、手袋の指を噛んで一気にぐいと引き抜き、肩ごしに後ろに放り投げ、観衆を沸かせた。次いでもう一方の手袋を引き抜くと、今度は手に持って振り回した。にやにや笑っているピエールの鼻先まで近づくと、この手を伸ばして手袋で軽く彼をはたいた。ぴしゃり、ぴしゃりと。

「あんたって、ほんとに悪い男だって聞いてるわ」ジェシーに使ったのと同じハスキーな声音でささやいた。

「そのとおりだ」餓えた目でわたしを見つめ、自分のものと言わんばかりに腰に手を伸ばしてきた。シンデレラの王子として、わたしの所有権を主張したのはファンタジーの一部であって、そういう役柄だった。だけど、いま抱き寄せたこの手は野蛮で無遠慮に思えた。

アンジェラが割りこんできて、ピエールをたしなめた。「だめだめ、この子はあなたのものじゃないのよ、ミスター。忘れないでね」

ほかの踊り子たちはまた列になって舞台へ戻る途中に、おどけた曲のステップを踏んでいたが、すべての目はこちらに向いている。わたしはくるりと後ろに向き、魔法を解いた。ピエールに背を向けて、ちょっとバーレスクをした。鼻先でお尻をくねらせてやったのだ、観客に示しをつけるために。やっとスポットライトがここから舞台上のダンスのほうへ戻り、ピエールにわたしの胴着のひもを引き寄せるチャンスを与えた。彼は犬をつないだ引き綱よろしく、わたしを背中からぐいと引き寄せ、さらに耳元へ口を近づけた。

「きみとは二度と会わないかと思っていたよ、キャシー」

わたしは仮面の後ろで目をかっと見開いた。「どうして——?」

「そのブレスレットだ。ぼくのチャームに見覚えがあった」

「わたしのチャームよ」

「きみは褐色の髪のほうがいい」

わたしはさっと後ろを向いた。胸が彼の胸をかすめた。ヒールの底上げでほとんど目と目が同じ高さになっている。わたしの体の内でセクシーなこわばりが膨らんだ。

「だったら、あなたはシンデレラの王子役のほうがよかった」自分がたとえ仮面をかぶっていたとしても、ピエールの仮面の下をついに見透かせたのだ。わたしの仮面がありふれた二、三の恐れと不安を隠していたのに対し、彼のうわべの下には危険な男が息づいていた。女に奉仕させて、用済みになったら捨てる、そういう男だ。ファンタジーの夜の相手には素敵だけれど、そこから先は、この人のそばで送る人生など想像できなかった。

「わたしはあなたのものじゃない」と、ささやいた。「むしろ、あなたはわたしのもの」

スポットライトがまた二人を探り当てたそのとき、ピエールはわたしの胸の谷間に手を伸ばしてこじ開け、その胴着の前へと数十枚の金貨を落とした。効果をねらって、何枚かが床へこぼれるにまかせた。わたしはショックで心が凍えきった。観衆はピエールに拍手を送るべきかブーイングを見舞うべきか決めかねている。スポットライトがふたたび舞台を照らすと、女たちが足を高く振り上げるフィナーレを演じていた。

「その手を放せ」暗がりで声が言った。「さもないとぶっ飛ばすぞ」

照明にシルエットが浮かびあがり、人影が近づいてくるのが見えた。それでも、わたしには救出してくれる男性など不要だった。胴着をぐいと引いてピエールの手から逃れた拍子に背中がぶつかったその相手は、ウィル・フォレット。温かな手が腰を支えてくれた。

「だいじょうぶかい？」

「ええ。平気よ」スネアドラムが最後の曲をしめくくろうとしている。

ウィルはピエールのほうへ向いた。そのピエールは、なおも傲然と壁にもたれていた。「ここはストリップクラブじゃないんだぞ」

「ぼくはただ、この美しきダンサーにふさわしい相場で報いようとしてるだけさ」降参したように両手を挙げ、ピエールが答えた。

「彼女の衣装をつかんだだろう。それは許されない行為だ」

「ルールがあるなんて知らなかったのさ、ウィル」

「それが昔からおまえの問題なんだよ、ピエール」

万雷の拍手がわき起こり、場内はわたしたち以外は、舞台上の踊り子たちへのスタンディング・オベーションで総立ちになった。

ピエールは袖の埃を一方ずつ払い、上着を伸ばして、わたしに腕を差し出した。

「いかにも、ここまでだ。退散しよう、キャシー」

その名前を耳にしたウィルは、口をあんぐりと開けて、こちらへ振り向いた。感心したのか失望したのか、わたしには読みとれない。

「キャシー?」

わたしは仮面をとった。

「ハーイ」と胴着に手をあてがう。「何て言ったらいいか……どたんばで代役にされて」

ウィルは口ごもった。「ま、まさか――そんな……たまげたな。すごくいかしてるよ」

ピエールが苛立ちを募らせていた。「ぼくたち、もう行こうか?」

「ええ」わたしは言った。でもその瞬間、ウィルが肩を落とすのがわかった。舞踏会でピエールが落札値をつけたときと同じように。ピエールに向かって、わたしは言い足した。「行ったらいいわ。お好きなときに」

おずおずとウィルに近づき、わたしは自分の選択をしていることを明確にした。

「あなたよ」わたしはささやきかけた。「あなたを選んだの」

ウィルの表情がみるみる和らいで、穏やかな勝利の顔になり、わたしの手に自分の手を重ねて握ったとき、わたしはあまりに親密な身ぶりにめまいがした。ウィルはわたしから目を離さなかった。この人は勝利にふさわしい、わたしはそう決めた。

ピエールは笑って、ウィルが重大なことをひどく誤解しているというように首を振った。

「いい男は実はモテない、ってな」ウィルがわたしだけを見つめて言う。

「誰がもう勝負がついたと言った？」ピエールが答えた。

未練がましい目をじっとわたしに注いだあとで、ふてぶてしい笑みを浮かべ、ピエールは観衆のなかに姿を消した。ボディガードがあとを追っていく。消えてくれてせいせいした。

「ここからずらかろう」ウィルが人混みのなかを手を引いていった。

マチルダとキットのテーブルの横を通りしなに、二人はわたしに手首を振ってよこした。わたしも振り返した。それから、足を跳ね上げながら舞台へ戻るアンジェラを見つけた。彼女もこちらに向き、手首を振って見せた。スポットライトを浴びたチャームがまばゆい輝きを放った。

「あれ、きみのと同じブレスレットじゃないか」ウィルが言った。

「そうなのよ」

わたしの腕に手が伸びてきた。ゆったりサイズの「ニューオーリンズじゃ万事上等」Tシャツを着たずんぐりした中年女性。「そういうブレスレットどこで買える？」尋ねるというより要求する口ぶりだ。ニューイングランド地方の訛りがある。マサチューセッツとかメインとか。

「友達からもらったんです」わたしは返答したが、手首を引いてどける前に、相手の親指と人さし指がチャームを一つつまんでいた。

「これ欲しいんだってば！」彼女は金切り声をあげた。

「お金じゃ買えないの！」とわたしは言って、そっと手首のいましめを解いた。「これは勝ち取るものなのよ」

ウィルがわたしを彼女から引き離して、なおも戸口をふさいでいる観客たちを通り過ぎた。外は身が引き締まるような冬の夜だ。ウィルはむき出しの肩にコートをさっと掛けてくれ、もう待てないとばかりにレストランのスリー・ミューゼズの窓に背中を押しつけ、そしてキスをした。むさぼるように、心を込めて、ときどき自分に抱かれ震えているのが本当にわたしかと確かめるように止まりながら、キスをした。わたしは寒くなかった。目覚めていた。ウィルの腕のなかで体が震えながら生き返った。欲望の相手から見つめられるのと、愛する人から見つめられるのでは、まったく違う。でも——答えを知りたいのか自分でもあやふやながら、訊かなくてはならないことがあった。

「ウィル……あなたとトラシーナのことは……？」

「終わったよ。しばらく前に終わっていた。きみとぼくだ、キャシー。ずっときみとぼくでいるべきだったた」

何人かの旅行客が通り過ぎるにまかせ、この息が止まりそうな知らせを咀嚼した。きみとぼく。さらに何歩か進んだところでウィルがまたわたしを止めて、今度はプラリーン・コネクションの赤煉瓦の壁に押しつけた。店内で給仕係二人が眉をつり上げた。〈ウィル・フォレットとキャシー・ロビショーが？〉彼らは考えているに違いない。〈キスしてるよ？　フレンチメン通りで？〉

ウィルの手が、匂いが、口が、その目に映った気がした愛が、それらすべてがつながった。ウィルが欲しかった。ウィルのすべてが。彼はすでに頭と心にいたけれども、いまは体も求めていた。彼がまた路上でわたしを止め、無言の問いへの答えを目のなかに探したとき、わたしが心で告げたイエスの答えが聞こえたはずだ。残りの半ブロックをほぼ全力疾走で帰り着いたカフェ・ローズで、ウィルは手が震えてドアを開けるまでに鍵を二度落とした。

どうしてウィルがわたしよりも緊張するなんてことになるの？　なんでわたしはちっともびくついていないの？

ステップのおかげだ。

記憶が頭のなかを駆け巡った。わたしは最初から抵抗していたこの人に、ついに服従することができる。わたしは彼を受け入れるために充分な大胆さ、勇敢さ、寛大さ、自信を感じている。わたしは二人の未来に待ち受けるものに立ち向かう勇気をくれたウィルを信じている。そしてわたしは、この人がベッドではどうか、二人の相性はどうなるかを知りたくて、激しく好奇心をかき立てられている。新しい感情が、「熱気」が、胸の内に沸き立った。ステップ9の最後の約束だ。わたしたちは喜びにあふれていた。

店のなかに転がり込むなり、笑って、キスをして、脱ぎ捨てた靴につまずきながら、階段を駆け上がった。ウィルはあくせくとわたしの胴着の背中のひもをほどき、わたしは彼のTシャツを脱がせた。もう二度と寂しくなることはない、この部屋で。

ウィルは、わたしが想像していた臆病な恋人などでは断じてなかった。激しさと優しさとを併せ持っていた。負けないくらい愛そうと手を伸ばし、彼を引き寄せて全力のキスをした。情熱が足りないと誤解させる余地も残さないほどに。この人は、わたしのもの。シャツを脱いで美しい腕と胸もあらわに、わたしを見下ろすように立っているウィルが、ベルトをしゅっと引き抜いた。そしてジーンズとパンツを部屋の向こうへ放り投げる。

「くそっ」何かを思い出してつぶやいた。弾かれたように放ったジーンズを取ってくると、振って財布をポケットから落とし、そこからコンドームを取り出した。彼がそれを手早く装着するのを見ていて、男性の生涯最速記録に違いないと思った。マットレスに戻ると、彼はひざまずいて、わたしの脚を開いた。頭のてっぺんから足のつま先まで眺めやって、想像を超えた素晴らしい瞬間が訪れたというように首をゆるゆると振った。それから上にのしかかって優しく、そのあとは念入りにキスの雨を降らせ、首から鎖骨へと切ないほどゆっくりとたどり、胸に長居をした。体を少しずつ下りていく無精ひげがくすぐったくて、忍び笑いを抑えられない。彼はたまに顔に視線を戻して、わたしの目を探り、懇願させた。〈ウィル・フォレットと愛を交わそうとしている。わたしのボス、わたしの友達、わたしの恋人と〉

息が浅くなり、彼が入ってくるにつれて腰が反った。誰かに恋焦がれ、しかもその人がいまここに一緒にいて、まさに自分の求めるものを与えている、そのことを何と呼ぶのだろう？　心と頭と体を同時に揺さぶるものを何と呼ぶの？　ほかの男たちとは肉体的には満たされてきても、心は完全に目覚めていなかった。ウィルとならば、彼の下でわたしのあらゆる部分が息づいた。頭はイエスと言い、体はいまと言い、心はすべての不思議さに満たされている。〈愛とはそういうもの？〉とわたしは思う。〈これが愛〉と気づく。〈ここに愛する人が、わたしの若いボスが、わたしのウィルがいる〉

「きみはこうしてると、とてもきれいだ」彼は少し喉を詰まらせながらささやいた。

「ああ、ウィル」こんなことがあるなんて、こんなエクスタシーを感じるなんて、とても信じられない。彼の下で欲望に溺れて、身をよじった。いきたい。いってしまう。でも、止めたい気持ちもあった。わたしの内に流れる歓びをそのまま固めたかった。

「きみと会った日からずっとこうしたかった」

ウィルが体を上がってきて顔に口づけをした。ゆっくりした芯まで届く動きでわたしから無数の服従を引き出した。わたしの頭の両側に肘をつき、髪をなでつけながら顔をじっと見つめた。そのとき、彼はまだ味わいだしたばかりのものに飢えはじめた。それが表情に出ていた。滑らかな一瞬の動きで、体を返してわたしを自分の上にした。

わたしは筋肉質の肩に手をつき、ウィルのリズムに腰を合わせた。彼もそれを感じているとわかった。これまで味わった何よりも大きく強い快感。こよなき歓びに全身を貫かれて、いっそう熱く身をゆだねるしかなかった。そうして、いったとき、ウィルはわたしの名を呼んだ。わたしを満たしながら胴を反らせ、美しい体を重ねてきた。

その後、わたしはウィルの胸に身を横たえた。外の寒さと、二人の吐息と体のほてりが暖めた部屋のせいで、窓に結露が起きていた。呼吸が静まる間もないまま、彼の唇がわたしの唇を探し当て、なおもキスをつづけた。そのあと彼はまた横になって目を閉じた。二人して静かな安らぎに浸った。

「明日きみはたぶん遅刻するんだろうな」ややあって、ウィルが小声で言った。「そして、ぼくはそれでかまわない」

わたしは笑った。彼の胸に頭をのせて、鼓動に耳を澄ました。ウィルはわたしの体に腕を回して引き寄せ、頭のてっぺんにキスをした。

「本当に、わたしと会った日からそうしようと思ってたの？」

「うん。で、ほとんどそればっかりだったよ、キャシー」

恐ろしい疑いが頭をもたげた。はっきりさせなければ。

「それで、あなたたちどうして別れたの？」それがこの数週間、トラシーナがふさぎ込み、うわの空でいることの理由だった。

ウィルは、むしろ忘れたい知らせを届けねばならない使者といった風情で目を閉じた。「二週間前に、彼女があのオークションのときの地区検事とやりとりしていた携帯メールを見つけたんだ。でも、もっと前に終わっていた。トラシーナはただ口実をくれただけだ」

「浮気をしていたの？」

「彼女はしてないと言ってる。だが、実はどうでもいいんだ。それが問題なんじゃない。もう終わったことだ」

「彼女がわたしたちのこと知ったら、何て言うかしら？」

「『だから言ったじゃないの』かな。トラシーナはずっと知ってたから。ぼくがきみに心を寄せていたことは」

〈わたしに心を寄せていた？〉ウィルはわたしの驚きを感知したのだろう、「うん、そうなんだ」と言って脇腹をくすぐった。「びっくりした？　ぼくがそんなことを言うなんて」

「ううん。心を寄せていたって言ったでしょ、心を奪われていた、じゃなくて。もしそっちなら、びっくりしたけれど」

「それじゃ――」ウィルが言いかけた。

わたしは片手で彼の甘美な口をはたいた。

「やめて!」片肘をついて、とてもハンサムでいまは物思いに沈んだ顔に覆いかぶさった。

ウィルはわたしの手をはがして、その手にキスをした。「きみは、ぼくが思っていたきみとは違うんだな」じっと見つめながら言う。

「それって……ベッドではってこと?」

「いいや。セックスのことってわけじゃない。きみ自身のことだ。もっと……調和している、みたいな。もっと自信がある、というか。ぼくはずっとそう思ってたけど、きみは自分をそう見ていなかった気がする。つい最近までは。このごろのきみは、もっと……もっときみらしくなった」

たったいま、人生で最高のほめ言葉をもらって、わたしは笑顔でウィルを見下ろした。

「そう、あなたの言うとおりね。最近のわたしはきっと、もっとわたしらしいんだわ」そう言って、かがみ込んでもう一度キスをした。

しばらくすると、わたしたちはサクソフォンの音を聞きながら眠りに落ちた。カフェ・ローズの閉店後に戸口で、足元に帽子を置いて演奏を始めていたサックス奏者が自らの孤独を奏でるなか、わたしの孤独は夜の闇へと消えていった。

どうして眠っているウィルを残して去ったのか、自分でもわからない。数時間後には――家に急いで戻って、猫に餌をやって、シャワーを浴びて、穿き心地のいいジーンズにセクシーなトップを身につけて、カフェを開けたあとで――また会えると思っていたのだろう。

結局、遅刻はしなかった。むしろ早かった。この日の最初の客が店に入ってくる前にコーヒーを沸かしていた。このお客は戸口に配達されていた『タイムズ＝ピカユーン』紙を持ってきてくれるという丁重な振る舞いをするどころか新聞を踏みつけてきたのだが、わたしは怒らなかった。今日は何があっても、うんざりするまいと決めていた。雨が降っても、踊り子たちが二階の部屋をひどく散らかしたままにして、わたしが掃除をするはめになりそうであっても。どのみち、ウィルとわたしが余計に散らかしたんだものね？　ウィルとわたし。わたしとウィル。二人は「わたしたち」の関係？　そうだといいけど。〈だめ。そんなふうに考えるのは早すぎるわ、キャシー〉まだ大切なことをやり残している。チャームをもらって、マチルダにわたしの決断を伝えること。シークレットより愛する人との関係を選ぶのだと。そしてこの決断をこんなにあっさり下せたのが、ありがたかった。とってもありがたかった。キャシー・ロビショーの性的解放は完了した。

正直なところ、あの興奮がなくなるのを寂しく思う自分もいる。マチルダやアンジェラやキットなど、シークレットの女性たちとの女子会っぽい感覚が好きだった。ほかの女性のファンタジーの手助けをして、教訓を伝えるのがどんな感じなのかは、想像するしかない。それでも、ウィルとの人生を望んだ。わたしのなかの何かが、それは充実した、愛情深い、楽しいものだと知っている。彼とのセックスは、わたしが求め、欲し、思い描くすべてを満たせることを、ウィルはすでに証明した。そして、わたしも彼にそうする心づもりでいた。

そう、この日は何があっても落ち込まないはずだったのだ。トラシーナがとぼとぼと歩いてコンドミニアムの角を曲がって、ソーダを運ぶトラックが通り過ぎるの待ってから、腕で自分をきつく抱くようにして、ゆっくりとフレンチメン通りを渡ってくるまでは。自分は何も間違ったことはしていないと確信しながらも、後ろめたさで胸がちくりと疼いた。二人は別れたのよ。わたしはトラシーナの友達じゃない。彼女には何の負い目もない。それでも、カフェの奥へと逃げこんで、サンドイッチの準備に没頭した。ドアのチャイムが鳴って彼女が入ってきたことを告げると、胃がしくしくと痛んだ。トラシーナは数人の常連客にあいさつした。こんなに早くなぜここに？　わたしはトランプの札を配るような勢いでパンのスライスを並べた。

「ちょっと」とトラシーナに言われ、わたしは飛び上がった。

「きゃっ！」

「ほら、落ちついてよ、キャシー。脅かすつもりじゃなかったのよ」

こわばった笑い声が漏れた。「だいじょうぶ。ちょっと、どきっとしただけ」

トラシーナはショーについて尋ねた。結局わたしが踊ったことを聞きつけていた。

「いい笑いものになった」と、わたしは肩をすくめて答えた。

「あたしが聞いた話とは違うけどね」

彼女は何か知っている。声の調子でわかった。ウィルとわたしは手をつないでブルー・ナイルを出ていた。

「終わってほっとしたわ」トラシーナの視線を避けつつ、パンにマヨネーズを塗る。

「ウィルは顔を出した？」

「うーん……そうね、たぶん来てた」

「ゆうべ、うちに帰ってこなかったのよ」とトラシーナは言って、コートをきつくかき合わせた。

わたしは叫びたかった。〈「うち」って何なのよ？　あなたたち別れたのに。この二週間、ウィルは二階でずっと寝泊まりしてた！　本人からそう聞いたわ〉

「ゆうべ彼が帰るのを見たりしなかった？」

「いいえ、彼が帰るのは見なかった」わたしは嘘をついた。

「ショーのあとでほかの踊り子たちと一緒にメゾンに行った？」

「ううん、まっすぐ家に帰ったから」

「そう。だから、あそこでは見かけなかったわけね」

血の気が凍った。そう、たしかにトラシーナは何か知っていると、これでわかってきた。パニックが忍び寄った。わたしを痛い目にあわせようとでもいうの？　ああもう、ウィルはどこ？

「ウィルが言ってたわ、昨日あなたは具合がよくなかったって。もうだいじょうぶ？」とわたしは尋ねた。

「いくらかよくなったわ。朝が最悪なのよ。ほら、この顔色の悪さ」わたしはしぶしぶ彼女の顔に視線を向けた。たしかに肌がくすみ、目がくぼんでいる。「でも、ドクターは言ってた。もうすぐ第二期に入ったら治まるって」

〈第二期？　まさか――〉「あなたは……？」

「妊娠したのかって？　そうよ、キャシー。そうなの。だけど、ちゃんと確認したかった。前にもこういう流れになったあとで、がっかりしたことがあったから。はっきりするまで何も言いたくなかった。そしていま……確かだとわかったのよ」

彼女は手をお腹にあてがった。まっすぐ見つめてみると、少し膨らんでいるようだった。

「ウィルは……知ってるの？」

トラシーナと目が合った。「もう知ってるわ。電話したの。一時間ほど前に。すぐ駆けつけてくれた」

〈わたしが家に着替えに帰ったすぐあとだ〉「彼は何て言った？」

「とても喜んで……涙ぐんでた。信じられる？」そういうトラシーナの目も潤んでいる。

この知らせにウィルが泣いたというのは信じられた。それはそうだろう。実際わたしもその瞬間その場で、胸を詰まらせた。

「まったく突然のことだものね。でも今朝この話をしたあとでプロポーズしてくれたわ。ほんとにいい人なのよ、キャシー。それにどんなに弟をかわいがってくれてるか、知ってるでしょ。そして、あの子にいい手本を示してやりたいって」

頭がぐるぐる回っている。〈どうしてこんなことになるの？　わたしは彼を選び、彼はわたしを

選んだのに〉

口を開いたが、「何と言っていいか」とつぶやくのが精いっぱいだった。

トラシーナはわたしをじっと見つめた。秘密を明かしたので、全身の緊張がとけていた。

「おめでとうとだけ言ってくれればいいのよ、キャシー。それくらいにしておいて」

近寄って、ぎこちないハグをした。一瞬、息が止まった。だからドアのチャイムが鳴ったとき、それを口実にそそくさと玄関へ出ていった。

だが、お客ではなかった。ウィルだった。見たことがないほど悩ましい顔をしていた。

「キャシー！」

「帰る」わたしは言った。「トラシーナはキッチンよ」

「キャシー、待ってくれ！　知らなかったんだ！　ぼくに何ができる？　何が言える？」

振り返って彼に向いた。「何にも、ウィル。あなたは自分の選択をした。ほかにすべきことは何もない」

涙が頬をこぼれ落ちた。ウィルが拭おうと手を伸ばしてきたが、わたしは振り払った。

「行かないでくれ、キャシー」彼がささやき声で懇願した。

わたしはラックからコートをもぎ取って、さっと着て、ドアを開け放ったままでカフェ・ローズから歩み出した。フレンチメン通りを南へ進むうち、冷たい雨が小降りになった。歩いていた足がディケーター通りに入ってジョギングになり、この日のお祭り騒ぎでもう目覚めていたフレンチ・クォーターをすり抜けた。キャナル通りに出るとマルディグラの熱狂が高まり、わたしは人混みを異常に速いペースで突き進んだ。ここから出ていかなければ。マガジン通りで、腰をかがめて息をついたとき、まだ給仕用のエプロンをしていたことに気づいた。かまうものか。わたしの体がウィルの体と絡み合っている図が頭にひらめいた。彼のキスが、わたしの下できゅっと縮んだ胸板が、わたしの頭を手のなかで揺するさまが。こみ上げてきたむせび泣きを、脇腹をつかんでこらえた。わたしのウィルが、わたしの未来が消え去った。あっというまに。ぎゅう詰めのバスを一台、また一台と見送った。わたしは三番通りまで歩こうと決めた。そうすれば誰に見られても、パレードのルートの特等席を競っている観光客の大群のことも、気にしないで泣きつづけられた。

ああ、ウィル。愛しているけど、どうしようもなかった。わたしは彼の子供から父親を奪う女にはなれない。完璧な一夜、それが二人で勝ち得たもの。そしていまや、それを捨て去らなければ。ほかの男たちと、どのように至福の時を共にしてから捨てるかを学んできた。ウィルとそれができるだろうか？　やってみるしかない。

ポンチャートレイン高速道の下を渡ると、観光客がまばらになって、体がほぐれたように感じだした。フレンチ・クォーターのじめついた匂いが、ロワー・ガーデン地区の邸宅に這い上っている蔓草の花の香りに変わった。雨がやみ、歩道が広くなって、ほっとした。

三番通りを折れて北上すると、この豪奢な通りに初めて足を踏み入れたときのことを思い出した。あの日、不安のあまり途中で何度も足が止まったことを。いま、またここに立っている。体はずぶ濡れで、心に傷を負って。以前はひどく世間を恐れていた。けれど、いまはつらくても恐れは消え、本当の自分らしさを保っている。自分の足で立っている。心は重いけれども、これを乗り越えて、もっと強くなろう。自分が何を求めているか、何をしなければならないかは、わかっている。

ダニカが電子錠を解除し入り口を通してくれた。わたしは庭をゆっくりと進んだ。二月のニューオーリンズにこんなにも春が訪れていたことに驚いた。大きな赤い玄関扉をノックする前に、マチルダが開けた。期待するような笑みを浮かべている。

「キャシー。最後のチャームを受け取りにきたの？」

「ええ」

「じゃあ、あなたの心は決まったのね」

「ええ」

「わたしたちとお別れか、それともシークレットを選ぶか、どちらにする？」

わたしは敷居をまたいで、ダニカに濡れたコートを預けた。「シークレットを選びます」

マチルダは手を叩いてから、わたしの頬を包みこんだ。

「まずはその涙を拭きましょうね、キャシー。それから委員会に電話します。ダニカ、コーヒーを淹れて。長時間の会議になるわ」と彼女は言い、わたしたちの背後の大きな赤い扉をそっと閉じた。

謝辞

ランダムハウス・オブ・カナダとダブルデイ・カナダのみなさんに、本書をたゆまず裏で支えてくれたことに感謝します。ブラッド・マーティン、クリスティン・コクラン、スコット・リチャードソン、リン・ヘンリー、アドリア・イワスティアック。また、スーザン・ブランドレスとロン・エッケルに、フランクフルトでの二人の驚異的な働きに対して。それから、モリー・スターン、アレクシス・ワシャム、キャサリン・コベイン、ジャクリーン・スミット、クリスティ・フレッチャーに、本書をいち早く評価してくれたことに謝意を表します。リーアン・マカリア、ヴァネッサ・カンピオン、キャシー・ジェームズ、シャーリーン・ドノヴァン（モンキー！）に、多大なる感謝を。余暇と支援について、トレイシー・タイ、アレックス・レイン、マイク・アーミテイジにお礼を申し上げます。家族に、とりわけ最初の読者となった妹のスーに、愛と感謝を。そして疲れを知らない猛烈編集者ニータ・プロノヴォストがいなかったら、この本は存在しませんでした。ありがとう。

訳者あとがき

裁かない。限らない。恥じない。——シークレットのモットー

自分の許しなしに恐れを手放すことはできない。
——マチルダ・グリーン、シークレット共同設立者

わたしは自信がない。誰からも愛されていない。孤独だ。このままただ寝て起きて食べて働いて、ほんのときたま気晴らしをして、それをくり返すだけの人生をつづけていくの?

そんな冴えない毎日を送っていた三十五歳の未亡人、キャシー・ロビショー。誰しもいくらかは胸に覚えのある鬱屈をかかえ、生活に追われている本書のヒロインは、ふとしたことで秘密の組織、その名も「シークレット」に入会して、望みどおりの設定で好みの男性とセックスをするというファンタジーの経験を重ねることで性的に解放され、失われていた本来の自分を発見し、獲得し、魂の救済を得ていく。そして、もしかしたら……いつかはロマンス小説のようなハッピーエンドを迎えられるかもしれない。

本書は、そんな女性中心の視点から描かれたエロティカ（官能・性愛小説）三部作の第一作、*S.E.C.R.E.T.* の全訳です。

著者L・マリー・アデライン（L. Marie Adeline）は、カナダのTVプロデューサーと兼業の作家の変名であり、彼女はフルタイムのTVの仕事をこなす傍ら、本名で発表した二作の小説がカナダのベストセラーとなっているほかに、ビジネス書のゴーストライターも務めていました（キャシーも顔負けの、仕事づけの鬱々たる毎日！）。そんな才女が近年のロマンス小説、エロティカの流行に対して、もっとさまざまな経験をした大人の女性も楽しめるバージョンはないものかと考え、自ら筆を執り、このシリーズが生まれることとなりました。


本書のまだ試作段階のものが、二〇一二年のフランクフルト・ブックフェアで大きな話題を呼び、三十カ国以上で出版権の争奪戦となったのも、臆病で自意識過剰なヒロインが「内なる女神を解き放つほどに燃えさかって、自信に満ちたセクシーな女性」へと成長する爽快な物語のゆえでしょう。また性的ファンタジーに登場する男性たちの素敵なことといったら！　通常のロマンス小説ではヒーローはたいてい一人だけのところ本書は一粒で何度もおいしい仕掛けになっており、さながら大人の女性のお伽話といった趣のホットな場面がつぎつぎと繰り広げられます（マッサージ、料理、ダンス、目かくし、スキー、仮装、自分をめぐって張り合う男たち……）。と同時に、恋人がいる職場の上司（カフェの店主）ウィルへの思いを募らせ、せつない関係も紡がれていくのです。

女性が女性を助ける自助グループというシークレットの設定も、この物語の大きな魅力となっています。マチルダから与えられる知恵の言葉と導き、メンバーからの励ましと連帯感に、男性とのシーンとは別の意味で胸が熱くなることでしょう。

そしてさらに本作を魅惑的なものにしているのが、アメリカのルイジアナ州ニューオーリンズの情景です。ジャズ発祥の地の音楽、マルディグラの祭りの賑わい、スパイスの効いた魚介料理、優美なアイアンレースに飾られた邸宅、フランスやスペインをはじめ多様な文化が溶けあった風物、さまざまな肌の色をした人たち。ニューオーリンズと聞いて多くの人々が思い浮かべる豊穣なエキゾティシズムが、この物語をあでやかに、華やかに彩っています。秘められた濃密な性愛ファンタジーの舞台にこれ以上ふさわしい都市はありません。

二〇〇五年八月末にアメリカ南東部を襲ったハリケーン・カトリーナによって甚大な被害をこうむったこの街は、いまなお復興の途上にあって、アルコール依存症だった亡夫のＤＶや言葉の暴力、死別という苦しみから、キャシーがシークレットとの出会いを通じて自己解放・変革・回復・再生していく過程とあざやかにオーバーラップします。これも大きな読みどころのひとつでしょう。

エロティカ作家Ｌ・マリー・アデライン（フェイスブック著者ページ：www.facebook.com/lmarieadeline）としてのデビュー作となった、シークレット・シリーズ（公式サイト：www.secretnovels.com/）第一作の本書は、本国カナダで二〇一三年二月に発売されるや『グローブ・アンド・メール』『トロント・スター』『ナショナル・ポスト』などの有力紙に取り上げられ話題をさらい、ベストセラー第一位（フィクション部門）を記録しました。その後は続々と世界各国で翻訳出版されつつあり、すでにブラジル、オランダではベストセラーとなっているとのこと。そうして全世界で多数の一般読者を獲得しているうえに、『ロマンティック・タイムズ（ＲＴ）』誌でも高評価を得ており、コアなロマンス読者の評判も上々のようです。

気になる第二作 *SECRET Shared* は、二〇一三年十月に発売予定となっています。待ちきれずに先読み原稿をいただいて読みふけってしまった訳者から、少々内容のご紹介を。

キャシーのその後に加え、もう一人のヒロイン、シークレットに新たに加わるドーフィンの物語が二重奏のように響きあっていきます。ドーフィンは南部育ちで、ビンテージファッションの店を営む三十一歳の独身女性。キャシーと同様に心に傷を負って自分に自信がもてなくなっています。この第二作では、ファンタジーの舞台はなんと南米アルゼンチンの首都ブエノスアイレスにまで拡張され、ヒロイン二人でエロティックさは二倍、ロマンティックさも二倍に。

そして著者は現在、シークレット・シリーズ第三作にして完結編となる *SECRET Revealed* を二〇一四年刊行めざして鋭意執筆中だそうです。

どうか楽しみにつづきをお待ちください。

栗原百代

二〇一三年八月

栗原百代（くりはら・ももよ）
1962年東京都生まれ。早稲田大学第一文学部哲学科卒業。東京学芸大学教育学修士修了。訳書に、K・ストケット『ヘルプ　心がつなぐストーリー』、K・モートン『リヴァトン館』、L・ヒース『愛を刻んでほしい』、Z・ヘラー『あるスキャンダルの覚え書き』、T・ベントレー『サレンダー　服従の恍惚』、E & J・ヒックス『物語で読む引き寄せの法則　サラとソロモンの友情』など。

シークレット

2013年11月20日　初版印刷
2013年11月30日　初版発行

著者　L・マリー・アデライン
訳者　栗原百代
装画　網中いづる
装幀　名久井直子
発行者　小野寺優
発行所　河出書房新社
〒151-0051　東京都渋谷区千駄ヶ谷2-32-2
電話　03-3404-8611（編集）　03-3404-1201（営業）
http://www.kawade.co.jp/
組版　株式会社創都
印刷　株式会社暁印刷
製本　小泉製本株式会社

Printed in Japan
ISBN978-4-309-20634-9

池澤夏樹＝個人編集 世界文学全集 全30巻

第Ⅰ集全12巻

Ⅰ-01	オン・ザ・ロード	ジャック・ケルアック	青山南訳
Ⅰ-02	楽園への道	マリオ・バルガス＝リョサ	田村さと子訳
Ⅰ-03	存在の耐えられない軽さ	ミラン・クンデラ	西永良成訳
Ⅰ-04	太平洋の防波堤／愛人 ラマン	マルグリット・デュラス	田中倫郎／清水徹訳
	悲しみよ こんにちは	フランソワーズ・サガン	朝吹登水子訳
Ⅰ-05	巨匠とマルガリータ	ミハイル・A・ブルガーコフ	水野忠夫訳
Ⅰ-06	暗夜	残雪	近藤直子訳
	戦争の悲しみ	バオ・ニン	井川一久訳
Ⅰ-07	ハワーズ・エンド	E・M・フォースター	吉田健一訳
Ⅰ-08	アフリカの日々	イサク・ディネセン	横山貞子訳
	やし酒飲み	エイモス・チュツオーラ	土屋哲訳
Ⅰ-09	アブサロム、アブサロム！	ウィリアム・フォークナー	篠田一士訳
Ⅰ-10	アデン、アラビア	ポール・ニザン	小野正嗣訳
	名誉の戦場	ジャン・ルオー	北代美和子訳
Ⅰ-11	鉄の時代	J・M・クッツェー	くぼたのぞみ訳
Ⅰ-12	アルトゥーロの島	エルサ・モランテ	中山エツコ訳
	モンテ・フェルモの丘の家	ナタリア・ギンズブルグ	須賀敦子訳

第Ⅱ集全12巻

Ⅱ-01	灯台へ	ヴァージニア・ウルフ	鴻巣友季子訳
	サルガッソーの広い海	ジーン・リース	小沢瑞穂訳
Ⅱ-02	失踪者	フランツ・カフカ	池内紀訳
	カッサンドラ	クリスタ・ヴォルフ	中込啓子訳
Ⅱ-03	マイトレイ	ミルチャ・エリアーデ	住谷春也訳
	軽蔑	アルベルト・モラヴィア	大久保昭男訳
Ⅱ-04	アメリカの鳥	メアリー・マッカーシー	中野恵津子訳
Ⅱ-05	クーデタ	ジョン・アップダイク	池澤夏樹訳
Ⅱ-06	庭、灰	ダニロ・キシュ	山崎佳代子訳
	見えない都市	イタロ・カルヴィーノ	米川良夫訳
Ⅱ-07	精霊たちの家	イサベル・アジェンデ	木村榮一訳
Ⅱ-08	パタゴニア	ブルース・チャトウィン	芹沢真理子訳
	老いぼれグリンゴ	カルロス・フエンテス	安藤哲行訳
Ⅱ-09	フライデーあるいは太平洋の冥界	ミシェル・トゥルニエ	榊原晃三訳
	黄金探索者	J・M・G・ル・クレジオ	中地義和訳
Ⅱ-10	賜物	ウラジーミル・ナボコフ	沼野充義訳
Ⅱ-11	ヴァインランド	トマス・ピンチョン	佐藤良明訳
Ⅱ-12	ブリキの太鼓	ギュンター・グラス	池内紀訳

第Ⅲ集全6巻

Ⅲ-01	わたしは英国王に給仕した	ボフミル・フラバル	阿部賢一訳
Ⅲ-02	黒檀	リシャルト・カプシチンスキ	工藤幸雄／阿部優子／武井摩利訳
Ⅲ-03	ロード・ジム	ジョゼフ・コンラッド	柴田元幸訳
Ⅲ-04	苦海浄土 三部作	石牟礼道子	
Ⅲ-05	短篇コレクション1		
Ⅲ-06	短篇コレクション2		